書下ろし

霞幻十郎無常剣

烟《えん》月《げつ》悽《せい》愴《そう》

荒崎一海

祥伝社文庫

目次

第一章　小町娘

一

寛政《かんせい》二年（一七九〇）晩夏六月十五日。

皓々《こうこう》たる満月が、江戸の夜空を蒼《あお》くそめている。わずかにうかぶ綿雲の白さがわかるほどであった。

江戸城の御堀（外堀）は、搦手《からめて》（裏門）の四《よ》ツ谷《や》から、北は市《いち》ヶ谷《や》をへて神田《かんだ》川へいたり、南は赤坂《あかさか》の溜池《ためいけ》から東へのびて幸橋御門《さいわいばしごもん》よこで北へおれる。

幸橋御門で枝分かれした東への流れは汐留《しおどめ》川と呼ばれ、土橋《どばし》から浜御殿《はまごてん》（浜離宮）ぞいに江戸湊《みなと》へいたる。

その汐留川に架かる東海道の橋が芝口《しばぐち》橋である。そこから品川宿《しながわじゆく》方面へ町家が芝ロ一丁目、二丁目、三丁目とつづく。

三丁目とつぎの源助町《げんすけちょう》との横道を、ぶら提灯《ちょうちん》をもった手代と主《あるじ》、娘の三人がやってくる。

脇道から足音をしのばせてあらわれた五人の賊《ぞく》が、三人をさっとかこんだ。

三人が、町家の雨戸を背にかたまる。

まんなかの賊が、一歩まえにでた。

「命が惜しけりゃあ、あり金《がね》と娘をのこしてとっとと消えな」

背後に娘をかばった主が、唾《つば》をのみ、気丈にこたえる。

「財布はさしあげます。どうか、それでお許し願います」

「うるせえ。死にてえのか」

残り四人が、いっせいに懐から匕首《あいくち》を抜く。

表通りのかどをまがった人影が、月光にきらめく匕首を見て走りだした。

野袴《のばかま》に打裂羽織《ぶっさきばおり》。左腰に両刀。背にはふくらんだ打飼《うちかい》。旅姿の武士である。

気づいた賊の三人が、身をひるがえして旅侍にむかう。

旅侍の刀は柄袋《つかぶくろ》をかけている。抜くいとまをあたえずに襲いかかろうとの魂胆だ。

合図しあうことなく咄嗟《とっさ》にうごく。手慣れている。

旅侍が、右手で腰から扇子をぬいた。

骨が黒光りし、しかも長い。九寸（約二七センチメートル）もある。要《かなめ》は、幅が三分（約九ミリメートル）、厚みが七分（約二一ミリメートル）。肉厚な骨の先端幅が七分、厚みが八分（約二四ミリメートル）。

鉄扇《てっせん》である。

三人がつっこんでくる。

「どさんぴん、冥土《めいど》へいきなッ」

三人ともためらいがない。とびこむのに大小の柄《つか》がじゃまになる左が、右手をあげる。たかが扇子とあなどり、袈裟《けさ》に斬りつける気だ。

夜空を突き刺した匕首の刃が月明《げつめい》をあつめる。

旅侍の眼がちらっとながれるのをとらえた正面と右とが、匕首を突きだす。

鉄扇が夜気を裂く。

炎で赤焼け寸前の鉄を絹布《けんぷ》でぬぐうと、絹《きぬ》が炭となって黒く付着し、錆《さ》びなくなる。中身は黒塗りの竹と黄金《こがね》色の厚紙だが、紙幅の外骨《そとぼね》は一分（約三ミリメートル）厚の鉄である。

黒い稲妻《いなずま》と化した鉄扇が唸《うな》る。

――バシッ、バシッ。

正面と右の右手親指のつけ根を痛撃。そのまま眼にもとまらぬ速さで両者の顳顬《こめかみ》を打つ。

匕首を落として左右によろけるふたりのあいだを、旅侍が駆けぬける。

あまりの早業《はやわざ》に呆気にとられていた左が、はっとして三歩遅れであとを追う。

残ったふたりが、匕首の柄頭に左手をあてててつっこんでくる。両眼が獣のごとく光っている。同時に体当たりをくらわす気だ。

旅侍が、駆けてきたいきおいのままとびこむ。

体当たりは擬態。ふたりが腰だめにしていた匕首を突きだす。

鉄扇がふたたび黒い稲妻と化す。またしても親指つけ根への容赦ない一撃。そのまま前方へ跳ぶ。宙で反転。

追ってきた賊が、苦痛の呻《うめ》きをあげて左手で右手をおさえているふたりのあいだでたたらを踏む。

最初のふたりが左手で匕首をひろってやってくる。

旅侍が、鉄扇を帯にさし、柄袋をとって懐にしまう。立ちどまったふたりをふくめ、冷ややかな眼で刺す。

「まだ刃むかうのであれば、つぎは斬る」

鯉口《こいぐち》に左手をもっていく。

右眼をしかめて痛みをこらえている頭《かしら》が、左手で右手甲を包むようにおさえたままであとずさる。

四人がしたがう。

三歩さがったところで、頭につづいて四人も踵《きびす》を返して駆け去る。

「お武家さま」

旅侍はふり返った。

五十年輩の主が、一歩すすみでてふかぶかと低頭した。

「手前は、源助橋よこで白粉《おしろい》や紅《べに》のたぐいを商っております山科《やましな》屋甚《じん》右衛《え》門《もん》と申します。危ういところをお助けいただき、お礼の言葉もございません」

甚右衛門が、ふたたび低頭する。娘と手代がならう。

三人がなおる。

旅侍が口をひらいた。

「霞幻十郎《かすみげんじゅうろう》と申す」

おだやかな顔がふたたびけわしくなり、賊がでてきた路地へ眼をはしらせる。

ぎょっとした三人がふり返る。

路地から人影がでてきた。

ふたり。しかも提灯をもっていない。

幻十郎は、右手で甚右衛門たちを背後へうながした。三人が、足早に右がわをまわる。

人影が月光に姿をさらす。

ふたりとも、股引《ももひき》に尻紮《しりから》げ、剣呑《けんのん》な眼つきだ。まえを歩いてきた三十代なかばが、一間《けん》（約一・八メートル）余で立ちどまり、睨《ね》めあげる。

「なんで逃がしやがった」

幻十郎は、相手より三寸（約九センチメートル）ほど上背のある五尺八寸（約一七四センチメートル）。

棘《とげ》のある眼差しを、無表情にうけながす。

「提灯なしでその恰好。察するに、賊どもを尾《つ》けていたのだな。そのほうらこそ、なにゆえ助けなんだ。相手が多勢《たぜい》ゆえ臆したか」

「侍《さんぴん》、てめえ、何者《なにもん》だ」

いっそう眼をとがらせ、左腰から十手《じって》をぬきだした。

「火盗改《かとうあらため》さまの御用をつとめる増上寺門前七軒町《ぞうじょうじもんぜんしちけんちょう》の万次《まんじ》って者《もん》だ。お頭さまのお屋敷までいっしょにきてもらおうか」

「烏森稲荷《からすもりいなり》よこの池田《いけだ》の屋敷に帰るところだ」

万次が眉根をよせる。

「烏森よこの池田さま……。南御番所《ごばんしょ》お奉行さま筑後守《ちくごのかみ》さまのお屋敷」

御番所とは町奉行所のことだ。南町奉行は池田筑後守長恵《ながしげ》、四十六歳。町奉行職にあるあいだは町奉行所内の役宅に住まうが、烏森稲荷よこに二千百坪余の屋敷がある九百石の旗本である。

万次の眼が用心と猜疑《さいぎ》にゆれる。

「嘘なら、ただじゃすまねえぞ」

「用人《ようにん》の半兵衛《はんべえ》がおる。火附盗賊改《ひつけとうぞくあらため》の屋敷へ同道してよいか、その者をたしかめに行かせればよかろう」

屋敷までわずか二町（約二一八メートル）あまりだ。

万次が、首をめぐらして顎《あご》をしゃくる。

うなずいた二十四、五の手先が、ふり返って駆けだす。

去っていく手先のうしろ姿を、万次が躰を横向きにして見送る。

用人を呼び捨てにして、たしかめに行かせろという。主筋《しゅすじ》でなければできない言いようだ。

夜分でもあり、供もいない軽装の旅姿から浪人とでも思ったのであろう。それが、旗本。しかも、南町奉行の身内。相手が悪すぎる。どうきりぬけたらよいものか。懸命に思案しているであろう万次を、幻十郎はひややかに見つめていた。

火附盗賊改は、かの長谷川平蔵宣以《はせがわへいぞうのぶため》である。この年四十五歳。御先手組《おさきてぐみ》のなかから加役《かやく》として任命されるが、一年をとおしての本役《ほんやく》と冬と春だけの加役とがある。冬から春にかけての半年間の加役は放火を警戒してだ。天明《てんめい》六年（一七八六）に御先手弓組の頭となった平蔵は、翌年に加役を拝命し、その翌天明八年から本役をつとめている。

はでな手柄をたてるので江戸庶民には人気があった。しかし、壮語癖などがあり、幕閣および旗本の評判はかんばしくない。山師《やまし》との悪評まであり、老中の松平定信《さだのぶ》にも毛嫌いされていた。つたわる逸話のなかにはそのままうけとるのに疑念をおぼえるものもあり、一筋縄ではいかない複雑な人物である。

火附盗賊改の役目は賊を捕らえることである。ちまたでは盗賊奉行とも呼ばれた。

提灯をもたない五人組を怪しんだか、それとも以前から眼をつけていたのか、万次は手先とともにあとを尾けていた。

相手は倍以上の数で、匕首をもっている。多勢に無勢《ぶぜい》である。しかし、十手があるからには呼子《よびこ》もある。通りにとびだして吹き鳴らせば、賊どもはたちまち逃げ去る。

が、それでは悪事をふせいだにすぎない。

悪事をはたらかさせて尾ける。つきとめた塒《ねぐら》を手先に見張らせておき、みずからは報せに走る。火盗改が配下の与力《よりき》同心をしたがえて出馬し、一味を捕縛。それでこそ、あっぱれ手柄である。

万次のもくろみを、幻十郎は邪魔したことになる。腹いせに火盗改の屋敷までひっぱっていき、同心にたのんで一晩なりとも仮牢にぶちこむつもりだったのであろう。

役宅をかねた長谷川平蔵の屋敷は、竪《たて》川の三ツ目之橋からの通りと横川の菊川《きくかわ》橋からの通りとがまじわるかどにある。

のちのことだが、名奉行遠山金四郎景元《とおやまきんしろうかげもと》が屋敷がえで同地に住む。歴史上の偶然である。場所は、墨田区の新大橋通り、都営新宿線菊川駅のそばだ。

竪川の南は、町家としては深川《ふかがわ》だが、武家地としては南本所《ほんじょ》になる。御番入《ごばんいり》まえの小普請《こぶしん》（非役）であったころに遊里《ゆうり》がよいをしていた長谷川平蔵は、〝本所の銕《てつ》〟とあだ名されていた。平蔵にあらためるまでの名が銕三郎であった。

与力も同心も町奉行所固有の呼称ではない。幕府における下級役人の名称である。同心の身分は諸藩における足軽に相当する。与力は同心の組頭《くみがしら》のようなもので、騎馬格あつかいして一騎、二騎とかぞえるが、身分は旗本ではなく御家人《ごけにん》である。将軍家へ御目見《おめみえ》できるのが旗本で、できないのが御家人だ。

一町（約一〇九メートル）ほどさきの武家地かどに人影があらわれた。背恰好からして使いに走った手先だが、いくらか足早なだけだ。

「もたもたしやがって」

万次がつぶやき、舌打ちした。

つづいて、弓張提灯《ゆみはりぢょうちん》をもった中間《ちゅうげん》と痩身の老武士がかどをおれた。小助《こすけ》と半兵衛だ。

岸田《きしだ》半兵衛は五十七歳。小助は、知行地の百姓の三男で、年齢《とし》は四十三。二十年余も奉公している。

ちかづいてくるふたりの顔が、なつかしさにほころぶ。

立ちどまった小助が辞儀をする。

半兵衛が、笑みを消して山科屋たちと万次とに眼をやり、顔をもどしてすすみでた。

「若、ようこそお帰りになられました。このようなところで、いったいなにごとでございましょうや」

「賊をおいはらったのが気にいらぬらしい。その者が、わたしを火附盗賊改の屋敷へしょっぴくと申しておる」

顔面に怒気をはしらせた半兵衛が、顔をめぐらして万次を睨みつける。

「この痴《し》れ者が。若を火盗改の屋敷へだと。おのれ、ただではおかぬ。名はなんと申す。名のれッ」

半兵衛の剣幕に、万次が腰をひく。

「いえ。ご身分さえはっきりすればよろしいんで。ごめんなすって」

背をむけ、駆け去る。手先が追う。

「こら、待て。待たぬかッ」

「半兵衛、もうよい」

「そうはまいりませぬ。明日《あす》、殿にお報せいたします」

「すんだことだ、やめておけ。叔父上はご多忙であろう。京とは比較になるまい。江戸にもどった早々にご迷惑をおかけしたくない」

「若はそうおっしゃいますが、なにがあったかお報せせぬわけにはまいりませぬ」

幻十郎は、苦笑をもらし、ふり返った。

「待たせた。送っていこう」

甚右衛門が眼をみはる。

「めっそうもございません。若さまにお送りいただくなど、とほうもないことでございます」

「源助橋はすぐそこだ。それに、さきほどの者どもが待ちうけていたらなんとする」

斜めうしろの半兵衛に顔をむける。

「ご苦労であった。そのほうらは帰ってよいぞ」

「とんでもございませぬ。せっかくおもどりいただきましたのに、このままどこぞへ消えてしまわれては、殿にお叱《しか》りをこうむります。それがしもお供いたします」

「すきにいたせ」

「そうさせていただきます」

幻十郎は顔をもどした。

「まいろうか」

「若さま、娘のなをにございます」

なをが頰をそめてうつむく。

幻十郎は、あいまいにうなずいた。

弓張提灯を右よこへさしだしかげんにした小助がさきになる。左斜め半歩うしろに半兵衛。その右後方を山科屋の者がついてくる。

源助橋はかどから一町（約一〇九メートル）余のところにある。

ちかづいたところで、辞儀をしてまえへでた手代が、くぐり戸を叩いて主の帰りを報せた。なかからくぐり戸があけられる。

腰をかがめてなかへはいった甚右衛門が、ふり返ってふかく低頭する。

くぐり戸がしめられた。

幻十郎は、源助橋のさきにある四つかどにちらっと眼をやった。影が揺れた。そう感じたが、たしかではない。気配を感取するには離れすぎている。

「若、まいりましょう」

半兵衛にうなずき、源助橋に背をむけた。

二

ただ町奉行といえば、江戸の町奉行をさす。大坂、京都、駿府《すんぷ》にも町奉行はいるが、たとえば大坂町奉行というふうに地名を冠する。ほかの遠国《おんごく》奉行は、長崎奉行、奈良奉行というふうに〝町〟がつかない。

役高では凌駕《りょうが》する役職がいくつかあるが、江戸の町奉行が旗本出世街道の頂点である。

そのぶん、激務である。朝四ッ（春分秋分時間で十時）までに登城し、昼八ッ（同二時）に下城する。登城まえも下城後も、寸暇をおしんで日々の書類に眼をとおさねばならず、むろん、白洲《しらす》での裁きもある。在任ちゅうの死亡が多い。

池田長恵は、三十一歳の安永《あんえい》四年（一七七五）に家督《かとく》を継ぎ、同年本丸中奥《なかおく》番士として出仕。三十七歳の天明元年（一七八一）に西丸《にしのまる》小十人組頭《こじゅうにんくみがしら》となる。小十人組《ぐみ》は頭《かしら》のしたに組頭が二名ずついる。

翌天明二年に目付。四十三歳の天明七年（一七八七）初冬十月に京都町奉行となり、筑後守に叙任。そして、寛政元年（一七八九）晩秋九月七日に南町奉行となった。

池田長恵は武断派である。京都町奉行職への就任もそこをみこまれてであった。

伏見《ふしみ》奉行であった近江《おうみ》の国の一万六百三十石小室《こむろ》藩主小堀政方《こぼりまさみち》は、町人らの越訴《おっそ》によって悪政が露顕《ろけん》、天明五年（一七八五）晩冬十二月に罷免《ひめん》、改易《かいえき》される。

遠国奉行で、伏見奉行だけは大名が就《つ》く。伏見が西国《さいごく》大名の往来を監視する要衝《ようしよう》であるからだ。

一件は尾を曳《ひ》く。吟味にあたった京都町奉行の丸毛政良《まるもまさかた》が小堀政方と昵懇《じつこん》であった。だとしても愚挙がすぎるが、丸毛政良は多くの町人を召しだして吟味にかけ、入牢《じゅろう》を申しつけ、牢死する者があいついだ。

天明七年（一七八七）晩秋九月、丸尾政良は御役御免、無役におとされる。目付から普請奉行、京都町奉行と出世街道を歩いていた者への容赦ない懲罰人事である。伏見奉行に連座して京都町奉行まで罷免。それでなくとも、時代は天明の飢饉《ききん》のさなかであり、京では米価高騰などで幕府への不満がうずまいていた。で、目付として俊英ではないが憎めぬ人柄でかつ果断さをそなえた池田長恵に白羽の矢が立った。

池田長恵は同年初冬十月に就任、従五位下《じゅごいげ》筑後守となる。

翌八年初春正月晦日《みそか》、内裏《だいり》や二条城まで焼失する大火《たいか》があった。

火事のあと、品不足をよいことに高値で暴利をむさぼろうとした米屋がいた。筑後守は、ただちに召し捕らせて首を刎《は》ねた。うむを言わさぬやりように、商人たちは恐れおののき、荒稼ぎをくわだてる者はいなくなった。

このように、能吏《のうり》とはおよそかけ離れた猪武者《いのししむしや》である。しかも、ふつうの人の腹にいるのは虫だが、筑後守のそれは虎であった。

くる日もくる日も文机《ふづくえ》にむかっていると、際限のなさにうんざりし、腹の虎が吼《ほ》えて書類の山を引き裂きたくなることがある。そんなときは、これは戦《いくさ》ぞ、戦だと思え、とおのれに言いきかせて腹の虎をなだめるのだった。

晩夏の陽がだいぶ西へかたむいたころ、またぞろ暴れんとする腹の虎をさとしていると、廊下から声がかかった。

「殿、源十郎《げんじゅうろう》さまがお見えになられました」

内与力《うちよりき》の浅井順之助《あさいじゅんのすけ》だ。

町奉行に就任するさいに、家臣を内与力として任用する。いわば、秘書役である。そのために与力二騎ぶん四百石が給される。それを、公用人三名、目安方《めやす》二名に配分する。公用人は取次などの所用、目安とは訴状のことだから裁き関連の事務全般と理解すればいいように思う。ただし、かならずしも定員を任用したとはかぎらない。一部しか支給しなかった町奉行もいたようだ。

「とおせ」

「はっ」

障子があけられ、しめられた。

「待っておれ」

今朝、岸田半兵衛の書状を若党《わかとう》（家士）がとどけにきた。昼八ッ（夏至時間、二時二十分）すぎにはもどっておるゆえ顔をだすようつたえさせたが、とうに夕七ッ（四時四十分）をすぎている。

筑後守は、筆をおき、膝をめぐらせた。

源十郎が低頭する。

そろそろもどるようにと書状をだしたのは初夏四月だ。

「遅かったな」

「野呂《のろ》先生へご挨拶《あいさつ》におうかがいいたしましたところ、ひきとめられました。申しわけございません」

「まずは師へ挨拶にまいる。よき心がけだ。そうかしこまらずともよい。面《おもて》をあげよ」

源十郎がなおる。

精悍《せいかん》になった。もともと細面の凜々《りり》しい顔つきであったが、別れたときよりもさらに陽に焼け、肉が削げている。いまだ二十四歳にすぎぬのに、表情におちつきとふかみがある。京では鞍馬《くらま》の小天狗《こてんぐ》とからかっていたが、いまやあっぱれ武士《もののふ》の風貌である。

ふだんは茫洋としている。が、つかみどころのなさの裡《うち》に犀利《さいり》が秘められているのを京で知った。それがために呼びよせた。

「あたえたは半年の猶予ぞ。三月にはもどるものと思うておった。書状がとどいたであろう。なにをもたもたしておった」

「印可を得、ようやくお許しがいただけました」

「免許皆伝か」

「はい」

筑後守は破顔した。

「それは重畳《ちょうじょう》」

表情をひきしめる。

「名をかえたそうだな」

源十郎は四月十日生まれだ。元服《げんぷく》のおり、筑後守は源之助というみずからの名から一字をとって源十郎と名づけた。

「夢幻斎《むげんさい》先生より一字をたまわりました」

「霞《かすみ》とは」

「そのおり、ふと、その字が頭にうかびました。叔父上のご厚志により池田を名のらせていただいておりましたが、霞幻十郎とあらためさせていただきたくぞんじます」

「師より一字をちょうだいいいたしたのであればかまわぬが、芳烈公《ほうれつこう》さまの血筋であるを忘れるなよ」

芳烈公は備前《びぜん》の国岡山《おかやま》藩初代池田光政《みつまさ》の諡《おくりな》である。通称が新太郎、官名が従四位《じゅしい》下《げ》左近衛権少将《さこんえごんのしょうしょう》であったことから、家臣や領民に〝新太郎少将さま〟と慕われた。水戸《みと》の徳川光圀《みつくに》、会津《あいづ》の保科正之《ほしなまさゆき》とならぶ江戸初期の名君である。

「肝に銘じております」

口をひらきかけた筑後守は、腰の扇子に眼をとめた。竹にしては要が厚い。

「その腰のものが、賊どもとわたりあった鉄扇だな。いまどきめずらしきものを」

幻十郎が、脇差の右にさした鉄扇をとり、膝行《しっこう》してきて畳におき、もどった。

「鞍馬流には鉄扇術がございます。夢幻斎先生が、ふたたび会えるとはかぎらぬゆえ形見分けだと仰せになり、たまわりました」

うなずいた筑後守は、鉄扇を手にとり、ひらき、とじた。その重さが、甥《おい》がいちだんとたくましくなったのを証《あか》しているように思えた。

鉄扇をもどし、表情をなごませる。

「綾《あや》が会いたがっておる。今宵は泊まってゆけ」

「かしこまりました」

低頭した幻十郎が、ふたたび膝行してきて鉄扇をとり、さがった。

障子がしめられるまえに、筑後守は文机に膝をめぐらせていた。

岡山藩には備中《びっちゅう》の国に二つの新田《しんでん》藩がある。光政の次男政言《まさこと》に分地した二万五千石（鴨方《かもがた》藩）と、三男輝録《てるとし》に分地した一万五千石（生坂《いくさか》藩）である。

池田筑後守長恵は、生坂藩二代目政晴《まさはる》の四男で、同族の旗本池田政倫《まさとも》の婿養子にむかえられた。

生坂藩三代目政員《まさかず》は、明和《めいわ》四年（一七六七）初春一月二十五日に没した。享年三十一歳。

そのとき、幻十郎は母の胎内にいた。母親は、上野山下《うえのやました》の京菓子屋桔梗《ききょう》屋の娘しの。

幻十郎は母の実家で生まれた。庶子だが、政員が存命であれば四代目となった。

四代目には二代目政晴の三男である政弼《まさすけ》がむかえられた。しかし、政弼は安永五年（一七七六）に三十五歳で他界。二歳の政恭《まさゆき》が遺領を継ぎ、五代目となる。

長恵は、兄の子である幻十郎の行く末を案じ、おりにふれて桔梗屋をたずねていた。

家督を継いだ年、九歳の幻十郎を屋敷にひきとった。甥であり、新太郎少将の血筋である。このまま町家に埋もれさせるわけにはいかぬと思ったからだが、嫡男が早世した寂しさもあったかもしれない。

学問は屋敷でも教えられる。しかし、武芸は家臣に適任がいなかった。七町（約七六三メートル）ほど離れて生坂池田の上屋敷があるが、家臣にたのんではいらざる憶測をまねき、波風がたつ。だからといって、大名の子を町道場へかよわせるわけにもいかず、思案していると野呂大膳《だいぜん》がそれがしでよろしければと言ってくれた。

大膳は、塀をはさんで上屋敷がある近江《おうみ》の国大溝《おおみぞ》藩二万一千石分部《わけべ》家の家臣だ。古風な趣《おもむき》をただよわせ、同年輩ということもあって懇意にしていた。流派を問うと、鞍馬流だという。

鞍馬流の流祖は大野将監《おおのしょうげん》。安土桃山《あづちももやま》時代の人とつたえられ、鬼一法眼《きいちほうげん》を開祖とする京八流の一派ともいわれる。

大膳は旗奉行で、泰平の世にあっては閑職である。申しでるからにはそこそこ遣えるのであろうと思い、迷惑でなければとたのむことにした。

稽古は大膳がかよってきて庭でつけた。

幻十郎はふうがわりな子であった。

ある日、縁側で庭に顔をむけていた。いつまでもそうしているので、なにを見ているのか問うと、庭でございますとこたえる。おもしろいかと訊くと、おもしろうございますとこたえた。十二歳か十三歳のことだ。

庭のなにが飽かずに眺めるほどおもしろいのか、長恵にはさっぱりであった。

京都町奉行に就くのがきまった数日後、幻十郎があらたまったようすで願いがあると言った。願いごとなどかつてないことであった。京へともなってほしいと言う。そのつもりでいたが、理由《わけ》を問うと、鞍馬流の道場で修行をしたいとこたえた。

長恵は大膳を招いた。

それまで、幻十郎には天賦《てんぷ》の才があると聞いていた。

——もはやそれがしがお教えすることはございません。できうるものなら京の師のもとでさらなる修行をと考えておりました。

大膳の言《げん》に、長恵はまんざらでもなかった。

町道場というのが気にはなった。しかし、幻十郎が家を継ぐことは、もはやない。古都の町家の暮らしにふれさせるのもよいかもしれないと思いなおした。

十四になる娘の綾は、幻十郎をじつの兄のように慕っている。綾が生まれたとき、このまま男児にめぐまれないのであれば、婿養子にしようかとも考えた。

しかし、そのためには仮親をたてるにしろ、幻十郎の出生《しゅっしょう》をあきらかにしなければならない。

ひきとったときにはない腹をさぐられたし、翌年四代政弼が他界したさいには二歳の政恭ではなく三代政員の遺児である十歳の幻十郎をとの声が家中にあったと聞いている。

小心者どもが邪推など片腹痛しと笑いとばせばよい。婿養子を断念したのは風聞をおもんぱかったからではなく、あまりに長くふたりを兄妹《きょうだい》のごとくすごさせてしまったからだ。

夕餉をすませた筑後守は、用部屋で書類との戦にもどった。

半刻（五十分）あまりたったころ、順之助が隠密廻りの大竹権太夫《おおたけごんだゆう》がきたと告げた。筑後守はとおすよう言った。

隠密、臨時、定町の三廻りは町奉行直属である。隠密は二名。臨時と定町とは六名ずつ。いくたびか会ううちに、大竹権太夫がもっとも器量があるように思えた。

権太夫は四十五歳。役目がら町奉行所にはめったにあらわれない。用があるときは小者を使いにたてる。今朝、宵になってからくるようつたえさせた。

「お奉行」

「はいるがよい」

筑後守は、筆をおいて膝をめぐらせた。

入室してきた権太夫が、障子をしめ、むきなおって低頭する。

「源十郎がもどってまいった。名をかえたそうだ。師より一字たまわって源《みなもと》を幻《まぼろし》にし、名字は霞」

ややうつむきかげんであった権太夫が、顔をあげる。

「霞幻十郎さま。……お奉行、かえって好都合かもしれませぬ」

「わしもそのように考えておった。ところで、昨夜《さくや》、悶着があった」

筑後守は語った。

「……というわけで、半兵衛も火盗改の手先としか知らぬ」

「山科屋がぞんじておるやもしれませぬ。明日《みょうにち》、さっそくにもあたらせます」

「うむ。承伏しかねるのであれば、わしなら正面から談じこむ。策を弄《ろう》するなど業腹《ごうはら》なかぎりだが、ふりかかる火の粉は払わねばならぬ。たのむぞ」

「こころえました。つきましては、願いの儀がございます。それがしが表立つわけにはまいりませせぬ。小野田《おのだ》とは懇意にしておりますゆえ加勢を、相原《あいはら》さまには筋をとおしておきたくぞんじます」

小野田忠輔《ただすけ》は臨時廻りで、四十三歳。相原伊左衛門《いざえもん》は年番方の最古参で、五十七歳。年番方は町奉行所全般の取締りが任である。

「そのほうにまかす」

「はっ。それがしはこれにて」

権太夫が、低頭して退室した。

晩春三月の一日《いちじつ》、権太夫がお気にめさぬとはぞんじますがと思いもよらぬ報せをもたらした。

長谷川平蔵配下の与力と同心が、芝の増上寺裏手にある葺手町《ふきでちょう》の居酒屋で筑後守の噂をしていたという。

町奉行所の与力同心は八丁堀島《はっちょうぼりじま》にまとまって住んでいるが、ほかの与力同心は各所の大縄地《おおなわち》に組屋敷があたえられている。増上寺の裏手には、先手組のほかに、書院番や大番の与力同心の組屋敷がある。

権太夫は小店《こだな》の主に扮し、隠居か家主あたりにしか見えない六十すぎの御用聞きをともなっていた。その御用聞きが、平蔵配下の与力同心の顔をのこらず知っているのだという。

与力と同心のふたりづれは、顔を赧《あか》らめ、口がなめらかになっていた。仕切りのないすみの三畳間で、ふたりはあぐらをかいていた。

——このままではお頭がお気の毒。鼻をあかすだけではなまぬるい。虎退治。

そのような言葉が、きれぎれに耳にはいった。

筑後守は怪訝に思った。長谷川平蔵や配下の者に恨まれる憶えはない。それを問うと、権太夫が言いにくそうな表情をうかべた。

よいから申せ、と筑後守はうながした。

世上、つぎの南町奉行は長谷川平蔵であろうとの噂がもっぱらであった。平蔵もその気であったらしい。

——このところの火盗改は、なりふりかまわぬはりきりようにございます。なにゆえそれほどまでにといぶかしんでおりましたが、これで得心がまいりました。

筑後守は京にいた。遺恨をいだくなど、筋違いもはなはだしい。浅慮であり、愚かなとも思う。しかし、捨ておくわけにはいかない。

火盗改が火付けや盗賊を捕らえる。役目であり、けっこうなことだと思っていた。だが、こちらを無能に見せんとの意図が隠されているなら話はべつである。

そのとき、源十郎のことが頭にうかんだ。

京の公家《くげ》や商人《あきんど》たちは、ひどくもってまわった物言いをする。筑後守はうんざりであったが、源十郎は町道場へかよっているだけあって機微をこころえていた。しかも、洞察がするどく、胆力もそなわっている。京ではよき懐刀であった。

その源十郎がそろそろ京からもどってくるはずだと告げて、筑後守は権太夫をさがらせた。


南町奉行所をでた権太夫は、鍛冶《かじ》橋御門で御堀（外堀）をわたり、日本橋川に架かる一石橋《いちこく》へ足をむけた。

八丁堀同心は、髷《まげ》は小銀杏《こいちょう》、着流しに黒羽織という一目でそれとわかる恰好をしている。しかし、隠密廻りは、役目がらいでたちをかえる。

権太夫は羽織袴姿であった。供もなく、みずから弓張提灯をもっていた。十手も短めのものを懐にしのばせている。

宵にはいった御堀ぞいの通りは人影がない。夜空では十六夜の月がかがやき、雲をほの白くうかびあがらせている。

池田源十郎を霞幻十郎に改名したことについて、かえって好都合かもしれないと言ったが、筑後守がたよりにしているようなので調子をあわせただけだ。権太夫は、むしろ厄介なことになったと思っている。

京では役にたったかもしれない。しかし、江戸でもそうだとはかぎらない。おそらくは、筑後守のみびいきであろう。

匕首をかまえた五人の賊を鉄扇で叩きふせたというから、剣は遣える。しかし、二十四歳の若造にいったい世間のなにがわかるというのだ。町奉行所には、見習から新米までその年頃の者が幾名もいる。

権太夫は、おのれが二十四、五であったころを思いかえした。一人前のつもりで、自負もあり、かなり背伸びをしていた。

若さは、世間知らずのぶんだけむちゃをする。

町奉行の甥。それだけでも気苦労をせねばならぬのに、へたな口出しをされてはたまらない。筑後守の口ぶりからして、そうなるであろうことを覚悟しておかねばならない。

溜息をつきたい気分であった。

池田筑後守は、肚《はら》はすわっているが大雑把なところがある。それでも、町奉行としてはましなほうだと、権太夫は思っている。

長谷川平蔵の名をはじめて耳にしたのは数年まえだ。

我が世の春を謳歌していた田沼意次《たぬまおきつぐ》の上屋敷ちかくで火事があった。

　西丸の進物番であった平蔵は、家士にすぐさま休むむねをとどけさせ、日本橋本《ほん》町《ちょう》一丁目の菓子屋鈴木越後《すずきえちご》に行かせた。江戸を代表する名店である。みずからは上屋敷へ急ぎ、奥方をはじめとする奥女中らを行徳河岸《ぎょうとくがし》にちかい蛎殻町《かきがらちょう》にある下屋敷まで案内した。そこへ、鈴木越後から火事見舞いの餅菓子がとどいた。

　それだけではない。夕刻にはじゅうぶんな夜食までとどけられた。

　田沼意次は、ほかから火事見舞いひとつまだなのによくそこまで気がまわるものだと感心していたという。

　勤めを休んで馳せ参じる。あまりに露骨なおもねりは、当然のごとく反撥をまねいた。それでなくても、日ごろからうぬぼれがつよいとの悪評がついてまわっていた。

〝手の廻る事ハ奇妙ニ巧者ニ御座候よし〟と側近であった水野為長《みずのためなが》による松平定信への報告記録である『よしの冊子』にも記されている。

　以降、平蔵はとんとん拍子に出世していく。

　田沼意次が失脚し、松平定信が老中首座となるや、田沼派の者はつぎつぎと解任されたが、平蔵は火附盗賊改にとりたてられる。なにゆえ平蔵ごときをとの声もあったが、それだけやり手だったことをしめしている。

両町奉行所の廻り方はたいがいそうであろうが、権太夫もまた長谷川平蔵のやりかたが気にくわない。

平蔵は、町役人《ちょう》らが盗人《ぬすっと》などをつれてくると、下男を蕎麦《そば》屋へ走らせて蕎麦をふるまう。自身番屋にとどめておいて定町廻りに報せても、せいぜいがご苦労のひと言だけである。だから、こぞって平蔵のもとへ咎人《とがにん》を引きたてていく。より多く手柄をたてんがためであり、人気取りでもある。

しかし、町人でも心ある者たちは、〝長谷川さまには毒がある〟と評していた。

平蔵はまた、ならず者などを手先としてつかい、不審な者はうむをいわさず屋敷へしょっぴいて容赦のない詮議をくわえた。

町奉行所では、証がないかぎりお縄にはしない。吟味方も、問いつめて白状させるのが手腕であって責め道具をもちいるのは不名誉であった。それが、不浄役人とさげすまれながらも代々にわたって町方を取り締まってきた八丁堀与力同心の矜持《きょうじ》である。

先手組の頭は一千五百石高で、火附盗賊改を兼務すると役料が四十人扶持《ぶち》に役扶持二十人扶持の六十人扶持が給される。いっぽうの町奉行は三千石高である。

さらに、先手組の頭は無位無官の布衣《ほい》だが、町奉行は小大名なみの従五位下《じゅごいげ》朝散《ちょうさん》大夫《たいふ》に任ぜられる。それでどうなるかというと、たとえば〝大岡越前守〟であったり〝遠山左衛門尉《さえもんのじょう》〟と官名がつく。〝金四郎〟だったのが〝左衛門尉〟と呼ばれるようになるのである。

より手柄をたてておのれを認めさせ、いずれは町奉行にとの思いがわからぬではない。だからといって、うぬぼれがつよく強引なやりかたをする者を戴《いただ》くのは願いさげである。

平蔵配下の居酒屋でのやりとりを筑後守に報告したのも、その思いがあったからだ。

茸手町の居酒屋で筑後守を俎上《そじょう》にのせていたのは、与力が丸山孫七《まるやままごしち》で、同心が梶川《かじかわ》吉也《きちや》。いっしょにいた小船町《こぶなちょう》の伝蔵《でんぞう》も、知っているのは姓名くらいであった。

権太夫は、ふたりについてさぐるよう命じた。

御先手組の配下は、与力が五騎に同心が三十人である。火盗改を拝命すると、他の組から与力と同心をまわしてもらい、与力が十騎、同心が五十人になる。一組が与力一騎に同心五人の配属という構成であろうから、十組。

多くの番方（武官）は、日勤、宿直《とのい》、非番の二勤一休である。が、町奉行所の定町廻りは年中無休である。火附盗賊改も江戸の治安をあずかっている。そのうえ、長谷川平蔵は、石川島人足寄場の支配も兼任していた。したがって、長谷川組配下の非番は十日に一度くらいであったろう。

丸山孫七は四十二歳。ふだんは無口だが酒好きで、酒がはいると壮語癖がある。梶川吉也は二十九歳。孫七の腰巾着《こしぎんちゃく》。上にへつらい、下には傲慢。それが露骨なので、同輩たちでさえ眉をひそめている。

ふたりとも、火盗改就任にともなって他の組から長谷川平蔵の配下にくわえられた。

誰かが火盗改を拝命すると、ほかの組の頭は配下の与力や同心をまわさねばならない。当然、有能な者は残し、役たたずや癖のある者などをだして厄介払いをする。ましてや、相手はそれでなくとも評判のわるい長谷川平蔵である。

ところが、そんな者たちを、平蔵はもとからの配下たちとわけへだてなくつかっている。丸山孫七と梶川吉也は、このお頭のためならばと心服しきっているという。

人徳ではない。したたかな計算からだ。冷徹な眼で人情の機微を見きわめるかと思えば、あざといほどに見えすいたこともする。

知れば知るほど、長谷川平蔵はようとしてつかめぬところがあり、油断がならない。竹を割ったかのごとく表裏がない池田筑後守とは大違いである。

日本橋川ぞいをくだってきた権太夫は、伊勢町堀《いせちょうぼり》に架かる荒布橋《あらめばし》をわたった。堀ぞいに小船町が一丁目から三丁目まである。荒布橋よりが三丁目だ。

三丁目通りのなかほどに間口五間（約九メートル）の大きな豆腐屋がある。屋号は雪之花《ゆきのはな》。由来は、〝おから〟を〝雪花菜〟とも書くことによる。

雪之花は、豆腐を売るだけでなく、飯を食べさせ、酒も飲める。飯は、ご飯に豆腐の味噌汁とおからと沢庵《たくあん》。酒の肴《さかな》も、おからと田楽《でんがく》と厚揚げ豆腐だけだ。冬場は湯豆腐などもだす。豆腐だけでかわりばえがしないが、それでも安いので裏店《うらだな》の独り者などでにぎわっている。

権太夫は、雪之花のてまえにある裏長屋への木戸をはいった。

雪之花は裏庭がある。井戸のほかに、花壇と、すみにはちいさな稲荷が祀《まつ》られている。奥の長屋とのあいだは腰高の四つ目垣で仕切られていて、枝折戸《しおりど》で出入りする。

権太夫は、枝折戸をあけた。

水口《みずぐち》の腰高障子と居間の簾《すだれ》障子に、灯りがある。

「伝蔵、おれだ」

簾障子があけられ、縁側にでてきた伝蔵が膝をおり、かるく低頭した。

「大竹の旦那、どうぞおあがりになっておくんなさい」

権太夫は、顎をひき、腰の刀をはずして沓脱石《くつぬぎいし》で草履《ぞうり》をぬいだ。庭にめんして八畳間が二間ある。水口のほうが居間で、となりが客間だ。

客間に灯りがともった。

伝蔵が、客間の簾障子をあけて脇へよる。権太夫は、客間へはいった。

居間へもどった女房のくめが、ふり返って腰をおり、燭台を脇へおいて三つ指をつき、襖をしめた。

伝蔵は六十一歳、小柄で痩せている。くめは五十四歳、ふくよかな躰つきだ。

ふたりには、二男二女の子がある。長男の由吉《よしきち》が雪之花を継ぎ、次男の清次《せいじ》は東どなりの堀江町《ほりえちょう》三丁目で女房に楊枝屋《ようじ》をやらせて御用をつとめている。楊枝屋は、歯を磨く房楊枝と歯磨き粉、平楊枝などを商う。

ほどなく、女中ふたりが食膳をはこんできた。

女中の酌をうけて諸白《もろはく》（清酒）をはんぶんほど飲み、杯を盆におく。辞儀をした女中たちが居間に去り、襖がしめられた。

権太夫は、霞幻十郎について語った。

伝蔵が驚きの声をもらした。

「鉄扇。あっしは見たことがございやせん」

「おれもだ。鞍馬流という京の剣を遣うらしい。お奉行はあてにしておられる。で、源助町の山科屋にあたり、火盗改の手先ってのが何者かさぐってくれ。屋敷でおとなしくしていてもらえればいいんだが、うごきまわるんなら厄介ごとにまきこまれぬよう気をくばってやらねばならない。めんどうだろうが、たのんだぞ」

「へい。お申しつけのあと、すぐにてくばりして話をつけ、万端ととのえてありやす。山科屋へは、明日《あす》の朝、清次を行かせやす」

それからすこしして、権太夫は弓張提灯に火をもらって帰路についた。

三

翌朝、登城の行列が南町奉行所をでたあと、幻十郎は上野へむかった。

東叡山寛永寺《とうえいざんかんえいじ》の門前一帯を通称で上野山下という。

門前の下谷広小路《したやひろこうじ》は、両国《りょうごく》橋東西広小路、浅草寺境内《せんそうじけいだい》の奥山《おくやま》とともに江戸を代表する盛り場であった。

小高い東叡山のしただから山下というが、浅草寺の奥山は観音堂裏の呼び名で平坦地である。

桔梗屋は、下谷広小路にめんした上野北大門町《きただいもんちょう》にある。間口十間（約一八メートル）の大店《おおだな》だ。寛永寺門前で古くから京菓子屋をいとなんでいる。

幻十郎は、暖簾をわけた。

土間で客の相手をしていた手代の庄吉《しょうきち》が驚きの表情をうかべる。

「若さま……」

客がいっせいに顔をむける。

番頭の市蔵《いちぞう》がちかくにいた手代を奥へ行かせる。そして、満面の笑みをうかべて腰をあげ、帳場からでてきて膝をおった。

年齢《とし》は四十だが、苦労性のせいで目尻には皺《しわ》があり、鬢《びん》にも白いものがめだつ。

「若さま、おなつかしゅうございます」

幻十郎はほほえんだ。

「そのほうも、達者でなにより。みなにかわりはないか」

「はい。おかわりございません。若さま、どうぞおあがりくださいませ」

女中がすすぎをもってひかえている。幻十郎は、かるく顎をひき、腰の刀をはずして左手の袱紗《ふくさ》包みとともに鞘をにぎり、腰かけた。女中が、かがんで、手早く足を洗って、手拭《てぬぐい》でふいた。

市蔵が案内にたつ。

店《たな》から廊下にはいったところで、幻十郎はまえを行く市蔵に言った。

「まずは、母上へご挨拶がしたい」

市蔵がわずかに横顔をむける。

「はい。ご案内いたします」

裏の庭に渡り廊下でむすばれた離れが二間ある。池田の屋敷にひきとられるまで、そこで母とともに暮らしていた。

庭には池や築山《つきやま》があり、すみには茶室もある。

市蔵が、廊下で膝をおる。幻十郎も、腰をおとして脇に刀と袱紗包みをおいた。

「おしのさま、若さまがお見えにございます」

「どうぞ」

やわらかな声だ。

なつかしさが胸をみたす。

市蔵が、簾障子をあけ、脇へ膝をずらせた。

幻十郎は、刀と袱紗包みを手にして立ちあがり、座敷にはいった。背後で、市蔵が簾障子をしめる。膝をおって脇に刀と袱紗包みをおき、両手を膝にあてて低頭する。

「母上、ご無沙汰いたしております。一昨日《いっさくじつ》の宵、京よりもどってまいりました。昨《さく》日《じつ》は、野呂先生へのご挨拶のあと、叔父上の役宅に泊めていただきました。ご挨拶におうかがいするのが遅くなり、申しわけございません」

「お顔を見せてください」

幻十郎は背筋をのばした。

母はかわらない。四十三歳になるが、色白でほっそりとしていて、昔のままだ。斜めうしろの仏壇に父の位牌がある。

「立派になられました」

母の眼がなごむ。

「お線香をよろしいでしょうか」

「お父上もお喜びになられます。すぐに火をもってこさせます」

かすかに辞儀をして腰をあげた母が、仏壇の燭台をもってでていった。もどってきてほどなく、女中が火をともした燭台をもってきて仏壇においた。

女中が去り、簾障子がしめられる。

母がうながした。

幻十郎は、仏前でいったん手を合わせてから線香をたて、三歩さがって膝をおった。おなじく線香をたてた母が、斜めうしろにつく。

眼をとじて頭《こうべ》をたれ、合掌する。幼かったころに母から聞いた父の面影に、旅の無事を感謝する。

なおもしばらく眼をとじ、手を合わせていた。

もとのところにもどり、半刻（一時間十分）ほど京や東海道の旅を語った。箱根《はこね》で温泉にはいったことを話すと、母がほほえみ、眼をいっそうなごませた。

母の眼はやさしい。こちらのすべてを包みこむやわらかさがある。

伯父上にもご挨拶せねばと告げると、母が廊下にでて女中を呼んだ。

もどってきた母に、幻十郎はときおりお会いしにまいりますと言ってかるく低頭し、脇の刀と袱紗包みをとった。

女中が庭にめんした客間に案内した。

伯父の栄左衛門《えいざえもん》が廊下にでてきた。

いかにも京菓子屋の主らしく餅のようなふっくらとした躰つきと目尻のさがった柔和《にゅうわ》な表情をしている。年齢《とし》は四十七。

栄左衛門は、幼いころから幻十郎を上座につかせ、みずからを呼捨てにさせた。奉公人たちにも若さまと言わせた。

元服してからは、幻十郎は栄左衛門を伯父上と呼んでいる。身分がちがうのでやめてほしいと懇願《こんがん》されても、母上の兄上ゆえ伯父上に相違ないとあらためなかった。

池田の屋敷にひきとられてからは、季節ごとにさまざまなものがとどけられた。京でも、道場への束脩《そくしゅう》（月謝）をふくめて面倒をみてもらった。

武家は、禄高におうじて家臣をかかえ、体面をたもたねばならない。大店の商人や大百姓のほうが、武家よりはるかに裕福であった。

九百石の池田の家でさえ、日々の暮らしは倹約につとめていた。ゆとりができたのは京都町奉行になってからだ。

池田長恵は目付から京都町奉行に転身した。目付の役高は千石で、京都町奉行は千五百石である。

栄左衛門がかるく低頭し、てのひらで上座をしめす。

幻十郎は、口端をほころばせ、客間にはいった。

対座し、挨拶のあと、名をかえたことを語った。

栄左衛門の眼を翳《かげ》りがかすめた。

「免許皆伝、おめでとうございます。さようにございますか、池田のお名をお捨てになられますか」

「昨日《さくじつ》、池田の叔父上が、かえるのはかまわぬが芳烈公さまの血筋であるを忘れるなよとおっしゃっておられた。じつは、母上には申しあげなかった。おりをみて、伯父上からつたえていただけませんか」

栄左衛門がほほえむ。

「承知いたしました」

「それと……」

幻十郎は、脇の袱紗包みをとって膝のまえにおいた。

「どのような品が喜んでもらえるかわからぬゆえ、いつも金子《きんす》をとどけてもらっていた但馬《たじま》屋の手代に土産《みやげ》をたのんだ。伯父上のぶんと母上のぶんとをわけてありますので、あとでわたしてもらえませんか」

「かしこまりました。手前にまでお気遣いいただき、おそれいります」

京へ旅立つまえ、栄左衛門がつきあいのある菓子屋へ文をだしておきますので、たりないようでしたら届ける者に申しつけてくださいと言われていた。京では、但馬屋の手代がじゅうぶんな金子を季節ごとにもってきた。そのつど、幻十郎は日付と受領した金子を記入した栄左衛門への礼状をしたためた。

ひとりで京に残ることになったときも、但馬屋が住まいやかよいの下働きなどを世話してくれた。

「伯父上、このような願いごとは心苦しいのだが……」

幻十郎は言いよどんだ。

さきほど思いついたのだが、やはり、甘えすぎではなかろうか。

「若さま、ご遠慮なさらずにおっしゃっていただけませんか。できるだけのことはいたします」

「京からの帰りに箱根で温泉にはいったのだが、母上にその話をしていて、いちどおつれしてはどうかと思ったのだ」

栄左衛門が目尻をさげた。

「それはようございます。よろしければ、手前もごいっしょさせていただきます。お帰りになったばかりですし、いずれご都合をおうかがいしてご相談させていただきます」

「母上には……」

「はい。話がきまりますまでは内緒にしておきます。若さま、そろそろ九ッ（正午）にございます。お昼をご用意いたします。お財布をお借りいたします」

「いつもすまぬ」

「どうかお気にならさずに」

幻十郎は、懐から財布をだして袱紗包みのうえにおいた。

膝行してきた栄左衛門が、袱紗包みをてまえにひき、一礼して手にし、客間をでていった。

中食《ちゅうじき》をすませると、お櫃《ひつ》をよこにひかえていた女中が、食膳とともにさげた。

栄左衛門がもどってきた。

畳に財布をおき、三歩さがってすわりなおした。

幻十郎は、手をのばして財布をとり、懐にしまった。小判が二両に、一分金と二朱金とで三両。減ったぶんをおぎなう。京ではなにかと物入りであり、旅もしたので、財布には一両あまりしか残ってなかった。

「母上はおすみでしょうか」

「はい。さきほど」

「では、ご挨拶して、おいとまします」

母に挨拶をすませると、廊下で待っていた栄左衛門が店《たな》のまえまで見送りについてきた。

頭上からはつよい陽射しが照りつけ、通りは人出でにぎわっている。

屋敷にひきとられてしばらくは、床《とこ》についてから母恋しさにいくたびとなく声をしのばせて涙した。できうればいっしょに暮らして孝養をつくしたいと思う。おのれにできるのは剣しかない。いずれは道場をひらいて母をやしなう。それが夢であった。そのため、修行にうちこんだ。

いましばらくの修行を願う書状をさきのばしにしているうちに、叔父からもどるようにとの書状がとどいてしまった。育ててくれた叔父にはさからえない。

師より皆伝をちょうだいした。しかし、江戸へもどらねばならぬ弟子への餞別《せんべつ》がわりではなかったのか。

齢《よわい》二十四。池田の屋敷に厄介になっているのも、上野の伯父にめんどうをみてもらっているのも、心苦しい。かといって、いまのおのれには生活《たずき》をささえるすべがない。

大名の子なんかでなければと思ったこともあった。しかし、そうであるからこそ、いまのおのれがあり、今宵の糧《かて》にこまることなく生きている。

上野から筋違橋《すじかいばし》で神田川をわたり、日本橋、京橋、芝口橋をこえて屋敷にもどった。

部屋で着替えると、脱いだ袴と単衣《ひとえ》を古くからいる女中の加代《かよ》がもってでていき、半兵衛がきた。

「若、昨日《さくじつ》も今朝も、山科屋がお礼にまいっておりました。そのつど、菓子折を持参しております。いかがいたしましょう」

「そのほうらで食するがよい」

「若は」

「上野で昼を馳走になったゆえ、わたしはいらぬ」

「昨夜《さくや》は桔梗屋にお泊まりでございますか」

「いや、役宅に泊めていただいた」

半兵衛がほほえむ。

「綾さまがお喜びにございましたでしょう。山科屋へおもどりになったを報せますが、よろしゅうございましょうや」

「どうしてもと申すのであればかまわぬが、すでに菓子折を二箱ももらっているのであろう、さらなる気遣いは無用だとつたえさせてくれ」

「承知いたしました」

低頭した半兵衛が退室し、廊下を去っていく。

障子はあけてある。

庭の草木《くさき》は、夏の陽射しに痛めつけられ、そよともしない。

ゆっくりと息を吸い、しずかにはく。庭に眼をむけてはいるが、なにも見ていない。見ずに、気配を感取する。

ふりそそぐ陽射し。大気にはじける光。かすかにうごく影。

心を無にし、耳をとぎすます。

やがて、衣擦《きぬず》れが廊下をちかづいてきた。

加代が、廊下で膝をおって三つ指をつく。

「山科屋さんがまいりました」

幻十郎は、客間へむかった。腰には鉄扇と小脇差をさしている。

客間も障子はあけてある。はいっていく。甚右衛門が低頭する。幻十郎は上座についた。

甚右衛門がなおる。中肉中背で、温和な表情。人柄がうかがえる。

「若さま、一昨夜はお助けくださったうえに、お送りまでしていただき、まことにありがとうございます」

甚右衛門がふかぶかと頭をさげた。

「よければ教えてもらえぬか」

「はい。なんなりと」

「大枚を所持しておったのか」

「いいえ。ふだん持ち歩くていどでございます。なにかご不審でも」

「五人もいた。ただの物盗りにしては多いような気がしたまでだ」

「それでしたら、財布ばかりでなく娘のなをも残すよう申しておりました」

　幻十郎は眉をひそめた。

「娘御を……。かかわるのがめんどうゆえ見逃したが、ならばあの頭目をとりおさえておくべきであった。つかぬことを訊くが、誰ぞに恨まれているか、娘御に横恋慕、もしくは嫁にとしつこく所望《しょもう》してる者はおらぬか」

「親の口からこのようなことを申しあげるのもなんでございますが、町内の若い者たちは芝小町と呼んでいるそうにございます。あれも十六になります。昨年からいくつかお話はございますが、まだお嫁にはいきたくないと申しますので、気ままにさせております。手前も、他人《ひと》さまに恨まれる憶えはございません。ですが、若さま、なにゆえそのようなことを」

「そのほうらを送ったおり、さきの辻から人影が覗《のぞ》いていたような気がする。半町（約五五メートル）ほどあろうゆえ、わたしの思いちがいかもしれぬ。だが、もしあの賊どもがふたたび待ち伏せていたのであれば、そのほうが大金を懐にしていると思いこんでいたか、財布ではなく娘御が狙《ねら》いであったやもしれぬ」

甚右衛門が眉を曇らせる。

「おなを……」

眼が畳におち、さまよう。

幻十郎は訊いた。

「心あたりがあるようだな」

ためらい、つぶやく。

「よもやとは思いますが……」

眼をあげる。

「若さま、またお邪魔させていただいてもよろしゅうございましょうか」

「かまわぬ」

「これにて失礼させていただきます」

低頭した甚右衛門が、腰をあげて退室した。

部屋へもどって小脇差を刀掛けにおいた幻十郎は、脇差をさし、刀を手にした。

玄関へむかいながら声をかける。

「でかける」

あらわれた加代がついてくる。

式台まえの敷石に草履がそろえられ、小者がかたわらで片膝をついて頭《こうべ》をたれている。

加代が膝をおった。

「若さま、どちらへ」

「烏森稲荷に、田楽《でんがく》の床見世《とこみせ》ができたそうだな」

「はい。ふた月ほどになります」

「稲荷のかどで帰りを待っていたようだ。あとできてほしいと申しておった」

加代が眉をつりあげる。

「無礼な」

「叔父上がらみらしい」

「お殿さま……」

「うむ。行ってくる」

一生奉公をする女たちがいる。縁がなくていつづける者もいれば、いったん嫁ぐが、死別したり、子ができずに離縁されてもどってくる者もいる。

御家人だけでなく、旗本の娘たちも、嫁にいけそうにもない者は食いぶちを減らすために一生奉公にでる。

江戸城大奥は、そんな醜女《しこめ》たちにとって上様へのご奉公という名分がたつ恰好の就職先であった。だから、大奥が眉目麗《みめうるわ》しき佳人《かじん》だらけと思うのはおおいなる勘違いで、嫁ぐのをあきらめた代償のごとく物欲に執念を燃やす夜叉《やしゃ》とおかめの局《つぼね》であった。仙姿玉質《せんしぎょくしつ》、宛転蛾眉《えんてんがび》、傾城傾国《けいせいけいこく》のたぐいはごくごくごくひとにぎりである。江戸城にかぎったことではない、大名家の奥御殿はいずこも似たようなものであったろう。

加代がどのような事情か、幻十郎は知らない。屋敷にひきとられたときにはすでにいた。細面で口数がすくなく、いつも背筋をのばし、やさしくされた憶えも、きびしくされた憶えもない。屋敷にひきとられてから、ずっと身のまわりの世話をしてもらっている。

門をでたところで、幻十郎は雑念をはらった。

ふた月まえは初夏四月だ。昨日《さくじつ》、叔父はなにも言わなかった。が、早くもどれとの書状はただの催促ではなかったようだ。

烏森稲荷は、はるかな昔からある。平安時代の天慶《てんぎょう》（九三八〜四七）のころに、平将門《たいらのまさかど》を征討《せいとう》した藤原秀郷《ふじわらのひでさと》が勧請《かんじょう》したとの言伝えがある。

屋敷の西どなりが烏森神社で、まえの道を稲荷小路《こうじ》という。そこに正門があるのは池田の屋敷だけだ。

鳥居から石畳がまっすぐにのび、二の鳥居をくぐったさきの左右には二段積みの石に狛犬《こまいぬ》が鎮座している。正面奥が社殿で、二の鳥居左に社務所がある。

田楽豆腐の床見世は、一の鳥居をはいった右よこにあった。奥行き一間半（約二・七メートル）、左右が二間（約三・六メートル）。六畳間のひろさだ。

道にめんして一間（約一・八メートル）幅の格子窓。石畳がわは、半間（約九〇センチメートル）の壁と残りが雨戸をひく敷居。西にめんしているので、日除けの葦簀《よしず》がたてかけてある。

すみが二畳の畳敷きで、土間には緋毛氈《ひもうせん》を敷いた縦長半畳幅の縁台が二脚ある。

片方に、脇に風呂敷包みの荷をおいた担ぎ売りがいる。

幻十郎は、正殿へ行って賽銭《さいせん》を投じて合掌し、あたりを散策した。ほどなく、担ぎ売りがでてきて去っていった。

狛犬の脇から石畳にそって床見世へむかう。

痩せで、髷と鬢《びん》とに霜がめだつ六十ちかい男がでてきた。日焼けした顔は、額と目尻に皺がきざまれている。

身の丈五尺四寸（約一六二センチメートル）。おだやかな表情だが、眼に険を隠している。たいがいは、気づかないであろう。が、幻十郎は、京で人を疑うのを生業《なりわい》としている者たちに接していた。叔父が江戸にもどり、町家に引っ越してからも、顔見知りの同心たちがたずねてきた。

その同心たちがつかっている古手の御用聞きのなかに、このような眼をした者たちがいた。

老爺《ろうや》が、膝に手をあてて辞儀をした。

「富造《とみぞう》と申しやす。わざわざおはこびいただき、おそれいりやす。むさいところでやすが、どうぞおはいり願《ねが》えやす」

かるく腰をおり、脇へよる。

幻十郎は、刀をはずして左手にもち、なかへはいった。

三十路《みそじ》をすぎたあたりの細面の女がていねいに頭《こうべ》をたれ、帰りを待っていた十六、七の若者がぺこりと辞儀をした。

つづいてはいってきた富造が、まえへまわる。

「若さま、娘のゆうに、孫の五郎太《ごろうた》にございやす。お見知りおきを願《ねが》えやす。どうぞあれへ」

富造が、てのひらですみの二畳間をしめす。

「よろしければ、茶をいれさせやす」

「もらおう」

「ありがとうございやす」

幻十郎は、腰かけ、左脇に刀をおいた。

ゆうが茶のしたくをはじめる。

富造が顔をもどした。

「日本橋小船町に、南御番所の御用をうけたまわる伝蔵という親分がおりやす。あっしは、その手の者《もん》でございやす。八丁堀の旦那なり、親分なりから、あらためてお話があると思いやすが、お奉行さまから急なお呼びだしがあるかもしれやせん、お出かけ先をお教えいただき、ご迷惑《めえわく》でやしょうが五郎太を供にしていただきてえんでやすが」

急用ならば町奉行所の小者を走らせればよい。出先は半兵衛が知っている。

富造の表情にあるのは恐縮だけで、やましさの翳りはない。つまりは、命じられただけであって、事情までは承知していない。無礼な申し出で、こちらの器量をおしはかろうとしているのか。しかし、なんのために。

「あいわかった」

「おそれいりやす」

ゆうが、ささげもってきたちいさな丸盆を右脇においた。幻十郎は、礼を述べ、一口茶を喫した。

茶碗をおく。

「そこの狛犬のところにある梅と松とが、以前はここにあったように思う」

「仰せのとおりにございやす」

「四月からだと聞いた」

「へい。それまでは、江戸橋広小路で屋台をだしておりやした」

両国橋広小路、上野山下、浅草寺奥山にはおよばないが、江戸橋広小路も盛り場である。しかも、三町（約三二七メートル）ほど西に行けば五街道の起点である日本橋だ。

「あのかいわいからかよっておるのか」

富造が、ほほえみ、首をふる。

「溝口《みぞぐち》さまお屋敷めえの兼房町《けんぼうちょう》にありやす権三郎《ごんざぶろう》長屋に引っ越してめえりやした。

もうひとり、孫娘のえいがおりやす」

烏森稲荷の斜めうしろに、越後《えちご》の国新発田《しばた》藩五万石溝口家の上屋敷がある。

「世事にくわしいわけではないが、境内で床見世をはじめるのは容易ではあるまい。それに、ここよりも江戸橋広小路のほうが稼ぎになるはずだ。なにゆえかな。わたしがそう申しておったとつたえてもらえぬか」

「かしこまりやした」

幻十郎は、懐から巾着をだした。

「いいえ、若さま……」

「そうはいかぬ。茶は売り物であろう」

「おそれいりやす」

看板娘がいる水茶屋《みずぢゃや》は美人度に比例して高い茶代をとった。錦絵《にしきえ》（浮世絵）になるような柳眉柳腰《りゅうびりゅうよう》であれば、男は鼻孔を洞窟のごとく膨らませて見栄《みえ》が広大無辺になるので、百文などというべらぼうな茶代をおく者もいた。そのあたりの愚かさにかんしては、男は神代《かみよ》の昔からまるで進歩がない。

五文が、ふつうの茶代である。幻十郎は、四文銭《しもんせん》と一文銭をだして盆におき、刀を手にして腰をあげた。

四

晩夏六月は、常夏月《とこなつづき》であり、風待月《かぜまち》、水無《みな》月でもある。その名のとおり、一度も雨がふらぬまま下旬をむかえようとしていた。

連日、夏の陽が江戸を灼《や》いた。容赦なく照りつける陽射しに、葉は生気をうばわれてうなだれ、朝夕の蜩《ひぐらし》の声さえ、もの憂げに聞こえた。

二十日も、朝はうだるような暑さであった。

しかし、昼になると、相模《さがみ》の国から厚い雲がおしよせてきて、しだいに江戸の空を覆っていった。そして、夕七ツ（四時四十分）の鐘できゅうに薄暗くなり、桶をひっくり返したような夕立が地面を叩いた。

大粒の雨が屋根や廂《ひさし》に音をたて、やがて稲妻が夕闇を切り裂き、雷鳴がとどろきわたった。

雨は遅くまでふりつづけた。

翌朝は、あざやかな青空であった。屋根や草木《そうもく》の埃《ほこり》が洗い流され、庭にできた水たまりで昇りゆく朝陽がきらめいた。

朝四ッ（九時四十分）すぎ、幻十郎は客間で山科屋甚右衛門と会った。左斜めまえで、半兵衛が襖を背にしている。

上座につくと、低頭していた甚右衛門がなおった。

半兵衛が言った。

「山科屋、申しあげるがよい」

甚右衛門が、半兵衛にかるくうなずき、顔をもどす。

「若さま、ご用人さまをおとおししてお奉行さまへお願いいたしましたところ、若さまがご承知ならばということでございました。しばらくのあいだ、娘のなをを行儀見習でお預かりいただくわけにはまいりませんでしょうか」

膝に手をおき、上体を前屈みぎみにして遠慮がちに見あげる眼が、なにも訊かないでほしいと懇願している。

幻十郎はほほえんだ。

「わたしに異存はない」

「ありがとうございます」

安堵の表情をうかべた甚右衛門が、畳に両手をついた。

幻十郎は、客間をでて部屋へもどった。

障子は左右にあけてある。部屋にはいりかけてやめ、ふり返り、沓脱石の下駄に足をのせて縁側に腰かけた。

どういうわけか、幼いころから、寛永寺境内の松原を歩いたり、不忍池《しのばずのいけ》をめぐるのがすきだった。

母がついてくることもあれば、女中であったり、手代であったりした。小雨の日に、傘をさして不忍池をまわったこともある。

遊び相手がいないせいであったかもしれない。しかし、そのころから、頭のなかにはいくつものなぜがあった。

なぜ雨はふるのか。いったいどうやって。どこから。雲のなかに雨があるなら、なぜ雨だけが落ちてきて、雲は落ちてこない。そもそも、雨があるなら、どうして雲は浮かんでいることができるのだ。

桔梗屋にも庭はあったが、池田の屋敷とは比較にならない。

毎日見ていて、季節ごとに影の方角と長さとのちがいに気づいた。つまりは、陽の昇る位置がちがっていっているということだ。しかも、達する高さも季節によってちがう。なぜ。

おのれの背が伸びるように、草花も背が伸びる。草花も生きているということか。

小鳥や蛙《かえる》や蟬《せみ》がその季節にしか鳴かないのはなぜか。風はどこからくるのか。なぜ、吹いたり吹かなかったりする。

誰かに問おうとは思わなかった。そうしてはいけないような気がした。陽は東から昇り、西へ沈む。翌朝、また東から昇る。いったいどういうしくみになっているのだろうと思うが、あたりまえのことに不可思議をおぼえるおのれのほうがどこかおかしいのかもしれない。

叔父の許しをえて、蔵にある書物はことごとく読んだ。森羅万象《しんらばんしょう》にはなんらかの意味があるはずであり、学問をふかめたいとも思った。しかし、師についたり、書物をもとめたりといった贅沢《ぜいたく》ができる立場ではない。

世間には、日々の糧《かて》をえるために汗水流している者が大勢いる。それにくらべれば、おのれはめぐまれている。

庭は、なにも語らず、あるがままにある。築山に池、松、岩。庭のたたずまいは、見ていて飽きず、心がおちつく。

半兵衛がやってきて膝をおった。

「若、それがしもうかつにございました。山科屋は古くより出入りいたしておるそうにございます」

幻十郎は、庭に顔をむけたままでこたえた。

「白粉や紅を商っていると申しておったな。叔母上のもとへか」

「さようにございます。加代が、よくぞんじております。殿よりお言付けがございます」

幻十郎は、半兵衛に上体をむけた。

「奥方さまが、山科屋がことをお気にかけておいでのよしにございます」

「役宅へ出入りしておるということか」

南町奉行所は、御堀（外堀）に架かる数寄屋橋《すきやばし》御門をはいった正面にある。

「そのようでございます」

幻十郎は、さきほどの山科屋甚右衛門の表情を想いだした。

かいわいは、旗本屋敷だけでなく、大名家の上屋敷も多い。上屋敷には奥向きがあり、大勢の女たちがいる。

「叔父上はほかになにか」

「いいえ。娘は明朝よりまいります。加代が、若の身のまわりの世話をさせると申しております」

「よいのか」

「なにがでございます」

「年ごろであろう」

「不都合にございますか」

「そうではない。あの夜も恥ずかしげにしておった。娘のほうがこまるのではないかと申しておるのだ」

半兵衛が小首をかしげる。

「あとでたしかめておきます。それがしは、これにて」

幻十郎は、ふたたび庭に顔をむけた。

半兵衛が去っていく。気配が消え、静けさのなかにかすかな騒がしさのある大地の息吹がもどってきた。

蟬が蒸し暑さをかなで、たまのそよ風に葉がささやく。

まぶたをたらしぎみにして一点に眼をすえ、なにも見ずにすべてを感取する。

蠅《はえ》がきた。

あたりを羽音《はおと》が飛びまわる。

ゆっくりと息をすって、しずかにはく。さりげなく、左手を鯉口へ、右手を柄へあてる。息をととのえる。

小脇差が奔《はし》り、気配を斬る。

羽音がやんだ。

小脇差を左手にうつして右手で懐からだした一枚の懐紙で刀身をていねいにぬぐう。懐紙をおりたたんで懐にしまい、柄を右手でにぎりなおして刀身を鞘にもどす。

おのれに問う。

――無慈悲か。

――では、鳥や魚を食するのはどうなのだ。

――生きるとは、そもそもが無常なのではないのか。

刀は斬るためにある。斬るとは、すなわち相手を殺すことだ。殺されぬために修行をつむ。だが、戦《いくさ》のなくなった泰平の世にあって、刀を保持しつづける意味はなんだ。身分の誇示にすぎぬのではないのか。

陽が高くなり、影が短くなっていく。

昼九ツ（正午）の鐘が鳴り、加代が食膳をはこんできて、飯櫃《めしびつ》をとりにもどった。

屋敷は留守宅であり、女は加代のほかは下働きだけだ。家臣をふくめ奉公人の多くが南町奉行所内の役宅にいる。幻十郎がもどったいま、加代ひとりではたしかに不便かもしれない。

加代がお櫃をもってきた。

山科屋の娘がいるのはしばらくのあいだであろうから、明日《あす》の朝に当人の気持ちを聞いてみるという。

朝と昼は一汁一菜に香の物。夕餉は二菜だ。

――だされたものは、好き嫌いを言わず、たとえ味つけがおかしくても黙ってのこらず食べる。さもないと、不始末の責めをおって腹を切らねばならぬ者がでかねぬ。それが上に立つ者の心得だ、よいな。

屋敷にひきとられたばかりのころ、叔父に大名の子としていかにあらねばならぬかをおりあるごとにさとされた。

中食を終え、加代が食膳と飯櫃をさげた。

障子はあけたままだ。

幻十郎は、書見台をだしてきて廊下ちかくにおき、漢籍をひろげた。部屋住みの厄介は、できるだけ部屋でおとなしくしている。となると、書物をひもとくらいしかやることがない。

しばらくして、加代が廊下で膝をおった。

「若さま、五郎太と申す者がお目にかかりたいそうにございます」

幻十郎は、眉をひそめかけ、想いだした。

加代が怪訝な表情をしている。たずねてくる町人は上野の桔梗屋の者だけだ。それなら、加代は面識がある。

幻十郎はほほえんだ。

「烏森稲荷にできた床見世の者だ。庭へとおしてくれ」

「かしこまりました」

得心のいった加代が辞儀をして去ってほどなく、五郎太がやってきた。襟《えり》をきちんとあわせ、裾《すそ》もからげるのではなくふつうに流している。小店《こだな》の倅《せがれ》か奉公人に見えなくもない。

幻十郎は、廊下へでて縁側で膝をおった。

三歩ほどのところまでちかづいてきた五郎太が、一礼して地面に両膝をつく。

「なにかな」

五郎太が顔をあげる。

「へい。若さま、八丁堀の旦那がたが、お目にかかりたいのでおでまし願《ねげ》えねえでやしょうかとのことでございやす。ご承知いただけるのでやしたら、暮六ッ（日の入、七時）にご門のそとでお待ちしておりやす」

「あいわかった。ところで、そのほう、歳はいくつになる」

「十六でやす」

「富造は」

「五十八でやす。おっかあは三十三で、妹は十四になりやす。おっとうは左官でやしたが、あっしが四つのときに亡くなりやした」

「そうか」

「へい。若さま、それでは暮六ッにお待ちしておりやす」

こちらの意図をさっして問われるまえにこたえる。低頭して腰をあげた五郎太の眼に、聡明な輝きがあった。

ふたたび辞儀をして踵を返し、去っていった。

幻十郎は、部屋へもどった。

すこしして茶をもってきた加代に、でかけるむねと早めの茶漬けをたのんだ。

刻限からして、酒肴《しゅこう》をととのえて待っている。それでも、初対面であり、腹ごしらえはしておかねばならない。

与力同心は両刀をさしてはいるが、厳密には〝士分〟ではなく〝士分扱い〟である。同心が与力になることはあっても、それ以上の出世は望めない。ことに、町奉行所の与力同心は死体をあつかうので、ほかの与力同心たちからでさえ〝不浄役人〟とさげすまれた。

だからこそ、町家の安寧《あんねい》をたもっているのはおのれらだとの矜持《きょうじ》をしめす。そのぶん、内奥には屈折したものを秘めている。

奉行はかわるが、与力同心は代々かわらない。似たようなせりふを、京でいくたびも聞いた。しかも、たいがいは自嘲めいた響きがこめられていた。

五郎太は、八丁堀の旦那がた、と言っていた。ひとりではないということだ。

御用聞きの手先に烏森稲荷で床見世をやらせる。叔父の指図ではあるまい。京から呼びよせたにもかかわらずなにも言わないのもまた、叔父らしくない。

幻十郎は、書見をあきらめ、庭に眼をやった。

陽がかたむくにつれて、東の空から青さがうすれていく。

暮六ツを報せる捨て鐘が鳴りはじめた。

あたりは、すっかり暮色であった。

羽織袴の腰に手にしていた刀をさし、幻十郎は玄関で三つ指をついている加代に背をむけた。

門の脇で五郎太が待っていた。ぶら提灯の柄を右手でにぎっている。

「まいろうか」

五郎太が、ぺこりと頭をさげる。

「ご案内《あんねえ》いたしやす」

ぶら提灯をよこにだしてさきになる。

稲荷小路を東へ行き、分部家上屋敷と豊後《ぶんご》の国岡《おか》藩七万四百四十石中川《なかがわ》家中屋敷とがむかいあっている道へおれる。

分部家上屋敷は三千余坪で、中川家中屋敷は四千七百余坪だ。二万石と七万石との差である。つきあたりは御堀にめんした芝口一丁目。

中屋敷かどを東へおれる。

武家地は静かだが、町家の裏通りは提灯をもたない者たちが急ぎ足でゆきかっている。芝口一丁目と二丁目のあいだから大通りにでて左にまがる。

一町（約一〇九メートル）さきに芝口橋がある。日本橋から品川宿へいたる東海道だ。いちだんと人通りが多い。

芝口橋は、幅が四間二尺（約七・八メートル）、長さが十間（約一八メートル）。川は重い荷や大量の荷をはこぶ水路であり、荷舟のさまたげにならぬように橋はたもとまで盛り土がされてまるみをおびて架けられる。

たもとの川上がわにはかついで売り歩く屋台見世《やたいみせ》の二八蕎麦屋が、川下がわには屋台より大きい据《すえ》見世の天麩羅《てんぷら》屋がある。

天麩羅は、安永《あんえい》(一七七二〜八一)のころから屋台で売られるようになった庶民の食べ物である。

串刺しした魚介に水溶きしたうどん粉(小麦粉)のころもをつけて油で揚げる。野菜は揚物であって、天麩羅とは呼ばない。ころもにだし汁やとき卵などのくふうがなされるのは、料理茶屋などでもだされるようになってからだ。卵は、裏長屋の者にとっては病気にでもならないかぎり口にすることのない贅沢な食べ物であった。

三十代なかばの天麩羅屋が、ちらっと五郎太に眼をやった。

屋台のよこに縁台がある。わずかに横顔の見える五郎太が、無表情にとおりすぎ、川岸の石段をおりていく。

桟橋によこづけされた屋根船の艫《とも》で、船頭が腰をあげた。舳《みよし》まで行った五郎太がふり返る。

「若さま、そこの天麩羅屋でお待ちしておりやす」

「そうか」

「へい。どうぞ、おのりになっておくんなさい」

幻十郎は、うなずいて腰の刀をはずした。

屋根船にのる。つづいた五郎太が、片膝をついて簾障子をあけた。草履《ぞうり》をぬぎ、腰をかがめてなかにはいる。

背後で簾障子がしめられた。

正面に御用聞きらしき町人がふたり。左に着流しに黒羽織の同心がふたり、右に羽織袴の侍がひとり。上座とそれぞれのまえに食膳が二膳。四隅には川船用の箱形網行《あん》灯《どん》。

膝をおり、刀を左脇におく。

屋根船が桟橋をしずかに離れる。

左前にいる年輩の同心がかるく辞儀をした。

「それがし、南御番所年番方の相原伊左衛門と申しまする。となりにおりますのは臨時廻りの小野田忠輔」

忠輔がわずかに上体をむけて一揖《いちゆう》する。

「……そこにおりますのが、隠密廻りの大竹権太夫にございます。他聞をはばかりますゆえ船にさせていただきました。船頭も手の者にございます。無粋で申しわけございませんが、手酌でお願いいたします。ところで、どのようにお呼びすればよろしいでしょうか」

「名をかえたが……」

伊左衛門が首肯する。

「うけたまわっております」

「では、霞幻十郎でよい」

「かしこまりました。大竹がお話しいたしますが、まずは喉をうるおしていただきたくぞんじます。それがしどももそうさせていただきます」

「馳走になる」

幻十郎は、杯に諸白《もろはく》（清酒）をつぎ、唇をしめらせた。

杯をおく。

おなじく食膳に杯をおいた権太夫が、上体をもどして顔をむけ、目礼をした。

「あれにひかえておりますは、伝蔵と倅の清次にございます。伝蔵は江戸橋したの荒布橋をわたった小船町三丁目で豆腐屋を、清次は裏の堀江町三丁目で楊枝屋をいとなんでおります。それがしへのつなぎは、烏森稲荷の富造か、この両名へお申しつけ願います。また、火急のさいは、霞幻十郎さまのお名で南御番所臨時廻り小野田にかかわりがあるむねを仰せいただければわかるようにいたしておきます」

「この身に危難がおよぶのであれば、叔父は呼びよせたりはせぬ。むしろ、京にとどまるよう申しつけたはずだ。理由《わけ》を聞かせてもらいたい」

「申しあげます」

権太夫が、居酒屋で耳にした火盗改配下の言いようと、叔父とのやりとりを語った。

「……火事場装束に供揃えでの見まわり。怪しいとにらんだだけでしょっぴく容赦のないやりよう。町家の者らは、長谷川さまがおかげで枕を高くして寝られると喜んでおります」

「派手に見まわり、活躍すればするほど、両町奉行所が無能にうつる。さらには、おのれを町奉行に任じなかったご執政へのあてつけにもなる。叔父が失策をしでかせば、口さがない者たちは、それ見たことかと言うであろう。虎退治と申しておったそうだが……」

幻十郎は眼で問うた。

権太夫が首をふる。

「いまだそれとわかるうごきはございません。両名とも酔っておりました。ですが、あのようなことを申すからには、火盗改のなかになんらかの思惑があるととらえるべきとぞんじます」

「京で、奉行はかわるが与力同心は代々だと聞いた。なにゆえ、叔父に肩入れする」

「その儀につきましては、それがしがおこたえいたします」

幻十郎は、権太夫から伊左衛門へ顔をむけた。

「大竹や小野田はいまだ四十なかばまえでさきがありますが、それがしは五十七。倅が見習をつとめており、いつなりとも隠居できます」

伊左衛門が、口端にうかべたかすかな笑みを消す。

「お江戸八百八町と申しますが、じっさいはその倍の千六百をはるかにこえております。それを、南北あわせてもたった二十四人の臨時廻りと定町廻りとで見まわり、昼夜のべつなく駆けつけております。町奉行所の役目は、お膝元の平安をたもつにあります。南北で手柄を競うことはあっても、みな、八丁堀に住んでおり、おのずと限度をこころえております。長谷川さまは、火付けや盗賊のたぐいを相手にしているぶんには適任でございましょう。銭相場でお稼ぎになられたそうですから勘定奉行もつとまるやもしれませぬ。しかし、ご城下を治《おさ》めるには圭角《けいかく》がありすぎます」

町奉行所や八丁堀の与力同心宅には大名家や町家からの付け届けがあるが、火附盗賊改やその配下の与力同心にはそのようなものはない。長谷川平蔵は銭相場で不如意《ふにょい》をおぎなおうとしたのかもしれない。

ともあれ、銭相場に手をだし、しかも儲けた。当然、反撥をまねく。旗本御家人は札差への借金で困窮《こんきゅう》しており、たぶんにやっかみもあったであろう。

伊左衛門も、武士にあるまじきと思っているようだ。口調に皮肉の棘《とげ》があった。

「そのほうらが料簡はあいわかった。わたしを罠にかけ、まきぞえにして失脚におとしこむ。叔父のことだ、町奉行職に恋々《れんれん》とはすまい。望みどおり、他出のおりは富造が孫の五郎太をともなうとしよう。なにかあれば、五郎太が報せに走る。そういうことであろう」

伊左衛門が首肯した。

「ご賢察、おそれいります」

「引っ越させてまで烏森稲荷に床見世をだした狙いは、それだけではあるまい。屋台やかんたんな据見世ではなく屋根のある床見世。長丁場にそなえ、わたしの身辺に本腰をいれて眼をくばる。火盗改は疑う、叔父の失脚を狙っているのに気づいたのではないか、とな。ついでに、わたしの見張りもかなう。できれば屋敷でおとなしくしていてもらいたいのであろうが、そうもいかぬ。母が上野にいる」

権太夫がこたえた。

「上野北大門町の京菓子屋桔梗屋のおしのさま。調べさせていただきました」

「ならば、叔父の一人娘が十四であるのもぞんじておろう。数年のうちに婿養子をむかえることになる。いつまでも厄介になっているわけにはいかぬゆえ、わたしも生きるすべをみつけねばならぬ。だから、出歩くことになる」

「そのおりも、五郎太をお供に願います」

「承知した」

「お口にあわぬかもしれませぬが、おめしあがりいただきたくぞんじます」

幻十郎は、うなずき、箸《はし》をとった。

第二章　殺し

一

夜五ツ（八時四十分）の鐘が鳴ってほどなく、のってもらった芝口橋よこの桟橋で幻十郎をおろした。

日暮れまではにぎやかだった芝口の通りも、いまは人影が絶えてひっそりとしている。

暮六ツ（日の入、七時）の鐘で、食の見世のほかは商いを終える。灯油を節約するためだ。陽が沈むと、大店がならぶ表通りよりも、居酒屋などがある裏通りや新道《しんみち》、横道のほうが灯りがある。

芝口橋のまわりは、天麩羅屋台の灯りと、桟橋におりてきた五郎太の提灯があるだけだ。

背をかがめて座敷をでた幻十郎がふり返り、めだつゆえ見送りはいらぬ、と言った。

権太夫は、顎をひいて謝意をしめし、栈橋からあがった幻十郎のうしろ姿が見えなくなるまで待って舳の簾障子をしめた。

屋根船がしずかに栈橋を離れる。

伊左衛門が、諸白をついで飲んだ。幻十郎が杯を手にしないので、権太夫たちもひかえていた。忠輔も、ほっとした表情で杯をかたむけている。権太夫も喉をうるおした。

杯をおいた伊左衛門が、顔をあげ、ほほえむ。

「あれで二十四歳とはな。陽に焼けた精悍《せいかん》さは修行のたまものであろうが、思慮ぶかげな物腰と泰然とした風格は生来のものではないかな」

権太夫は首肯した。

「ご自身を厄介の身だとおっしゃっておられました。お大名のお子であるにもかかわらず、町家でお生まれになり、いまはお奉行のお屋敷に身をおかれておられる。われらごときには思いもつかぬ気苦労があるのかもしれません」

伊左衛門が、顎をひき、忠輔に顔をむけた。

「おぬしは八丁堀の誰もが認める遣い手だ、どう見た」

「ゆったりとなさっておられながら、まるで隙がありません。よほどのご技倆《ぎりょう》とお見受けいたしました。さきほど、鉄扇を拝見させていただきましたが、賊どもとわたりあったにもかかわらず、瑕《きず》ひとつございませんでした。京で修行をなさっておられたとのこと、古流には鉄扇術があると聞いております」

「ほう、そのようなものがあるのか」

　忠輔がうなずく。

「われらは手習いとおなじころから八丁堀の道場で十手術や捕手《とりて》術を学びますが、もともとは武芸十八般のうちであり、剣のほかに鉄扇術も修行する流派がある、と師よりうかがったことがございます」

「十手取縄が武芸十八般のうち……」

　伊左衛門が、腕をくんで小首をかしげる。

「考えたこともなかったが、なるほど、言われてみれば、たしかにそうであろうな」

　伊左衛門に目礼した忠輔が顔をむける。

「大竹さん、伝蔵と清次がいごこちわるげにしておりました。ふたりの膳まで用意させたのは、霞さまをお試しになられたのでしょうか」

権太夫は、ちいさく顎をひいた。

「お奉行の甥御で、お大名の若さま。本来であれば同座できるはずもなく、無礼だととがめてもよい。ところが、眉ひとつうごかさなかった。清次」

「へい」

「富造にはどうつたえた」

「お申しつけどおりに、八丁堀の旦那がたがお目にかかりたい、と。五郎太が、そのようにお伝《つて》えしたはずでやす」

権太夫は、忠輔に顔をもどした。

「富造にやらせている床見世だが、さきほどおっしゃっておられたとおりだ。あそこまで深読みなさるとはな。お奉行よりお聞きしたおりはみびいきであろうと思ったのだが、ぞんがいであった。ふたりのまえにある膳を見てどうなさるか。それで、ご器量のほどがわかる。ふいをつけば顔にでるからな。だが、予期していたように思う」

伊左衛門が言った。

「あのおちつきは、そうかもしれぬな」

艫《とも》の簾障子ごしにこわばった声がかかる。

「小野田の旦那」

清次が、すばやく膝をめぐらせて簾障子をあける。

忠輔が訊いた。

「どうした」

「さっきの若《わけ》えのらしきのが駆けてめえりやす」

「なんだとッ。ちかくの栈橋につけろッ」

「へい」

眼をほそめた伝蔵が顎をしゃくり、清次がちいさくうなずく。ふたりとも顔をこわばらせている。

座敷から艫へでた清次が、簾障子をしめた。

伊左衛門も忠輔も硬い表情だ。

権太夫も、いつのまにか、奥歯をかみしめていた。

まさかとは思う。しかし、たとえ名人上手であっても、不覚はありうる。床見世はあからさますぎたかもしれない。

伊左衛門が眼をほそめた。

「増上寺門前七軒町の万次は乙部《おとべ》伝四郎《でんしろう》の手の者であったな」

権太夫はこたえた。

「さようにございます」

長谷川平蔵の配下では、与力の岩崎杢之助《いわさきもくのすけ》と同心の乙部伝四郎とが切れ者である。火盗改の評判や動静に気をくばっている。報告したからにはいつ下問があっても即答できるようにしておく。さもないと、無能のそしりをまねく。

乙部伝四郎はかなりの遣い手だという。万次から聞けば、幻十郎の技倆がわかる。評判どおりなら、ならばなにゆえ烏森稲荷に床見世をださせたのかとの疑念をいだく。

池田源十郎では後始末が厄介だが、霞幻十郎ならいかようにも言いつくろえる。

――よもやとは思うが……。

船足がおち、ほどなく、左右に揺れた。清次が桟橋に跳んだのだ。草履の音が桟橋を駆けていく。

ややあった。

清次が大声をだす。

「よし、おめえはもどって、おそばについていな」

「わかりやした」

大声をだしたのはこちらに聞かせるためだ。しかも、相手が誰かは言ってない。清次も、いつのまにか三十をすぎ、いい御用聞きになりつつある。

清次が桟橋を駆けてくる。

屋根船が揺れ、伝蔵が艫の簾障子をあけた。

清次が片膝をつく。

「大竹の旦那、芝口二丁目の裏通りで、たったいま殺しがあり、遊び人ふうなのが逃げていったそうで。若さまに、見張っているので屋根船を追いかけて報せるよう申しつかったそうにございやす」

権太夫は忠輔に顔をむけた。

忠輔がうなずく。

「わたしがまいります。清次をお借りしてもよろしいでしょうか」

「ああ」

脇の刀をつかんだ忠輔が艫からでていく。

伝蔵が、簾障子をしめて膝をめぐらせた。

屋根船が桟橋を離れる。

伊左衛門がつぶやく。

「ふつうであれば、自身番へ走らせる。お奉行のお身内だとわかれば、ひきとめる者はおるまい。なあ、大竹」

「なんでございましょう」

「お奉行は、豪放なご気性だが、そのぶんおおまかなところがおありになる」

権太夫は微苦笑をうかべた。

たしかにそのとおりだが、同意はできない。そのような言いかたがゆるされるのも年番方最古参の伊左衛門ならばこそだ。

年番方の与力と同心が町奉行所を仕切っている。町奉行といえども、年番方の意向にはさからえない。

伊左衛門がつづけた。

「憎めぬご気性ゆえ、京都町奉行所の者たちがささえていたのであろうと思うておったが、どうやらそれだけではなさそうだな」

「われら三名が、お奉行の甥御にお会いする。なんらやましさはございませんが、知れば、憶測をたくましくする者もおりましょう。それゆえ屋根船にいたしました。霞さまも、われらが配慮を察したからこそ、見送りは無用と仰せになられたはずです」

伊左衛門が怪訝《けげん》な表情をうかべる。

「万が一にもひきとめられて他出先を訊かれるとこまるゆえ、あの手先を走らせたと思うていたが、ん……そうか、正直にこたえることはない。いくらでもごまかせる。あるいは、無礼をとがめてもよい。にもかかわらず、われらと会《お》うていたのが露見するやもしれぬのに、あえて報せた。そういうことか」

「ええ、そのように思えます」

伊左衛門が、腕をくんでわずかに首をかしげ、眼をとじた。

三十間堀川《さんじっけんぼり》から八丁堀川をよこぎって楓川《かえで》にはいれば、東岸は八丁堀島である。八丁堀の由来は、江戸初期の寛永《かんえい》（一六二四〜四四）のころに、船荷の便をはかるために湊《みなと》から八町（約八七二メートル）の掘割をとおしたことによるという。楓川のほうは、長さが十二町（約一・三キロメートル）弱である。

楓川には五つの橋が架かっている。八丁堀川から二つめの松幡橋《まつば》をすぎた栈橋で岸にあがった。

松屋町《まつやちょう》と因幡町《いなばちょう》とをむすんでいることからこの名がある。

奥州白河藩《おうしゅうしらかわ》十一万石松平家の上屋敷裏かどで、伊左衛門と別れた。

伊左衛門の組屋敷は四つ辻を霊岸島《れいがんじま》方面へ半町（約五五メートル）ほど行ったところに、権太夫のは上屋敷裏通りからおれる二つめの通りに、忠輔のは三つめの通りからさらにおれたところにある。

翌二十二日の朝、忠輔がよろしければ暮六ッ半（七時五十分）じぶんにいつものところで一献かたむけたいとの使いをよこした。

権太夫は承知した。

この時代、江戸の治安はかつてないほどわるい。理由は、天明《てんめい》二年（一七八二）から八年（八八）にかけての大飢饉《だいききん》で無宿人が大量に発生したことによる。各地で一揆や騒動がおき、お膝元の江戸でさえ打毀《うちこわ》しがおこった。関八州《かんはっしゅう》や街道筋で、博徒が一家をかまえて跋扈《ばっこ》するようになったのもこのころからだ。

無宿とは人別帳《にんべつちょう》からはずされた者をいう。人別帳は江戸時代の戸籍簿である。記載されているのは、生国《しょうごく》、旦那寺《だんなでら》、請人《うけにん》（保証人）、職業、続柄、名、年齢。

飢えた者が、流民《りゅうみん》となって、宿場や城下町、京、大坂、江戸の三都へなだれこむ。無宿ゆえまともな働き口はなく、生きるために物乞いをするか悪事に手をそめる。

この年の仲春二月十九日、長谷川平蔵は、無宿人対策として建議していた人足寄場《にんそくよせば》の設置とその取扱を命じられる。

場所は、大川河口の石川島《いしかわじま》と佃島《つくだじま》とのあいだの葭《あし》がしげる湿地で、広さは一万六千坪余とも一万六百坪余ともいう。

平蔵は、さっそく普請にとりかかり、月内に仮小屋、初夏四月末までには埋めたてを終える。銭相場に手をだしたのも、人足寄場の運用資金をおぎなうためだったとの説がある。

ならば、なにゆえ資金不足をうったえなかったのか。

松平定信には多くの著述があるが、『物価論』で〝運上《うんじよう》（課税）は物価を平準にする術《すべ》なり〟と述べている。前任の田沼意次《たぬまおきつぐ》とちがい、きちんとした見識の持ち主である。

寛政の改革においては、棄捐《きえん》令で札差《ふださし》にたいする幕臣の借金を棒引きにし、町入用《ちょういりよう》の七分積金《しちぶつみきん》という救荒基金を設立するなどの経済政策をおこなっている。財政に無知であろうはずがない。

しかし、定信は、平蔵をきらっていた。

異能の幕吏《ばくり》であった平蔵は、当然それに気づいていた。では、平蔵のほうは定信をどう思っていたのか。

さらにある。松平定信は、御三卿《ごさんきょう》田安《たやす》家初代宗武《むねたけ》の七男で、幼少のころから聡明さが知られていた。それをおそれた田沼意次が、御三卿一橋《ひとつばし》家二代治済《はるさだ》と共謀して、定信を陸奥《むつ》の国白河藩十一万石久松《ひさまつ》松平家二代定邦《さだくに》の養子におしつけてしまう。

定信がなりそこねた十一代将軍になったのが、治済の長男家斉《いえなり》である。

その家斉が将軍世子《せいし》として西丸にあったころ、平蔵は書院番番士として近侍《きんじ》していた。

寛政七年（一七九五）盛夏五月、家斉は前月から病に臥《ふ》せていた平蔵が危篤《きとく》におちいったと知ると、御側衆を遣わして貴重な薬を賜《たまわ》っている。異例の恩恵である。

しかしこれとて、家斉の温情として単純に解釈するにはためらいがある。家斉と定信とのあいだには確執があった。御側御用取次平岡頼長《ひらおかよりなが》の機転によってことなきをえたが、家斉は定信を斬ろうとしたことさえある。

家斉が激昂《げっこう》したのは、実父治済に〝大御所《おおごしょ》〟の尊号を贈るのを定信がかたくなに拒んだからだ。家斉が小姓が捧げもつ刀の鞘をつかんだとたんに、平岡頼長が、越中《えっちゅう》どの、お刀を賜るゆえ頂戴《ちょうだい》なされよ、と声をはりあげた。

我に返った将軍家斉は、老中首座松平越中守定信に刀を授けてさがった。

このとき、平岡頼長は二千石。寛政十一年（一七九九）に千石加増されて三千石。

文化五年（一八〇八）には多年忠勤を理由にさらに二千石加増されて五千石になる。将軍と老中首座とが殿中《でんちゅう》において刃傷沙汰。あってはならないことであり、未然にふせいだ平岡頼長が、すぐさまではなく歳月をおいて家禄を二・五倍にまで加増されたのもうなずける。

尊号の一件も遠因としてあげられるが、定信は平蔵が死ぬ二年まえに老中職を追われている。

世間を驚かせた家斉の稀有《けう》な厚情は、かずかずの手柄にむくいることなく平蔵を冷遇しつづけた定信へのあてつけではなかったか。

おそらく、定信は承知のうえで平蔵にじゅうぶんな資金をあたえなかった。

定信にとって、平蔵は憎き田沼意次と、一橋治済、家斉親子にむすびつく。失敗させ、無能の烙印を押す心づもりであったのかもしれない。

だからこそ、平蔵はいささかきたない策《て》をつかって銭相場で運用資金を捻出し、定信に一矢報いた。

賢宰《けんさい》と異才《いさい》。たがいに相手が気にくわなかった。定信はあからさまに。平蔵は矛《ほこ》をたくみに隠して――。

ともあれ、この時期の長谷川平蔵は、火附盗賊改のほかに人足寄場の支配でもあり、多忙をきわめた。

町家の安寧《あんねい》は町奉行所の役目である。

江戸は放火が多かった。火附盗賊改という専門の取締りがおかれたことからも、それがうかがえる。

両町奉行所の廻り方も、流入した無宿人に眼を光らせていた。

亀島町《かめしまちょう》の通りに、軒《のき》をならべて古着屋と髪結床がある。

八丁堀の者は、南北の隠密廻りがそこで着替え、身なりにあわせて髷《まげ》をととのえるのを知っている。むろん、余所《よそ》者にはあかさない。振売りなどもそうだ。八丁堀に住めなくなるし、出入りを禁じられてしまう。

権太夫は、定町廻りから隠密廻りに抜擢された。定町廻りであったころの持ち場は、外神田《そとかんだ》と浅草《あさくさ》だった。廻り方が顔を知られているのは持ち場だけだ。だから、隠密廻りになってからは、神田川をわたっていない。

無宿人がたむろしているのは、大きな寺社の周辺と四宿《ししゅく》である。おもなところには手先を配している。

四宿とは、日本橋を起点とする五街道にもうけられた最初の宿場のことである。すなわち、品川《しながわ》、内藤《ないとう》、板橋《いたばし》、千住《せんじゅ》だ。

内藤だけなぜ新宿かは、甲州街道と青梅《おうめ》街道との追分《おいわけ》に内藤宿と呼ばれた宿場があったのがなくなり、あらたにつくられたので新宿だという。しかし、新についてはほかにも説があって断じかねる。

名の由来は、宿場の南がわ一帯が家康に関東奉行を命じられた内藤清成《きよなり》の拝領屋敷地だったことによる。

清成は五千石の旗本であった。しかし、元禄《げんろく》十一年（一六九八）に新宿が設けられたとき、内藤家は信濃《しなの》の国高遠《たかとお》藩三万三千石の大名になっていて、この地は下屋敷であった。

天正《てんしょう》十八年（一五九〇）に豊臣秀吉によって関八州《かんはっしゅう》に移封《いほう》された家康があたえた屋敷地であり、関東奉行という役職はなくなったがずっと内藤家のものであったように思える。たかだか三万三千石の大名家であるにもかかわらず六万八千坪余もの広大さはそのせいであろう。その下屋敷跡が、おおむね現在の新宿御苑《ぎょえん》である。

担ぎ売りに扮した権太夫は、東海道を品川宿へむかった。途中で、芝《しば》増上寺門前と赤穂《あこう》浪士で有名な高輪泉岳寺《たかなわせんがくじ》門前へよる。

四宿は道中奉行の領分であり、町奉行所は手がだせない。しかし、それは表向きであって、権太夫は品川宿と内藤新宿に手先を配している。

両町奉行所とも、年番方の意向で四宿に隠密廻りか臨時廻りの手の者を住まわせ、街道に眼を光らせている。

権太夫は、南品川宿のさきまで足を伸ばしてひき返した。

紅《くれない》色の大きな夕陽が相模《さがみ》の空を朱《しゅ》の濃淡にそめ、藤色にくすむ稜線にかからんとするころ、八丁堀にもどってきた。

古着屋井筒《いづつ》屋で着流し黒羽織の八丁堀ふうに着替え、髪結に髷もゆいなおさせた。

陽が沈むと、宵が駆け足でやってくる。

権太夫は、小田原提灯の蠟燭《ろうそく》に火をもらい、髪結床をでた。

井筒屋のまえには、亀島川からの入堀《いりぼり》に架かる橋がある。入堀は、白河松平家上屋敷の裏通りで堀留《ほりどめ》になっている。

八丁堀では、女子供でも夜道を恐れない。悲鳴ひとつで、そこらじゅうから与力や同心がとびだしてくる。

左どなりの水谷町《みずたにちょう》のほうからきた浴衣《ゆかた》姿の娘三人が、橋をわたっていく。

橋をわたった娘たちが右へいく。すこしさきの鳥居まえの堀ぞいに屋台がならんでいる。

浴衣は湯帷子《ゆかたびら》の略であり、古くは湯浴《ゆあ》みのさいに身にまとうか、湯浴みのあとで濡れた躰の水気を吸いとらせるためのものであった。それが、江戸期になり、寛政のまえの天明《てんめい》（一七八一〜八九）のころから家着《いえぎ》としてもちいられるようになった。浮世絵にも描かれており、娘たちが薄着で男をそわそわさせるのは昔もかわらない。

権太夫は、苦笑をこぼした。あたりに気をくばるふりをして、堀のむこうをとおりすぎる娘たちを眼でおっている。

口中でつぶやく。

――浴衣姿のなまめかしさに眼をうばわれる。俺も、まだ男ってことか。

亀島町かどの四つ辻で、入堀は直角におれている。入堀ぞいに白河松平家のほうへむかう。堀留から上屋敷裏通りを左に行く。

通りにめんした町家を岡崎町《おかざきちよう》という。しかし、奥行きはほんのわずかで、裏は組屋敷が占めている。八丁堀の多くの町家はおなじ造りである。

権太夫は、居酒屋の縄暖簾をわけた。

残暑がすぎるまでは障子をはずしている。敷居をまたいで土間にはいると、胡麻塩《ごましお》頭の小柄なおやじがぺこりと辞儀をし、口端に笑みをうかべてちいさく首をふった。

権太夫は、腰の刀をはずして左手でもち、二階への階段をあがった。正面に四畳半の小座敷、よこに六畳間がある。おやじの孫娘ふたりの部屋だ。

窓をあけ、膝をおる。

待つほどもなく、忠輔が襖をあけた。

正面に座し、脇に刀をおく。

「お待たせして申しわけございません」

「なあに、おれもついさっきだ」

娘たちが食膳をはこんできた。

酌をして銚子をおく。廊下にならんで膝をおったふたりが、辞儀をし、襖をしめて階段をおりていった。

ゆっくりと杯をおいた忠輔が顔をあげた。眼が苦渋に翳《かげ》っている。

「昨夜《さくや》、芝口二丁目で押込み強盗がありました」

権太夫は眉根をよせた。

「霞さまが報せてくだされた殺しにかかわりがあるのか」

忠輔が、表情をくもらせる。

「主一家と奉公人に女中、下働き。あわせて十三人。ひとり残らず殺されてしまいました。わたしのせいです」

権太夫は、あえて語気をあらげた。

「らしくもない。いったいどういうことだ、なにがあったのだ」

忠輔が、畳におとしていた眼をあげた。

「申しわけございません」

昨夜、忠輔は芝口二丁目へ急いだ。

左斜めまえを清次が駆ける。右手で柄《え》をにぎっている小田原提灯が、左右に揺れる。忠輔も、腰の大小を左手でおさえた。

芝口二丁目の裏通りは、岡藩中川家中屋敷の裏塀にめんしている。通りのなかほどに、提灯と人影があった。

霞幻十郎と五郎太。自身番の町役《ちょう》人の姿もある。そして、倒れている人影。数人の町家の者たちが遠巻きに見ている。

気づいた町役人がふり返り、辞儀をした。

印半纏《しるしばんてん》に股引《ももひき》姿の職人が仰向けに倒れている。水月《みぞおち》まで巻かれた晒《さらし》が赤黒く染まっていた。

苦悶の表情ではない。水月は急所だ。脳天をつらぬく激痛に気を失う。あるいは手慣れた者なら、匕首《あいくち》で斜めうえに突きあげて刺せば心の臓にとどく。

脇に、燃えつきたぶら提灯がある。

忠輔は、職人の死骸をまわって幻十郎にちかづき、小声でご覧になったことをお話しいただきたいと言った。

幻十郎が語った。

一丁目と二丁目との横道を二丁目裏通りにさしかかると、眼の端でふいの火をとらえた。

提灯が燃えはじめていた。かたわらには人影がよこたわっている。

それが一町（約一〇九メートル）ほどさきで、さらに半町（約五五メートル）ほどのところを駆けていくうしろ姿がある。

黒っぽい着物の裾を尻っぱしょり。提灯をもたず、頬っかむりもしていない。背格好は中肉中背。

追うには差がありすぎる。倒れている者のようすを見にいそいだ。しかし、白い晒に血のしみがひろがり、医者を呼んでも手のほどこしようのないのがわかった。

「……町役人や野次馬が見ておりました。ご身分にかかわると思い、おひきあげくださるよう申しあげました。霞さまは、いったん眼をおとし、それからご承知なさり、お帰りになられました」

忠輔の眼と唇とを、無念げな表情がかすめた。

権太夫は、ややまをおいた。

「遠慮なすったわけか」

忠輔が首肯する。

芝口二丁目裏通りで殺されたのは、ちかくの裏長屋に住む屋根職の佐吉《さきち》、二十八歳、独り者。

表店《おもてだな》の商人《あきんど》が、懐中《かいちゅう》をねらわれ、殺される。これならありうる。見まちがえようもない裏店《うらだな》の職人が懐中をねらわれるのも、ありえなくはない。大金を所持しているのがあきらかならば、だ。

忠輔は、清次に懐をさぐらせた。

巾着《きんちゃく》があった。ほかには、手拭《てぬぐい》、紙挟み、煙管《きせる》と煙草《たばこ》入れ。紙挟みは、鼻紙や、余所《よそ》で後架《こうか》（便所）を借りたときのための落とし紙をいれている。

忠輔は、野次馬に顔をむけて、知っている者がいないか訊いた。

家主《いえぬし》の安兵衛《やすべえ》のほかに、縄暖簾でいっしょに飲んでいた鳶《とび》の者と左官《さかん》がいた。

縄暖簾の屋号は〝ひょうたん〟。一汁一菜の飯も安く食べられるので、裏長屋に住む独り者のたまり場であった。誘いあわなくても、顔をだせば誰かいる。あるいは、待っていれば誰かくる。

佐吉は酒がつよくない。だから、早めに帰る。この夜も、いつものとおりで、べつだん変わったようすはなかった。

――いいえ。どっちかっていうと、おとなしいほうで。他人《ひと》の恨みをかうような奴じゃございやせん。へい。

忠輔が家主の安兵衛に顔をむけると、うなずき、そのとおりにございますと言った。

疵口からして、得物は匕首《あいくち》かそれに類するものだ。となると、素人《しろうと》のしわざではない。

左官に、忠輔は壺をふるまねをして、どうだ、と訊いた。左官が、とんでもないというふうに首をふった。

――いまも申しあげやしたが、酒もつきええてえどで。女は、まあ、町内《ちようねえ》の若え者《わけもん》でたまにくりだしやす。博奕《ばくち》なんて、めっそうもございやせん。

ためらいや狼狽。隠そうとすれば表情にでる。提灯のあかりだけだが、嘘をついているようには見えなかった。

「……得物は、たぶん匕首です。まわりの者に知られていないだけで、殺された屋根職にはべつの顔があったのではないか。そう思いこんでしまいました。で、死骸を自身番にはこばせ、清次は御番所まで送ってもらって帰し、中山《なかやま》さまに報告をすませ、ひきあげました」

中山五郎兵衛《ごろべえ》は年番方である。夜間の町奉行所には、年番方と臨時廻りとが一名、それと番方が若干名つめている。

ところがその深更《しんこう》、芝口一丁目の木戸番が捕物じたくの者たちにおこされた。番太郎は、夜四ツ半（十一時十分）じぶんじゃなかったかと思いやす、としどろもどろにこたえている。

二

おなじ二十二日の昼九ツ（正午）すぎ、幻十郎は部屋で食膳をまえにしていた。斜めまえに、かたわらに飯櫃《めしびつ》をおいた加代、そのよこになをがかしこまっている。

叔父に教えられたひとつに、針《はり》の筵《むしろ》にすわらされたくないのであれば、家内についてはできうるかぎり女にさからってはならぬ、というのがある。叔母と加代とは屋敷の主《ぬし》だとこころえよ、とさとされた。

そのころは、考えが浅かった。叔父の教えは、婿養子ゆえであろうと思った。そして、厄介の身であり、運にめぐまれても婿養子の口しかないおのれへのいましめだと。

いまは、叔父の教えはもっともだと得心している。なにしろ、下帯《したおび》（褌《ふんどし》）がどこにあるかさえ知らないのだ。加代に臍《へそ》をまげられたら、この屋敷では暮らしていけない。

なをが、眼のすみで恥ずかしげにうつむきかげんにしている。加代なら慣れている。だが、なをは年ごろの娘であり、どこがどうだというわけではないが、なんとはなしにいごこちがわるかった。

だされたものは残らず食べる。黙ってかたづけ、箸をおいた。加代となをが、食膳と飯櫃をもって去っていった。

幻十郎は、胸腔《きょうこう》いっぱいに息を吸い、しずかにはいた。

立ちあがり、廊下にでて、庭にむかってあぐらをかき、座禅をくむ。

晩夏も下旬。だが、空は青く、雲は白く、草や木の葉の緑があざやかだ。まぶしいほどに光があふれるうだるような暑さのなかで、蟬が命のかぎりに鳴いている。

眼をとじた。息をととのえ、蟬のかしましさに、静寂の響きを聴く。

微風がすぎていく。

おのれをむなしゅうすれば、虫や草木の息吹、人の気配などが感じとれるようになる。おのずと息をするがごとき無心の境地。死の恐怖に克てれば、自在にいたる。頭ではわかっている。朝稽古を欠かさず、おりにふれて座禅をくみ、無念無想の修行をつんでいる。だが、人の心は、弱く、もろい。不動の悟りは、はるかな高みか、底の知れぬ深みにある。

――二十四歳。数年のうちに、屋敷をでていかねばならぬ。ほかにすべがなければ、上野で母とともに暮らす。伯父はうけいれてくれるであろう。だが、それでよいのか。この世に生をうけたはなんのためだ。おのれが生きていることに、いったいどれほどの意味があるのか。

京にいるあいだは、剣の修行にうちこんでいた。江戸への道中で、その疑念がしばしば胸中に去来した。

しばらくして、廊下を衣擦れがちかづいてきた。加代の足はこびの背後にもうひとり、女の足はこび。なをだ。

幻十郎は、息を吸って、はき、眼をあけた。

顔をむける。

加代となをが膝をおった。

「五郎太がまいっております。昨夜《さくや》のおかたがお目にかかりたいと、稲荷の田楽見世で待っているそうにございます」

「すぐにまいる」

「かしこまりました」

ふたりが、辞儀をして去った。なをの挙措がぎごちない。まちがえまいと、たえず加代に眼をやっている。

年番方、隠密廻り、臨時廻りと顔をそろえたのは、叔父がどう言おうがいらざる口だしはするなということであろうと理解した。

帰路での殺しは、いぶかしさをおぼえたがゆえに五郎太を報せに走らせた。とっさにそうしたのだが、ここは京ではない、釘を刺されたばかりではないか、とおのれを叱った。

着流しの腰に大小をさし、幻十郎は部屋をでた。

玄関で、加代となをがひかえていた。式台におりる。そろえられた草履《ぞうり》のよこで、中間《ちゅうげん》の小助《こすけ》が片膝をついている。

更衣《ころもがえ》の日である初夏四月朔日《ついたち》から、重陽《ちょうよう》の節句前日の晩秋九月八日までは、足袋《たび》をはかない。

幻十郎は、素足に草履をはき、加代の見送りの言葉を背中にうけた。

烏森稲荷は、四周《ししゅう》を武家地にかこまれている。もっともちかい町家は西方角の兼房《けんぼう》町《ちょう》だが、二町（約二一八メートル）ほど離れている。それでも、境内の木陰には、子守の娘や、鳥もちをつけた竹竿で蝉をとっている子らがいた。

二畳間に腰かけていた臨時廻りの小野田忠輔が、立ちあがって一礼した。日除けの葦簾《よしず》が屋根にたてかけられ、見世のなかは日影になっている。

忠輔が、てのひらでかたわらをしめした。

「このようなところではなはだ恐縮にございますが」

「気遣いは無用だ」

幻十郎は、刀をはずして腰かけ、刀を左よこにおいた。

「そのほうもかけるがよい」

「おそれいります」

忠輔が、躰一つ半ほどあけて腰をおろす。ならぶさいは右が下座《しもざ》である。相手が右よこなら、刀を抜きざまに斬りつけることができる。

盆で茶をもってきたゆうが、右よこに茶托《ちゃたく》をおき、蓋つきの茶碗をのせた。

「かたじけない」

ゆうが、ほほえんで一歩しりぞき、ふり返る。

「霞さま、できますればお教え願います。なにゆえ五郎太をそれがしどものもとへ走らせたのでございましょうや」

「あの通りは、ずっとさきまで、左が町家、右が武家屋敷だ。辻番所《つじばんしょ》も自身番屋もない。あの者は、通りのまんなかを逃げていった。ふつうなら姿を隠す。町家の庇《ひさし》のしたであれば宵闇にまぎれる。それを、あえて姿をさらしていた」

殺された者も、通りのまんなかで頭をこちらにむけて仰向けに倒れていた。つまり、通りのまんなかで正面から刺し、背をむけて逃げたことになる。

幻十郎は、蓋をとって茶を喫して茶碗をおき、忠輔に顔をむけた。

「物盗りではあるまい」

「仰せのとおりにございます」

ならば、恨みか。それなら、裏長屋への木戸をはいったところなり、めだたぬところで待ちぶせればよい。まるで、騒いでくれ、追いかけてくれと言わんばかりではないか。

源助町と露月町《ろうげつちょう》との横道から表通りへでてすこしもどれば源助橋がある。掘割が、仙台《せんだい》松平（伊達《だて》）家上屋敷と会津《あいづ》松平家中屋敷とのあいだを浜御殿（浜離宮）まえの汐留川《しおどめ》までつづいている。

仙台家のかどに一手持辻番所《いってもちつじばんしょ》があるが、そこさえとおりぬけることができれば、両岸ともに塀であり、たとえ辻番所の者が表門から裏門へ駆けたところでまにあわない。浜御殿をまわって海へでて、あとはどこへなりとも思いのままだ。

「……おそらく、源助橋に舟を待たせていたのではなかろうか」

「ごぞんじのごとく、辻番所はお目付の領分にございます。しかも、仙台侯の一手持辻番所。お奉行にお願いしてお目付のお許しをいただき、たしかめます。むろんのこと、かいわいの町家は手の者に調べさせます。それにしましても」

幻十郎は、首をふった。

「いや、屋敷にもどってからだ。なにゆえ、かの者の逃げかたが気になったかを考え、想いだしたことがある。京や大坂、それに伏見《ふしみ》、わたしが聞いた最後がこの春の堺《さかい》だが、通りで騒ぎをおこし、その深更《しんこう》に捕方《とりかた》に扮して押込み強盗をはたらく一味がいた」

忠輔が、わずかに眼をふせた。奥歯をかみしめ、鼻孔から息をもらした。

幻十郎は詫びた。

「とどまるべきであったやもしれぬ。すまぬことをした」

「いいえ、お帰りになられるようおすすめしたは、それがしにございます。お聞きください」

町木戸《まちきど》の両脇には、自身番屋と木戸番屋とがある。木戸番は、町入用で雇われるので賃銀が安く、ほとんどが独り者の老人であり、番太郎と呼ばれた。

さらに、木戸番屋は自身番屋よりもせまい。すくない収入をおぎなうために、駄菓子や鼻紙、草鞋《わらじ》などを売るのが許された。ことに、冬場の焼き芋は専売であった。

町内の通りで殺しがあり、夜中に捕方がきた。それを疑えというほうが酷《こく》である。

木戸番によれば、夜四ツ半（十一時十分）じぶんだという。捕方が幾名であったかも憶えていない。おそらくは、せかされ、動顚《どうてん》してくぐり戸をあけたのではないか。

襲われたのは、芝口二丁目の表通りにある紅花屋《べにばなや》という化粧屋。伽羅《きやら》の油《あぶら》（鬢付《びんつ》け油）、京紅、白粉《おしろい》、化粧道具を商っている。

奉公人をふくめて十三名がことごとく殺されていた。内儀と六歳の倅は猿轡《さるぐつわ》をかまされてうしろ手に縛られ、主は猿轡だけであった。三人とも土蔵のなかで死んでいた。内儀と倅を殺すと脅して、主に土蔵の鍵をあけさせたと思われる。

丁稚《でっち》や下働きをふくむ奉公人十名は、二階の寝床で殺されていた。いずれも心の臓を一突き。ひとりとして争《あらが》った形跡はなかった。物音をたてず、たてさせず、殺していく。慣れた手口であるのをしめしている。

暁九ッ（午前零時）の鐘が鳴ってしばらくして、縄をうたれた手代とふたりでかついだ長櫃《ながびつ》をなかにしてくぐり戸をぬけて去っていった。

番太郎の話では、七名か八名、多くても九名くらい。

「……芝口橋から舟だと思われます」

幻十郎は首肯した。

「屋根船であろう。橋のしたにひそんでいて仮寝をする。夜明けに漕ぎだせば、ほかの舟にまぎれ、怪しむ者はおるまい」

「それがしも、そう思います。紅花屋は、朝になっても戸締りがされたままなのをとなりの者がいぶかしみ、自身番屋に報せて騒ぎになりました。両どなりとも、表のくぐり戸が叩かれたほかは、物音を聞いておりません。長櫃のなかは千両箱でございましょう。皆殺しゆえ、どれほど盗まれたのかわかりません」

「害された人数からして、さほどの大店とは思えぬが」

「さようにございます。二丁目の表店では大きからず小さからずでございます」

「やりようからしてどこでもよかったはず。手ごろゆえ紅花屋を狙ったのか。芝口の通りには、ほかにも化粧道具を商う店《たな》があるのか」

忠輔が小首をかしげる。

「さあ。それがなにか」

「源助橋よこの山科屋の主たちが、通りで賊に襲われたのが十五日。昨夜《さくや》は二十一日。わずか六日だ。山科屋も紅花屋も化粧道具を商っておる。たまたまかな。いささか気になる」

「調べてみます」

「これでよいかな」

「はっ」

忠輔がかるく低頭した。

幻十郎は、懐から巾着をだした。

「霞さま、お気になさらずに」

「富造はそのほうから茶代をとるわけにはいかぬであろう。だから、わたしがはらう。昨夜馳走になった礼ということにしてくれ」

「おそれいります」

幻十郎は、ふたりぶんの茶代をおいて巾着を懐にもどし、左脇の刀を手にした。

富造が、日向《ひなた》までてきて、ありがとうございやす、とふかく腰をおった。

芝口の表通りまで行き、ほかに化粧道具屋があるかたしかめてみようかとの思いが頭にうかんだが、着流しである。屋敷にもどってでなおすには、加代か半兵衛に行く先を告げねばならない。それもめんどうであった。

部屋の刀掛けに大小をおいて小脇差をとり、部屋からでて沓脱石《くつぬぎいし》の草履に足をのせて廊下に腰かけた。

江戸と京都と大坂は、町奉行が二名ずつ配されている。江戸の町奉行所は南北だが、京都と大坂は東西である。

京都町奉行所の与力同心は、〝黒狐《くろぎつね》一味〟と呼んでいた。悪賢く、女子供も容赦なく皆殺しにする。人数は八名から十名。狙われるのは中規模の表店。

はじめて耳にしたのは、一昨年《いっさくねん》の晩冬十二月になったばかりのころであった。最後に聞いたのは、今年の晩春三月になってすぐだった。堺の商家が襲われた。十日ほどまえだというから、仲春二月の下旬だ。

刃物沙汰ばかりでなく小火《ぼや》騒ぎもあった。寝静まったころ、捕方に扮して表の雨戸を叩いてくぐり戸をあけさせ、押しいる。

上方《かみがた》では手口が知られだした。だから、稼ぎ場を江戸にうつした。順序だてて考えればそうなる。

人数や背恰好を知られないために口をふさぐ。残忍なやりようだと思う。しかし、皆殺しにするのは黒狐一味だけではない。

京にいたころ耳にしたなかには、にぎり飯一個のために人を殺《あや》めたという気の塞《ふさ》ぐ話もあった。

天明三年（一七八三）の浅間山《あさまやま》大噴火から、世間は殺伐《さつばつ》としている。押込み強盗などありふれており、京を離れてから想いだすこともなかった。五郎太を走らせたのは、頭の片隅でひっかかっていたからであろう。いますこし注意ぶかくあれば、押込み強盗をふせぎ、一味も捕縛できた。

陽が相模の空へと遠ざかるにつれて、はじけ、あふれていた光が弱まり、影が向きをかえながらながくなっていく。

蟬はあいかわらず鳴きつづけている。

——生があれば、かならず死がある。蟬にも、おのれにも。

やがて、廊下を半兵衛がやってきて膝をおった。

「若、殿より使いがまいりました。夕餉《ゆうげ》をごいっしょにとのことにございます」

「承知しましたとつたえてくれ」

「かしこまりました」

半兵衛が一礼して腰をあげた。

幻十郎は、なおしばらくそこにいた。

夏の昼はながい。相模の空の筋雲がうっすらとした藤色にそまりはじめたころ、したくをして屋敷をでた。

烏森稲荷によって富造に行く先を告げ、泊まることになるかもしれぬと五郎太の供をことわった。が、数寄屋橋までお供をさせてほしいという。富造はそれがために床見世をやっている。

幻十郎は、うなずいた。

鳥居を背にしたところで、ふと思いつき、立ちどまった。

ふり返る。

「旨《うま》い団子《だんご》を売っておるところをぞんじておらぬか」

「若さまがおめしあがりになられるんで」

幻十郎はほほえんだ。

「そうではない。綾、つまり姫、わたしには妹のようなものだが、土産にもっていってやろうかと思ったのだ」

「それでしたら、ここいらでは二葉町《ふたばちょう》の汁粉《しるこ》屋笹庵《ささあん》の団子がいちばんでやす」

「では、そこへよるとしよう」

稲荷小路を西へむかい、四つ辻を北へおれる。広小路通という。二町（約二一八メートル）ほどで御堀（外堀）まえの通りにでる。半町（約五五メートル）ほどの御堀とのあいだに細長い町家がある。東へ一町（約一〇九メートル）行けば幸橋《さいわいばし》が、さらに半町さきには土橋《どばし》がある。

幸橋から土橋をすぎた通りまでの町家が二葉町だ。

笹庵のてまえで、幻十郎は、叔母も食するかもしれぬゆえ多めに買うように言って、五郎太に巾着をわたした。

すこしもどって土橋をわたり、御堀ぞいを北へすすむ。四町（約四三六メートル）余のところに山下《やました》御門がある。そこから右斜めに二町あまり行くと数寄屋橋だ。

幻十郎は、五郎太から包みをうけとって帰し、数寄屋橋をわたった。

当番の内与力に声をかけてから役宅にあがり、女中に叔母の居室《きょしつ》へ案内してもらった。

廊下で膝をおった女中が声をかける。叔母が返事をし、女中が障子をあけた。

幻十郎は、左手で刀を、右手で紙包みをもち、腰をあげて敷居をまたぎ、一歩すすんで膝をおった。刀と紙包みを両脇において低頭し、挨拶する。

叔母の名は里久《りく》、四十歳。里久も養女であった。義父の政倫《まさとも》は、従兄《いとこ》にあたる。次男の次男が烏森稲荷よこ池田家の末期《まつご》養子にむかえられ、子ができぬので五男の娘を養女にして、一族の長恵《ながしげ》が婿養子にむかえられた。

すぐに廊下を急ぎ足の衣擦れがちかづいてきて、声をかけた綾が障子をあけてはいってきた。

叔母とのあいだで膝をおった綾に、幻十郎は笑顔をむけた。

「土産をもってきた」

「綾にでございますか。うれしい」

「あけてみなさい」

幻十郎は、紙包みをすべらせた。

綾が、畳に左手をついて身をのりだし、右手でひきよせた。行儀がわるい。叔母が、口端に微笑をうかべ、ちいさく首をふった。叔父も叔母も、一人娘の綾にはあまい。

膝のうえで紙包みをひらいた綾の顔が、ぱっとかがやく。

「まあ、お団子」

叔母に顔をむける。

「母上」

「一串だけですよ」

幻十郎は言った。

「叔母上もどうぞ」

「幻十郎どのもいかがですか」

「いただきます」

「お茶をもってこさせましょう」

障子をあけて廊下にでた叔母が女中を呼んだ。

ほどなく、女中が茶をはこんできた。

綾は退屈しているようであった。池田の屋敷は二千百坪余でひろい庭があるが、南町奉行所は二千七百坪余の敷地にところ狭しと建物がある。しかも、綾がうごけるのは役宅のなかだけだ。

幻十郎は、涼しくなったら芝の増上寺につれていってあげよう、と言った。

「兄上、きっとですよ」

「秋の紅葉《もみじ》、冬の雪、春の桜、綾が見たいところへ案内しよう。ただし、叔父上のお許しがいただけたらだぞ」

「だいじょうぶにございます」

「どうしてだ。だめだとおっしゃるかもしれぬではないか」

「そしたら、父上の眼を見つめ、泣きます」

「泣く。じっと眼を見つめて。叔父上に睨まれたら虎さえ逃げだしそうだが、泣くわけか、それなら、まちがいなく綾の勝ちだな」

叔母が、右手を口もとへもっていってこぼれる笑みを隠した。

「兄上もですよ。つれていってくださらないと、泣きますから。ほんとですよ、大声で泣きますからね」

「わかった、わかった。わたしも、綾に泣かれるのはごめんだ。ちゃんとつれていく。約束だ」

廊下を衣擦れがちかづいてきた。

声をかけた女中が、障子をあけた。

「若さま、お殿さまがお呼びにございます」

「すぐにまいる」

幻十郎は上体をもどした。

「叔母上、失礼いたします」

かるく低頭して左脇の刀をとる。

女中がついてくるのは役宅だけで、あとは内与力が案内した。

用部屋にはいって膝をおると、叔父が文机から膝をめぐらせた。

「あれと綾の相手をしていてくれたそうだな。できうるかぎりでかまわぬから、顔をみせてくれぬか。話し相手がいなくてさびしいのであろう。兄上はいつお見えになりますか、としょっちゅう訊きおる」

「かしこまりました」

「うむ」

叔父が口調をあらためた。

「昨夜《ゆうべ》、岡山《おかやま》本家からひそかに使いがあった。内密に相談したきことがあるという。明晩、返事を聞きにくる。どう思う」

「叔父上はご本家にとって分家筋ではございますが、ただいまは江戸市中をあずかる町奉行。その支配がらみでの厄介事かと思われます」

「おそらくはな。だからこそ、立場があるゆえ、めったな話に耳をかすわけにはゆかぬ。かと申して、むげにもできまい。まかせるゆえ、そなたが会ってくれぬか」

「承知いたしました」

「うむ。で、内密にとのことゆえ、出向いたり、稲荷小路の屋敷へきてもらうわけにもゆくまい。どこぞ心あたりはないか」

幻十郎は、畳に眼をおとし、すぐにもどした。

「桔梗屋には控間《ひかえま》つきの茶室がございます。大奥や旗本、大名家などが寛永寺参拝の休憩につかっております。店《たな》さきに数挺の乗物（武家駕籠《かご》）があるのもめずらしくはございません」

「よき思案だ。桔梗屋のつごうもあろう。幾日か用意させ、報せる。桔梗屋はたのめるかな」

「明朝《みようちよう》、茶室をつかわせてもらうやもしれぬと使いをたて、不都合な日を教えてもらい、夕刻までにお報せいたします」

叔父がうなずく。

「そうしてもらえれば手間がはぶける。いますこししたら、ともに夕餉を食そう」

幻十郎は、ほほえんで低頭し、退室した。

夜の帷《とばり》がおり、暮六ツ半（七時五十分）になろうとするころ、幻十郎は南町奉行所をでた。

暮六ツ（日の入）の鐘で、御堀にかかる御門はしめられる。城への御門は出入りが禁じられるが、ほかの御門はくぐり戸からの出入りがゆるされる。が、ときによっては門番の横柄《おうへい》な誰何《すいか》をがまんしなければならない。

内与力が御用提灯を手にして数寄屋橋御門まで送ってくれた。

番士が、すぐさまくぐり戸をあけた。御用提灯の威力である。幻十郎が手にしているのは池田家の家紋いりの弓張《ゆみはり》提灯だ。

御門を背にして数寄屋橋にかかる。御堀を吹いてくる夜風が涼しい。

数寄屋橋まえはちょっとした広小路になっている。御堀ぞいのほかに、おおよそ南西と東南方向に表通りがのびている。

その東南方向の町家かどに屋台がある。よこに辻《つじ》駕籠をおいた駕籠舁《かき》ふたりが、縁台に腰かけている。ふたりのあいだに白っぽい小皿と茶碗。裏長屋はせまくて暑い。涼みがてらの茶碗酒であろう。

御堀ぞいを五町（約五四五メートル）ほど北にある比丘尼《びくに》橋てまえの町家かどにも屋台の灯りがある。

ほかの場所であれば、火の用心から川岸に屋台をおく。そうしないのは御堀ぎわだからだ。ならば、御堀にめんした場所は屋台を禁止すればよさそうなものだが、そうもいかない。

お城の正面は一等地だが、それでも町家には通りにめんした表店《おもてだな》と、表店にかこまれた裏店《うらだな》がある。裏店は、たいがいが長屋である。つまりは裏長屋だ。江戸は諸国からの出稼ぎの地であり、せまくて店賃《たなちん》の安い裏長屋には独り者が多い。懐に余裕があれば一膳飯屋や居酒屋で腹をみたすが、巾着がかるいときは屋台の蕎麦に茶碗酒あたりでがまんする。

だから、町内にはかならず、居酒屋、煮売酒屋、蕎麦屋などの食の見世があり、堀ばたや橋のたもと、寺社の塀や山門わき、四つ辻などには屋台があった。

比丘尼橋からさらに一町（約一〇九メートル）あまりさきに鍛冶《かじ》橋御門がある。鍛冶橋御門から山下御門まで、ほかに灯りはなく、人影もない。

――天下泰平の世といえども、いつなんどき、なにがあるかわからぬ。油断すまいぞ。

江戸と京の師よりそのように教わった。

あたりに眼をくばりながら数寄屋橋をわたった。

数寄屋橋まえの町家を元数寄屋町《もとすきやちょう》という。名の由来が二つある。一つは、江戸城中のいわば案内接待係である御数寄屋坊主たちの屋敷がこのあたりにまとまっていたからだという。もう一つは、織田信長の弟で茶人である織田有楽斎《うらくさい》の屋敷が数寄屋造りだったことによる。数寄屋坊主のほうはたんなる語呂合わせで、著名な数寄者《すきしゃ》（茶人）であった有楽斎にちなむのであろう。現在の有楽町《ゆうらくちょう》も、有楽斎からきている。

右におれ、御堀ぞいに帰路をとる。

町家の通りは宵に暗く沈んでいるが、蒼穹《そうきゅう》では無数の星々が天《あま》の川《がわ》でまたたいている。

元数寄屋町のつぎが山下町《やましたちょう》。

山下町から、筑波町《つくばちょう》、山城町《やましろちょう》、喜左衛門町《きざえもんちょう》、佐兵衛町《さへえちょう》、丸屋町《まるやちょう》とつづき、土橋にいたる。

御堀は、山下御門のまえで斜めにおれている。山下御門までが二町（約二一八メートル）余。山下御門から土橋までが四町（約四三六メートル）余だ。

山下御門をすぎ、筑波町の通りをよこにしたとき、一町さきの山城町と喜左衛門町との通りから三人づれの武士がでてきて、こちらに足をむけた。

三人がならぶ。羽織袴姿。右端が、左手でぶら提灯の柄《え》をにぎっている。

武家は弓張提灯だ。が、商家あたりで借りたのであれば、ぶら提灯もありうる。料理茶屋や船宿は、客がもとめれば屋号いりの小田原《おだわら》提灯をもたせる。座敷代にはそのぶんまでふくまれている。

幻十郎は、通りのまんなかから左の町家のほうへよった。三人が、御堀のほうへよる。

武士がすれ違うさいは左がわをとおる。たがいの鞘がふれるのをさけるためだ。

三人がゆったりとした足どりでちかづいてくる。ぶら提灯の印《しるし》は、はたして家紋ではなく屋号であった。

京では、道場だけでなく、四里（約一六キロメートル）ほどの鞍馬寺《くらまでら》へもかよい、吸筒《すいづつ》（水筒）の水とにぎり飯だけで一晩をすごし、修行をした。

夜風が三人の背後から吹いてくる。幻十郎は、酒気ではなく、剣気を感取した。鞍馬山の神気に身をおいて、研ぎ、きたえた感覚だ。

左端の痩身とのあいだが、二間（約三・六メートル）を割る。

ふいに、痩身が右足を大きく踏みこみながら、右手で柄《つか》をにぎって左手で鯉口《こいぐち》を切った。

幻十郎は、痩身の顔面めがけて弓張提灯を投げ、左斜め前方に跳んだ。宙で躰をひねりながら鯉口を切り、両足が地面をとらえると同時に刀を抜く。

痩身が、鎬《しのぎ》で弓張提灯を弾いて振りかぶる。

幻十郎は、さっと青眼《せいがん》にとり、切っ先を痩身の眉間に擬した。

「人違いではなかろうな」

とびこみかけた痩身が、思いとどまり、上段から青眼にもってくる。

「おぬしのほかに誰かおるか。まちがえようがあるまい」

落ちてころがった弓張提灯から、白い煙がのぼる。

長身細面が、手早くぬいでまるめた羽織にぶら提灯の柄をさして地面においた。提灯の筒をのばしたままにし、夜風で倒さぬためだ。

いまひとりの中肉中背も、羽織をぬぐ。

痩身が、三十代なかば。細面と中肉中背は三十前後。

抜刀したふたりが、痩身の左右にまわる。一間半（約二・七メートル）ほどの間隔をあけ、青眼にとる。

御堀ばたの通りは二十間（約三六メートル）ほどの幅がある。通りのなかほどに、ぶら提灯と燃えている弓張提灯。ところどころに白い綿雲が浮いている蒼《あお》い夜空には、無数の星明かりがある。

三人は灯りを背にし、おのれはさらしている。

幻十郎は、両足を肩幅にひらいた自然体《じねんたい》から、左足を足裏ぶんだけひいて刀身を右へ返した。

鞍馬流右半身《はんみ》霞青眼の構え。

差料は三振りある。龍門《りゅうもん》、長船《おさふね》、二王《におう》。

龍門は、大小の揃いで、生まれたのが男《お》の子であればと父が形見に遺《のこ》した。鎌倉時代より大和《やまと》の国の吉野山《よしのやま》の龍門の地につたわる千手院《せんじゅいん》派の業物《わざもの》で、刀身が二尺二寸五分（約六七・五センチメートル）。

長船も大小の揃いで、元服のおりに叔父よりたまわった。やはり鎌倉時代までさかのぼる備前《びぜん》の国の匠《たくみ》の業物である。刀身は二尺三寸（約六九センチメートル）。

二王は、師の夢幻斎より鉄扇とともにちょうだいした。これも鎌倉時代から周防《すおう》の国につたわる。刀身は、二尺二寸（約六六センチメートル）。

京からの旅では、龍門を腰にしてきた。長船と二王は、来月の上旬ごろにほかの荷とともにとどく。

龍門は、やや反りが深い。そのぶん、切れ味がするどい。刀身は板目肌《いためはだ》。刃文《はもん》は浅い小乱刃《こみだれば》。切っ先が、星明かりをあつめてにぶく光っている。

眉根をよせた痩身が、わずかに腰をおとす。右の細面と左の中背も、腰をおとして摺《す》り足になる。

三人が、じりっ、じりっ、とつめてくる。きちんとした形《なり》をしているが、人斬りを生業《なりわい》としている者たちだ。

おのれも人を斬ったことがあるゆえ、わかる。三人の構えに、修羅《しゅら》の臭気がある。おそらくは、おのれにも。だからこそ、ちかづいてきた三人は、腰をおとして摺り足になった。

幻十郎は、微動だにしない。

剣を抜けば、生か死。それしかない。心を無にし、臍下丹田《せいかたんでん》に気をためる。

痩身が二間（約三・六メートル）を割る。左右のふたりは、わずかに遠い。肩から切っ先までが一間（約一・八メートル）弱。たがいに大きく踏みこめばたがいの切っ先にとどく。とびこめば、さらにとどく。

無言の気合を発していた三人の両肩が、ふくらむ。

殺気――。

青眼に構えていた三人の刀がいっせいにはねあがる。まんなかの痩身が速い。切っ先で夜空を突き刺してとびこんでくる。左右のふたりがつづく。

後《ご》の先《せん》。

まっ向上段から落下する痩身の白刃《はくじん》を、霞青眼から夜空に躍りあがらせた龍門の鎬《しのぎ》で弾き、返す刀を中背の袈裟懸けに叩きつけ、駆けぬける。

刀がぶつかりあった甲高い音が、夜の静寂《しじま》に余韻を曳《ひ》いていく。

さっとふり返り、青眼にとる。

思ったよりも遣える。刀をまじえたにもかかわらず、構えに微塵《みじん》のゆらぎもない。

瘦身も中背も、そして細面も、無表情だ。

――臆するな。敵より技倆《ぎりょう》が劣れば、死ぬ。それだけだ。

幻十郎は、胸腔いっぱいに息を吸って、しずかにはき、肩幅の自然体に両足をひらいたまま、切っ先を地にむけ刀を立てた。

左手は柄頭《つかがしら》をつつむがごとくにぎり、右手は掌《たなごころ》をひらいて親指のつけ根を鍔《つば》にのせる。正面にむけた刃《は》に、星明かりがあつまる。

鞍馬流奥義《おうぎ》、陽炎《かげろう》――。

三人の摺り足がぴたりととまる。

「みょうな構えを」

つぶやいた瘦身が、青眼から脇構えにもっていった。左半身となって刀身を相手から隠す陽《よう》の構えである。

細面と中背が、青眼にとったまま、摺り足でひらきながらつめてくる。瘦身が待ち、細面と中背が左右からしかける。

敵にかこませるのは不利だ。左右いずれかの端から減じていく。それが常道である。が、幻十郎は、痩身の足もとに眼をおとしたままうごかない。

左右のふたりが二間（約三・六メートル）を割る。

体軀がふくらみ、はじけた。振りかぶってとびこんでくる。伸びあがったぶんだけ、中背の振りかぶりが深い。

中背の切っ先が夜空を突き刺し、細面の白刃が上段から落下に転じた。

斜め左右より竹割りの一撃。切っ先を地にむけている受け手は、刀身に右回りの弧を描かせて切っ先を天にむけるしかない。そう読んでの斬撃だ。ふたりのあいだにとびこめば、痩身に脇構えからの一撃をくらう。

右足の爪先をわずかに左の細面にむけて半歩まえへ。同時に、龍門が、唸《うな》りを曳いて奔《はし》る。

光るがごとく、揺らぐがごとく。見えども、見えず。とらえども、とらえず。

龍門が地から大気を裂いて駆けあがる。左手で柄頭をにぎり、刀身を返しながら右手もにぎる。駆けあがる龍門に、細面が眥《まなじり》を決する。唸りを曳く白刃が竹割りに落下。龍門が、鎬で触れるがごとく、添うがごとくに白刃を摺《す》りあげ、きらめく。

幻十郎は、ぱっと左斜めまえに跳んだ。宙で躰をひねる。

頸《くび》の血脈《けつみゃく》から血をほとばしらせた細面が、一歩、二歩めはすすみきれずにくずおれ、つっぷす。

形相《ぎょうそう》を悪鬼にした痩身がとびこんでくる。

「オリャーッ」

脇構えから疾風の一撃。

右足が地面をとらえ、ついで左足。右足を引く。敵白刃の切っ先が右袖を断って奔る。龍門が縦一文字に夜を裂く。右肩から右腕を両断。右手で柄をにぎったまま、左手からもぎとるかのように敵白刃がとんでいく。

「ま、まさかッ」

腹まで奔った龍門を引く。

痩身の顔が苦痛にゆがむ。痛みが襲ってきたのだ。右足をだしたが、上体をささえきれず右肩からくずれる。

幻十郎はとどまっていない。左へ大股で三歩すすみ、返り血を避けていた。

眼をほそめた中背が、青眼に構えてつめてくる。

「こやつ」

右斜めしたにさっと血振りをくれた龍門を青眼にとり、ふたたび陽炎の構えにもっていく。が、今度は左手をひらいて柄頭にのせ、右手親指の腹で鍔のうえをはさむ。

そして、柄頭にのせた左手をゆっくりと左右にうごかす。

龍門の切っ先が、振り子のごとく左右へ。さらに、前後へ、斜めへ。大きく、ちいさく。

中背の摺り足が、蝸牛《かたつむり》になる。ちらっ、ちらっ、と龍門の切っ先に眼をうばわれる。

誘うがごとく、はばむがごとく、龍門の切っ先が揺れる。

焦り、怒り。顔色を朱にそめた中背の両肩がいっきにはじけた。決死の形相で振りかぶってとびこんでくる。

「キエーッ」

まっ向上段からの渾身の一撃。

左足を大きく斜めまえへ踏みこむ。疾風と化した龍門が、水月《みぞおち》から右脇したへ。肉を裂き、骨を断って奔る。

右足を大きくまえへ。切っ先が夜空を斜めに突き刺す。

「ぐえッ」

背のさきを、中背の白刃が落ちていく。

左足を踏みこんで上体をひねると同時に、龍門に血振りをくれ、残心の構えをとる。

中背がつっぷす。

幻十郎は、懐紙をだして刀身にぬぐいをかけ、鞘におさめた。

胸腔いっぱいに息を吸い、はく。手拭をだして額の汗をふき、すばやく思案する。

羽織は単衣ごと右袖を断たれ、袴には返り血が散っている。この恰好では数寄屋橋御門の番士と悶着になる。

ぶら提灯を手にして、燃えつきてくすぶり、蠟燭だけがいまだにともっている弓張提灯を草履で踏み消す。

すこしもどって山城町の通りで御堀に背をむける。つぎの加賀町《かがちょう》と八官町《はちかんちょう》との四つかどに自身番屋がある。

三

「そろそろひきあげるとしよう」

「そうですね」

忠輔がこたえたときだった。

「小野田さま」

階段したからの声に、権太夫は忠輔と顔を見あわせた。火急を告げる町家の者の声ならもっと切迫している。

うなずいた忠輔が、左脇の刀を手にして立ちあがる。権太夫は、おなじく刀を手にし、襖をあけた忠輔につづいて階段をおりる。

顔に見覚えがある。御番所の小者だ。口をひらきかけたのを、忠輔がするどく首をふってさえぎった。

顎をしゃくる。

小者が、詫びをふくめて低頭し、ふり返った。

畳間にも縁台にも客がいるのに静かだ。顔をむけてる者はいない。が、なにごとが出来《しゅったい》したのかと聞き耳をたてている。

忠輔が、雪駄《せった》をつっかける。

権太夫は、おやじに眼でほほえみかけた。

小者が縄暖簾をわけて待っている。忠輔がうながし、通りを斜めによこぎっていく。白河松平家の塀ぎわで立ちどまってふり返る。

「聞こうか」

「数寄屋橋まえ加賀町の自身番屋から報せがございました。霞幻十郎さまとおっしゃるおかたが、御堀まえ山城町の通りで三人と斬りあったそうにございます」

「霞さまはご無事なのだな」

「はい。自身番屋でお待ちになっておられます」

「ごくろう」

一礼した小者が小走りに去っていく。

眼でおっていた忠輔が、顔をもどした。

権太夫は、ちいさくうなずいた。

「おぬしのところにもまわり、詰所にいる」

「では、のちほど。ごめん」

忠輔が、左手で腰の大小をおさえて駆けていく。

廻り方は火急にそなえて居場所をはっきりさせておかねばならない。みずからの屋敷から忠輔の屋敷へよったほうが道順である。が、権太夫は、忠輔の屋敷をさきにした。

南北町奉行所とも表門をはいった右よこに同心詰所がある。

奥の年番方の席に相原伊左衛門がいた。権太夫は、刀掛けに刀をおき、文机《ふづくえ》をはさんで伊左衛門の正面に膝をおった。怪訝な表情をうかべていた伊左衛門が、眉の曇りをはらう。

「忠輔といっしょだったのだな」

権太夫は首肯した。

「昨夜《さくや》の一件を聞いておりました」

「わしも、夕刻でてきてすぐに忠輔から聞いた。とどまるべきであったやもしれぬと詫びておられたそうだな。口だし無用とばかりにわしらが雁首《がんくび》そろえたんで、ご遠慮なさったのであろう。忠輔は、話をお聞きして御番所へもどる途中で気づいたそうだが、お奉行が着任なさったのは昨年の九月だ」

「ええ、上方の押込み強盗一味について最後にお耳になさったのが今年の春。お奉行がご転任なされたあとも、京のかたがたは霞さまをたよりにしておられたということです」

伊左衛門がうなずく。

「逃げかたを見ただけでただの物盗りではあるまいと気づく。十年、二十年廻り方をやっていても、なかなかそこまではな」

伊左衛門が表情をひきしめた。

「ところで、お奉行にお報せしたのだが……」

眉をひそめてひどく難しい顔になり、しばらく畳を睨みつけていた。

顔をあげた筑後守が、幻十郎は命を狙われかねないようなことにかかわっておるのか、と問うた。伊左衛門は、首をふり、京よりもどられた日にお救いになられた山科屋の件と、芝口二丁目の押込み強盗の一件のみにございます、とこたえた。

筑後守が、眉間の皺をより深くしてふたたび眼をおとした。

伊左衛門は呼びかけた。

――お奉行。

筑後守が顔をあげる。

――御堀ぎわの通りには、ご承知のごとく辻番所や自身番屋はございません。ですが、襲うなら道幅のある御堀通りではなく、お屋敷がありますす稲荷小路のほうがよりたしかであろうと愚考いたします。両側とも背丈より高い築地塀《ついじべい》で、表門があるのはお屋敷だけ。となりの烏森稲荷の境内でふたりが待ち、ひとりが追ってきて挟み撃ちにする。なにゆえそうしなかったのか。人目をはばかるどころか、御堀ばたでの闇討。それがし、見習をふくめますと四十《しじゅう》年余になりますが、聞いたことがございません。

ややまがあった。

——ここにおるゆえ、報せてくれ。

——はっ。

伊左衛門は、低頭して退室した。

「……気になるのでな、すこし調べてみた」

筑後守が、ともに夕餉をと幻十郎を呼びに行かせている。やってきた幻十郎は、しばし奥方と綾姫の相手をしてからいったん用部屋へ行ってさがり、しばらくして夕餉をともにし、帰った。

「……ここからは内談《ないだん》だ。昨夜《さくや》、お奉行に客があった」

町奉行所の門も暮六ツ（日の入）にはしめられる。それ以降の出入りは脇のくぐり戸からだ。門番所があり、見知らぬ者は誰何される。客は、岡山松平（池田）家の村《むら》井《い》と名のっている。門番が洩らしたのは年番方の伊左衛門だからだ。

権太夫はあえて訊いた。

「相原さま、われらでなければ、お奉行がらみ。それはわかりますが、なにゆえそこまで」

伊左衛門は年番方同心の最古参だが、年番方与力という上役がいる。客人は私事《しじ》である。それを理由に咎められたら抗弁のしようがない。

「霞さまが、山科屋と紅花屋とがおなじ化粧道具を商っておるとおっしゃっていたそうだが……」

権太夫は首肯した。

「わたしも聞きました。そのことにつきましては忠輔にも話しましたが、山科屋娘のないをが今朝から稲荷小路のお屋敷に行儀見習であがっております」

「ほう、そういうことであったのか。山科屋は、役宅の奥方さまのもとへ出入りしておる。霞さまがなにゆえ山科屋がことをお気にかけられるのか、いささかひっかかったのでさぐってみた。このところ、二度ほど山科屋が奥方をおたずねになっておる。娘の行儀見習を、奥方をとおしてお奉行におたのみしたのではないかな」

権太夫は、眉をひそめ、腕をくんだ。

「みょうなつながりかたをしてきました」

「ああ。それゆえ、ご無礼はじゅうじゅう承知のうえで調べさせてもらった。大竹、お奉行に口止めされておるならあえて洩らしてくれとは言わぬが、いまなんにかかわっておる」

「ひとつは、無宿のうごきです。悪事をはたらきそうな奴、つるんでいる怪しげな奴らなどを見張らせております。それとかかわりがございますが、火盗改のうごきにも眼をくばっております」

「紅花屋の一件は、火盗改も首をつっこんできておるゆえ、このまま忠輔にやらせる。霞さまは気にしておられるようだが、まさかとは思う。まさかとは思うんだが、しかし、もしも、もしもだぞ、万が一にも、山科屋、お奉行、岡山松平家あたりまでなんらかのからみがあるとなると、忠輔だけでは心もとない。わしがお奉行にお話ししたかったこと、気づいているのであろう」

「ええ。姿をさらして逃げた芝ロの殺し。大騒ぎしてくれといわんばかりの御堀ばたでの闇討。やりようが似ております。しかし……」

「わかっておる。似ておるゆえ気になるだけかもしれぬ。これで、今宵押込み強盗があれば、霞さまが狙われたはたまたまだということになる」

伊左衛門が眼で問いかけた。

権太夫は首肯した。

「わたしも、霞さまだとわかっていて襲ったのだと思います」

「だからこそよもやとは思うが気になるのだ。そうでなくとも、お奉行のお身内がこれ見よがしに命を狙われた。容易ならざる事態だ。あとで臍《ほぞ》を噬《か》まぬためにも万全を期したい。おぬしも手をかしてもらえぬか」

「かしこまりました」

「喉がかわいたな」

伊左衛門が、すみにかたまっている宿直《とのい》の若同心を呼び、茶を言いつけた。

幻十郎は、町役人にすすめられ、濡れ縁に腰かけた。

待つほどもなく、年輩の同心が若い同心三名と小者たちをしたがえてやってきた。

年輩同心が、臨時廻りの後藤鋭三郎《ごとうえいざぶろう》と名のった。

「使いを走らせましたゆえ、小野田がまいるまでお待ちいただきたくぞんじまする。霞さま、なにがあったのかをかいつまんでお話し願えませぬか」

幻十郎は語った。

元数寄屋町かどの屋台に駕籠昇がいたのを告げると、鋭三郎の眼が光った。

見習からはじまる勤めのなかで、優秀な者たちが吟味方などで経験をつみ、定町廻りに抜擢される。そして過不足《かふそく》なく役目をこなし、実績をつんだ者が臨時廻りに推挙される。

定町廻り、臨時廻り、隠密廻りを三廻りという。町奉行直属であり、上役の与力がいない。町奉行所同心の花形であり、年番方をへて隠居が同心が夢見る出世街道である。町奉行所の与力と同心が、ほかの役職へ出世することはありえない。

語り終えると、一礼してふり返った鋭三郎が、若い同心に、御用提灯をもった二名と六尺棒をもった二名をつけ、死骸を見張っているように言った。

鋭三郎が上体をもどす。

「こちらへ駆けつけましたので、あの左かどの屋台に客がいたかどうか見ておりません。それがしは、比丘尼橋をふくめて屋台をあたります。小野田がまいりましたらそのようにおつたえ願いたくぞんじまする」

「承知した」

鋭三郎が、御用提灯をもった小者を案内に、若い同心と六尺棒をもった小者をしたがえて去っていった。

同心ひとりと小者二名が残った。

自身番屋は、膝高の竹垣でかこまれ、なかは玉砂利が敷きつめられている。三人は竹垣のそとにいる。

やがて、小野田忠輔が御用聞きと手先たちをともなって駆けてきた。御用聞きと手先たちは竹垣のそとで立ちどまり、忠輔だけがはいってきた。

幻十郎は、ふたたび語り、後藤鋭三郎の言付けをつたえた。

忠輔が、うなずき、眼で合図する。

幻十郎は、腰をあげた。

竹垣をでた忠輔がふり返る。

「霞さま、ほかにお気づきになられたことがございましたら……」

声をひそめている。すこし離れたところにいる同心や小者たちにも聞かれたくないのだ。

「羽織袴姿で家臣を装っていたが、人斬りを生業としていた者たちだ。構えと刀捌《かたなさば》きでわかった」

忠輔が眼をほそめる。

「つまり……」

「宵にこのかいわいを浪人づれが歩けば自身番がいぶかしむ。だが、どこぞの家臣姿なら怪しみはせぬ。烏森稲荷でそのほうと会ったあとしばらくして叔父から使いがあった。あらかじめ決まっていたわけでもないのに、したくをして待ちぶせていた。わたしが見張られているのか。あるいは使いの者が尾《つ》けられたのか。さもなくば、洩らしたのか」

　忠輔の顔がこわばる。

　ややあった。

「今宵の宿直《とのい》は相原さまで、大竹さんも詰所で待っておられます。明日《あす》の昼、お目にかかれますでしょうか」

「よかろう」

「そのお姿では自身番の者がさわぎましょう。御用提灯で送らせます」

「かたじけない」

　小者がもつ御用提灯のおかげで自身番屋がさわぐことはなかった。しかし、屋敷に帰ってから、用人の半兵衛と加代がひとしきりさわいだ。

　翌朝、幻十郎は、登城まえの叔父に使いをやった。

　刀をまじえたからには研ぎにださねばならない。土蔵の刀簞笥《かたなだんす》には稲荷小路池田家伝来の大小が幾振りもある。龍門が研ぎからもどるまでの借用を願った。気にいったものをつかうようにとの返事であった。

　ひと休みさせた若党を、出入りの刀剣屋から上野山下北大門町の桔梗屋へ使いにやった。

しばらくして、若狭屋《わかさ》の番頭がきた。芝口橋から京橋へむかうふたつめの御堀がわ横道にめんした守山町《もりやまちょう》で弓、槍、刀剣、甲冑《かっちゅう》を商う大店である。

幻十郎は、刀袋にいれた龍門を託し、そのつど払いにするので届けるさいはあらかじめ使いをよこして釣り銭を用意してくるように言った。

南頭上にあった陽が西へすすみ、庭の影がわずかにながくなりはじめたころ、五郎太がきた。

小野田忠輔が芝口橋よこの桟橋に屋根船をつけて待っているという。

幻十郎は、したくをするので表で待つように言って、加代を呼んだ。

加代につづいて部屋にはいってきたなをが障子をしめるのを見て、幻十郎は、とまどい、得心した。

行儀見習はしばらく屋敷にとどめおくための口実だ。にもかかわらずいろいろと教える。武家屋敷に行儀見習奉公をしていたとなると、他人《ひと》はそれなりの眼で見る。嫁いでからこまらぬよう加代が気をつかっているのであろう。

なをを見ないようにして帯をわたす。顔を伏せぎみにしている。木綿の単衣《ひとえ》を脱いでさしだす。なをがうけとる。

身にまとっているのは、肌襦袢《はだじゅばん》と下帯だけだ。いささか居心地がわるかった。

加代が絹の単衣を肩からかけた。

幻十郎は、腕をとおしてまえをあわせ、帯をむすんだ。袴をはき、羽織をきて、鉄扇と脇差を腰にして刀を左手でもつ。

加代となをが玄関までついてきた。

ふたりが三つ指をつき、加代が言った。

「行ってらっしゃいませ」

「なにかあれば境内の田楽見世に報せてくれ。居場所がわかるはずだ」

幻十郎は、腰に刀をさし、踵《きびす》を返して門へむかった。

門をでて、西へむかう。

脇にいた五郎太が三歩斜めうしろをついてくる。

数歩といかぬところで、一町（約一〇九メートル）たらずさきの四つ辻に南からあらわれてまがりかけた男が、立ちどまる。

男の驚いたような表情で、想いだした。賊どもから山科屋を救ったおりにからんできた増上寺門前七軒町の万次だ。

すぐうしろをついてきた手先がぶつかりそうになる。

手先を怒鳴りつけたらしい万次が、ちらっとこちらに眼をやり、足早に近江《おうみ》の国大《おお》溝《みぞ》藩二万一千石分部《わけべ》家上屋敷の通りへ消えた。

幻十郎は、四つ辻をつっきり、殺しがあった裏通りを左におれた。

芝口橋よこの栈橋に屋根船が舫《もや》われ、艫《とも》に一昨日《いっさくじつ》とおなじ船頭がいた。

腰をあげ、ぺこりと辞儀をする。

断ってさきに石段をおりた五郎太が、栈橋をすすみ、舳から屋根船にのった。片膝をつき、簾障子をあける。

幻十郎は、草履をぬぎ、左手で大小をおさえて鴨居《かもい》をくぐり、座敷にはいった。

五郎太が、簾障子をしめ、屋根船からおりた。ふり返らずとも、揺れでわかる。幻十郎は、刀をはずして膝をおり、左脇においた。

艫を背にしている忠輔が、かるく低頭してなおり、顔をめぐらして船頭に声をかけた。

「昇助《しょうすけ》」

「へい」

屋根船が栈橋を離れた。

顔をもどした忠輔が、ふたたび低頭した。

「それがしが出向くべきところを、お呼びたていたし、申しわけございませぬ」

「気にせずともよい」

「ありがとうございます。昨夜《さくや》、それがしの供をしておりましたのは利平《りへい》と申し……霞さま、真福寺《しんぷくじ》橋はごぞんじでございましょうか」

「いや」

「三十間堀川が八丁堀川にまじわるところに架かっております。東岸《とうがん》のちいさな町家を大富町《おおとみちょう》と申しますが、八丁堀川の岸に梅川《うめかわ》という船宿がございます。利平はその入婿で、以前は小船町の伝蔵のところにおりました。昨夜《ゆうべ》、相原さま、大竹さんと相談し、伝蔵のところはいささか離れておりますので梅川もご案内しておいたほうがよかろうということになりました」

芝口橋から真福寺橋まで、おおよそ十三町（約一・四キロメートル）ほどだ。歩いてもすぐであり、わざわざ舟を用意する距離ではない。

「そうか、気をつかわせるな。ところで、駕籠舁はどうであった」

「そのことでございますが……」

駕籠舁ふたりは、暮六ツ（日の入、七時）すぎに、日本橋新右衛門町《しんえもんちょう》の真綿《まわた》問屋村瀬《むらせ》屋の手代に屋台で一服しながら主の帰りを待つよう駕籠代と待つ手間賃をはずまれてたのまれている。夜五ツ半（九時半）じぶんまでにあらわれなければ泊まるのだろうから待たなくてもよい、と。

　忠輔が困惑げな表情をうかべた。

「……裏店《うらだな》は長屋ばかりではございません。手習いの師匠や医者が借りる庭つきの一軒家もございます」

「遠慮せずともよい。囲い者もであろう。内儀の悋気《りんき》をもてあます商人は町家の裏店に妾をかこう。言いわけがしやすいからな。京で、ふたりの商人を手玉にとっていた女が殺された一件があった。当然、ふたりのどちらかを疑う。が、女にはもうひとり男がいた」

　忠輔が、鼻孔から息を洩らした。

「しばしば思うことですが、男より女のほうがしたたかです」

「弱いからであろう」

「はっ」

「弱いゆえ、したたかにならざるをえない。そう思う。それより、新右衛門町に村瀬屋はあるが、主はでかけておらず、そのような手代もいない」

　忠輔の顔に驚きがひろがる。

「しかし昨夜《さくや》は……」

「昨夜の臨時廻りは後藤という名であったかな」

「さようにございます」

「駕籠舁たちを見張らせておき、新右衛門町へたしかめに走った。そして、もどってきて、駕籠舁たちに、わたしの背恰好を教えられたか、若侍が数寄屋橋をひとりでわたってきたら、なんらかの合図をするようたのまれたのではないか。後藤はくりかえし訊いたが、駕籠舁たちはなにもたのまれてはいなかった」

「仰せのとおりにございます」

「で、相原や大竹はどのように申しておるのだ」

「後藤さんの報告を黙って聞いていた大竹さんが、とてつもなく悪知恵のはたらく奴がいるとつぶやくと、相原さまが膝を打ってそういうことかとおっしゃいました。それがしが、どういうことでしょうかとたずねますと、相原さまが、考えろ、わからなければ、明日《あす》、お会いになったおりに霞さまにお訊きしてみろ、と」

幻十郎は内心で苦笑した。信頼しているかのごとく思わせ、力量をみきわめようとしている。

「相原は、年番方のまえは隠密廻りだったわけか」

「なにゆえおわかりになったのでございましょう」

「そのほうが気づかぬことに気づくからだ。わたしがよけいなことを言ったばかりに眼が曇っておるようだな。三対一。ふつうであれば三人のほうが勝つ。あの者たちは身元をあかすものをなにも所持してなかった」

「そのとおりにございます」

「いずこかの家臣が、命じられ、身元が発覚するものをもたずに襲撃した。浪人であろうとの推測は、わたしがそう申したからだな」

忠輔がうなずく。

幻十郎は語った。

駕籠舁たちがいた屋台と襲撃があったところとはおおよそ四町（四三六メートル）ほど離れている。多少の物音ならとどかない。

あそこで襲うからには、刺客たちに御堀ばたをむかっていると告げた者がいる。当然、縁台に腰かけて数寄屋橋のほうに顔をむけていた駕籠舁が疑われる。

忠輔が、眼をみはる。

幻十郎はほほえんだ。

「わかったようだな」

「土橋両脇から幸橋へのなかほどまで、いくつも屋台がならんでおります。あそこからでしたら三町（約三二七メートル）ほど。駕籠舁に疑いの眼をむけさせ、こちらがたしかめているあいだに姿を消した。悠然と、疑われることなく」

　幸橋御門は、江戸城の東南かどにある。幸橋から土橋までは、半町（約五五メートル）ほどだ。通りは幅があり、御堀のかどということもあって土橋よりには屋台がならんでいる。

「わたしも、駕籠舁が報せに走り、刺客があらわれたのではないかと思った。みごとに裏をかかれてしまった」

　忠輔が、ゆっくりと首をふった。

　船頭の昇助が、艪《ろ》から棹にかえたようだ。揺れがなくなった。

「使いをしました若党は、お奉行がお呼びになり、じかにたしかめました。まっすぐに稲荷小路のお屋敷へ行き、返事をお聞きしてまっすぐに帰ってきたそうです。知り人にも会わず、誰とも口をきいていないと申しておりました。相原さま、大竹さん、それがしも聞いておりました。嘘ではあるまいと思います。では、どうやって」

　屋根船が桟橋についた。

　かるく低頭した忠輔が、左脇の刀を手にした。

　幻十郎は、刀をもってふり返り、右手で舳の簾障子をあけた。

すばやく思案をめぐらす。忠輔のようすからして、叔父は岡山本家についてはなにも語っていない。

鴨居をくぐってそろえられた草履をはく。腰に刀をさして躰をむけると、桟橋にいた利平が膝に手をあてて低頭した。

三十代なかばすぎ。浅黒く陽焼けし、背丈はおおよそ五尺五寸（約一六五センチメートル）。股引《ももひき》、尻紮《しりから》げ、羽織姿だ。

艫からやってきた忠輔が、立ちどまり、顔でうながす。幻十郎は、屋根船をおりた。

利平が、石段をあがる。

川岸にいた女将《おかみ》が、一礼してさきになった。

八丁堀川の川岸に建つ大きな二階屋だった。戸口の土間が真福寺橋にめんしている。橋よこで一本の柳が木陰をつくり、屋台や葦簾《よしず》張りの水茶屋などがある。

二階の座敷にとおされた。

幻十郎は、忠輔がしめした上座についた。窓を背にした忠輔が、障子をあけたままの廊下にいる利平と女将に声をかけた。

廊下で尻紮げをなおした利平が腰をかがめぎみにはいってきてとなり座敷との襖《ふすま》ま

えに膝をおり、ついてきた女将が斜め半歩うしろにひかえた。

「霞さま、亭主の利平と女将のつたにございます」

ふたりが畳に両手をついてふかぶかと低頭する。

幻十郎は言った。

「そうかしこまらずともよい」

ふたりが、上体をなおして膝に手をおいた。

忠輔がふたりから顔をもどした。

「霞さま、料理茶屋のようにはまいりませんが酒肴《しゅこう》をととのえております。おめしあがりいただけますでしょうか」

幻十郎はほほえんだ。

「馳走になる」

三つ指をついたつたが、障子を開閉し、廊下を去っていった。

忠輔が口をひらく。

「さきほども申しあげましたが、お奉行へはわれら三名でご報告いたしました。しばしご思案のごようすでしたが、霞さまが話すべきだとお考えになったのならそうなさるであろうとおっしゃっておられました。それを霞さまにおつたえするように、と」

幻十郎は、微苦笑をこぼした。

「屋敷をでたとき、増上寺門前七軒町の万次が稲荷小路にまがりかけていた。わたしに気づき、まっすぐに行ってしまったがな」

忠輔がうなずく。

「火盗改が紅花屋の一件にちょっかいをだしております。万次が、烏森稲荷の富造のところにちょくちょく顔をだし、田楽豆腐を食べながら世間話をもちかけているようです。みえすいておりますが、火盗改には乙部伝四郎という切れ者がおり、万次はその手の者にございます。乙部は一刀流の遣い手だそうにございます」

「富造がそのほうらの手先で、床見世をだした理由《わけ》も先刻承知。しばしば顔をあわせておれば、つい気もゆるむ。乙部伝四郎、憶えておこう」

「それと、ご報告が遅くなってしまいましたが、芝口橋から増上寺てまえの宇田川橋《うだがわ》まで、化粧屋は山科屋と紅花屋だけでございます。仙台松平（伊達）さまの辻番所につきましては、いまだお目付からのお許しがいただけておりません。芝口橋にひそんでいたであろう屋根船も、朝の早い者たちにあたらせております。霞さま、上方の押込み一味がこと、お聞かせ願えませんでしょうか」

「よかろう」

幻十郎は語った。

ほどなく、つたが女中たちをしたがえて食膳をはこんできた。

武家や客商売は脚のある膳をつかう。奉公人は箱膳をもちいる。めいめいの木箱に食器がしまってあり、箱の蓋を裏返しておけば食膳になる。正座して食するようになるにつれ、膝よりも高い膳がくふうされるようになったのであろう。

食膳には料理が三皿、脇におかれたちいさめの食膳には銚子と杯があった。

女中がさがり、膝行《しっこう》してきたつたが、会釈をして銚子をとった。

第三章　通い路の影

一

二日後の二十五日、下総《しもうさ》の国から顔をだした晩夏の朝陽が、昇るにつれて、空を青くそめ、綿雲の白さをきわだたせた。

幻十郎は、五郎太を供に上野へむかった。稲荷小路の屋敷から上野山下までおおよそ一里半（約六キロメートル）。男の足なら半刻（一時間十分）余である。

この日も暑くなりそうであった。それでも、早いうちはしのぎやすいので、町家は活気があった。

二葉町《ふたばちょう》の笹庵《ささあん》により、母と、伯父や伯母、従弟妹《いとこ》たちへの土産に団子《だんご》をもとめた。

土橋《どばし》を背にして、御堀ばたではなくひとつ東の通りにはいったところで、幻十郎はかすかに眉をよせた。

歩きながらの物思いは不覚につながりかねず、さけるべきだ。が、どうにも釈然としないもやもやが脳裡《のうり》によどんでいる。

刺客たちはどこぞの家臣の恰好をしていた。宵のお城ちかくを三人づれであっても怪しまれぬためだ。ぶら提灯の屋号も、江戸でもっともありふれた伊勢屋であった。小田原提灯なら料理茶屋あたりであり、酒の匂いがする。しかし、三人づれの武家のひとりが屋号いりのぶら提灯をにぎっていれば、遅くなったので商家が提供したのであろうと誰しも思う。

そこまで思慮がはたらく。

刺客は人違いではないと言っていた。御堀ばたをえらんだのは南町奉行所からの帰りを狙ったのだとわからせるため。つまりは、叔父への警告。

いくたび考えても、そこにいたる。だが、どこか腑に落ちない。

昨日、五郎太を使いにだし、陽が沈んでしばらくして、芝口橋よこの桟橋に舫《もや》われた屋根船で年番方の相原伊左衛門と会った。

南北町奉行の評判を教えてもらいたいと言うと、伊左衛門が理由《わけ》を問うた。

幻十郎はこたえた。

京で、叔父に命じられて狼藉者《ろうぜきもの》を斬ったことがある。叔父が、江戸へ去ってからもたずねてくる廻り方の手助けをしていた。京での叔父は、果断な裁きで高慢な京商人《あきんど》たちを震えあがらせ、〝暴虎《ぼうこ》〟との異名さえあった。

御堀ばたでの闇討は叔父への警告ではないか。刺客を三名もよこしたのをふくめ京でのことを知っている者のさしがねとしか思えない。

畳に眼をおとしぎみにして聞いていた伊左衛門が、顔をあげ、口をひらいた。

つぎの南町奉行が筑後守さまに決まりますと、すぐに京での評判がつたわってまいりました。ここだけの話としてお聞き願いたくぞんじます、と断ってつづけた。

町奉行はなまなかの者ではつとまらない。前任の山村良旺《やまむらたかあきら》は五年余で御三卿清水《ごさんきょうしみず》家の家老に転任した。本所《ほんじょ》の洪水などで尽力したが、かならずしも適任ではなかった。五年という半端な就任期間は、無能ではないが有能でもないことをしめしている。

北町奉行は、前任の柳生久通《やぎゅうひさみち》が一年ももたなかった。剣で聞こえた一族なのにまるで大店の口うるさい番頭だ、と酷評された。転出した勘定奉行にはむいているかもしれないが、町奉行としてはこまかすぎた。

天明八年（一七八八）晩秋九月に就任した後任の初鹿野信興《はじかののぶおき》も、北町奉行所の与力同心たちの評はかんばしくない。

そのようなわけで、山村良旺の後任を、町家の者たちは期待をこめて長谷川平蔵ではないかと噂していた。

しかし、就任してやがて十月《とつき》になるいまは、人となりもだいぶ知られている。いささか粗忽《そこつ》なところもあるが、竹を割ったようなご気性で、なによりもお裁きが公正だ、ここしばらくのなかではもっともましだと言っている。町家の評は、ぞんがい正鵠《せいこく》を穿《うが》つ。

だからこそなおさら、火盗改は手柄をたてようと躍起《やっき》になっているように思える。

叔父が、北町奉行よりやり手だと思われているのはたしかであろう。そうでないなら、伊左衛門は、あいまいに言うか、ごまかしたはずだ。

それが知りたかった。襲われたのは、岡山本家がらみのように思える。しかし、安易にむすびつけ、決めつけてしまうと判断を誤りかねない。

幻十郎は、表情をやわらげ、川岸で見張っている五郎太に手間賃をやらなくともよいのかと訊いた。伊左衛門がほほえんだ。

——大竹によれば、見込みがあるので十手取縄を教えているそうにございます。したがいまして、大竹のほうで小遣いていどの手当はわたししているはずにございます。

しかしながら、せっかくのお志ですので、しばしばでは当人のためになりませんが、お気づきのおりに、二、三十文《もん》もおわたしいただければはげみになりましょう。

幻十郎は、承知して礼を述べ、据《す》え屋台で火をもらった五郎太のもつぶら提灯をさきにして屋敷へもどった。

伊左衛門はさすがに老練であり、いったい警告するほどのなにがあるのかとは問わなかった。

たとえ問われても、こたえようがない。それが幻十郎の疑念でもあるからだ。叔父は理由《わけ》を告げずに江戸へ呼びもどした。ほかにも、いまだ知らされていないことがあるのかもしれない。

昨日の朝、使いが叔父の書状をとどけにきた。

岡山本家の者は、幻十郎が会うと告げると不満げなようすであったという。

叔父が、不承知とあらば帰るがよい、と冷たくつきはなすと、あわてたようすで平伏してあやまり、すぐにでも会いたげなようすをしめした。よほどに切羽つまっているように思える。

分家の鴨方《かもがた》も生坂《いくさか》も本家にとってはお荷物であり、迷惑のかけどおしだ。ご政道をまげるわけにはゆかぬが、せめてものの恩返しにできることはしてやりたい。

鴨方も生坂も岡山城下に居住し、領地には陣屋さえない。岡山本家にとっては文字どおりの厄介であった。母の実家《さと》で生まれ育ったが、おのれも生坂池田家の血をひいている。

筋違橋《すじかい》で神田川をわたり、下谷御成街道《したやおなり》にはいる。おおよそ十町（約一・一キロメートル）さきの丁字路《てい》を西へ四分の一町（約二七メートル）ほど行き、北へまがれば下谷広小路だ。

広小路は道幅が御成街道のほぼ倍で、南から北方向の寛永寺《かんえいじ》にむかうまっすぐな大通りがしだいに裾広がりになっている。南端両側が、北大門町《きただいもんちょう》だ。

土蔵造りの桔梗屋は、通りの西がわ半町（約五五メートル）ほど行ったところにある。

寛永寺よりの壁ぎわに武家駕籠があった。前後で陸尺《ろくしゃく》四名が片膝をつき、駕籠よこの通りがわに羽織袴の供侍が三名、壁のほうに鑓《やり》持ちと草履《ぞうり》取りがいる。

幻十郎は、桔梗屋のてまえで立ちどまり、ふり返った。

左の袂《たもと》から四文銭十枚をつつんだひねりをだす。

「九ツ半（一時十分）あたりに迎えにきてくれ。これで昼を食するがよい」

五郎太が笑顔になる。

「へい。ありがとうございやす」

団子の紙包みをうけとり、ひねりをわたした。両手でうけとった五郎太が、かたわらをすぎ、寛永寺のほうへ去っていく。

供侍たちがさりげなくこちらをうかがっている。

幻十郎は、五郎太のうしろ姿から供侍たちをすどおりして暖簾に顔をむけた。

暖簾をわけ、桔梗屋の土間へはいる。

土間の壁ぎわには、緋毛氈を敷いた縁台がおかれ、女客《おんなきやく》たちが腰かけ、茶をもらって菓子を食べている。土間からあがらずに裏の後架《こうか》（便所）へ行けるようになっている。京菓子屋としての女客への配慮である。

下女がすすぎをもってきた。

案内にたった番頭の市蔵に、幻十郎は伯父の栄左衛門に挨拶をと言った。

栄左衛門は廊下で待っていた。斜めうしろで、店《たな》から報せにきた手代の庄吉が膝をおってひかえている。

居間で栄左衛門とむかいあった。

幻十郎は、土産の紙包みを膝のまえにおき、御堀の土橋まえ二葉町にある笹庵という汁粉屋の団子だと言った。

栄左衛門は、やはり知っているようであった。ほほえみをうかべ、礼を述べた。

客はふたりで、小半刻（三十五分）ほどまえにきたが、茶も断ったという。幻十郎は、うなずき、左脇の刀をとった。栄左衛門が、腰をあげて案内にたつ。

庭をはさんで北がわに母の住む離れが、南がわに茶室などがある。

母屋と渡り廊下でむすばれた床の間つきの十畳間のつぎに一間（約一・八メートル）幅三畳の小部屋、そして四畳半の茶室がある。

十畳間の簾障子は左右にあけてあった。廊下で膝をおった栄左衛門が、お見えにございます、と言った。

岡山本家の者たちは下座にいた。幻十郎は、上座に行って膝をおり、左脇に刀をおいた。

かるく低頭した栄左衛門が、腰をあげて去っていく。

膝に手をあてて前屈みぎみであった本家のふたりがなおった。正面は五十歳前後のやや小太り。右斜めうしろにひかえている者は、四十代なかばで、一重の眼をふせぎみにしている。

正面の五十代が口をひらいた。

「お初に御意《ぎょい》をえます。それがし、江戸屋敷をあずかる土倉玄蕃《つちくらげんば》と申しまする。これにおりますは、江戸目付の舟戸勘解由《ふなとかげゆ》にござりまする。お見知りおきを願いまする。南町奉行所へおじゃまし、筑後守さまにお目にかかりましたは、用人の村井新兵衛《しんべえ》にござりまする。霞さまにつきましては、村井が筑後守さまよりうかがっておりまする」

幻十郎は、了解したしるしにちいさく顎をひいた。

岡山池田家は、ほかの国持大名とおなじく松平姓をたまわっている。当代は五代治政《はるまさ》、四十一歳。参勤交代は初夏四月で、この年は江戸にいる。家老は国元のみで、江戸は番頭《ばんがしら》格の中老が筆頭である。江戸在勤は、士分が約九十名。徒《かち》以下、妻子奉公人をふくめると千四百人ほどだ。

江戸屋敷をあずかる者は、家臣ばかりでなく係累《けいるい》まで眼をくばらねばならない。国元では穏便にすませられることでも、江戸では家名にかかわる騒動になりかねないからだ。

そのほか、おりおりの幕閣への挨拶や他大名家との交際がある。したがって、中老の役高は一千五百俵だが、江戸在勤のあいだは五百俵が加算される。気苦労のほどが知れる。

武家の禄高は米なのでわかりづらいが、百石取りが四公六民で約百俵、おおよそだが現在の金銭感覚で五百万円ほどと理解すればいいように思う。つまり、五百俵だと二千五百万円だ。

高額なようだが、国元と江戸との二重生活であり、江戸にともなった家臣もそうだし、江戸在勤のあいだ雇っている中間《ちゅうげん》など小者たちの給金もある。

ふたたび口をひらこうとする玄蕃を、幻十郎は右のてのひらを見せて制した。

廊下を衣擦れがちかづいてくる。

女中ふたりが廊下で膝をおってまえに盆をおき、三つ指をついた。片方の盆には茶が、もう片方には茶菓子があった。

入室してきて茶と茶菓子をおいたふたりが、廊下でふたたび辞儀をしてから腰をあげて去っていった。

幻十郎は、蓋をとって脇におき、茶を喫した。

玄蕃と勘解由がならう。

茶碗をもどした玄蕃が顔をあげる。

「さっそくではございますが、備前《びぜん》松平家、脅《おど》されております。家中の者のしわざというのもありえなくはございませんが、余所《よそ》の者となると、それがしどもではいかんともしがたく、筑後守さまにおすがりするよりございません」

「叔父より、鴨方も生坂もご本家には迷惑をかけておるゆえできるだけ力になるよう言われておる。それがためには、すべてを知らねばならぬ」

「かしこまりました。順をおってお話しいたしまする」

世継である嫡子《ちゃくし》の新重郎《しんじゅうろう》は、この年十八歳になる。一昨年に将軍家へお目通りして元服《げんぷく》の予定であったが長患《ながわずら》いのためにはたせなかった。昨年は治政が国元。それで、治政が参府《さんぷ》してほどないこの初夏四月十五日、月次《つきなみ》登城に新重郎をともない、はじめて将軍家へ拝謁した。

そして、四日まえの二十一日、将軍家御前にて元服、従四位下《じゅしいげ》上総介《かずさのすけ》に叙任し、将軍家より一字をたまわり斉政《なりまさ》と改名した。

「……四月十五日のご登城も、六月二十一日の元服の儀も、あらかじめご沙汰がござりましたので、家中の者はもとより、おそらくは出入りの者どももぞんじておったであろうと思われます。その二十一日の朝、上屋敷にあります長屋の玄関すみに、〝お目付どのへ〟と書状があったそうにございます」

玄蕃が、わずかに顔をめぐらした。ちいさくうなずいた勘解由が、膝行《しっこう》してきて、懐からだした書状をおき、さがった。

幻十郎は、上包《うわづつ》みをひらいて脇においた。おられた半紙が一枚だけだった。

ひろげる。

――若殿が向島《むこうじま》の一件を表沙汰にされたくないのであれば二千両用意されたし。

ていねいな楷書でしたためられていた。癖を隠すためであろう。筆に乱れもない。

半紙をくまなく見る。

裏も。

なにもない。

幻十郎は、たたんで包みなおし、まえの畳においた。

勘解由に顔をむける。

「朝、とは――」

「はっ。それがしがしたくをして住まいをでるまぢかにおかれたものと思われます。なかを一瞥《いちべつ》して懐にしまいました。面《おもて》にはださなかったつもりですが、たしかではござりませぬ」

幻十郎は、勘解由から玄蕃に顔をもどした。

「向島の一件を聞くまえにいくつかたしかめておきたい。斉政どののほかに男児は」

正室は、播磨《はりま》の国姫路《ひめじ》藩十五万石酒井《さかい》家初代忠恭《ただずみ》が長女。嫡子斉政のほかに、次男と長女を産んだ。側室とのあいだには、三男と女児たちがいる。

酒井家は井伊《いい》家とならぶ名門譜代である。上野《こうずけ》の国前橋《まえばし》から転封《てんぽう》した。

忠恭は、安永《あんえい》元年（一七七二）に他界しているが、延享《えんきょう》元年（一七四四）晩春三月から寛延《かんえん》二年（一七四九）初春一月まで老中をつとめている。長男と次男とが名門譜代出のおなじ母親なら、世継争いはおよそ考えられない。側室の産んだ三男がどれほど優秀であろうとも、だ。

「……ついでながら申しあげます。若には許嫁《いいなずけ》がおられます」

池田家は、備前一国と備中《びっちゅう》の一部を領した岡山池田家と、因幡《いなば》と伯耆《ほうき》の二国を領した鳥取池田家とがある。

織田信長から豊臣秀吉、そして徳川家康につかえ、姫路城主となった池田輝政《てるまさ》が両家の始祖である。

輝政には、正室と継室《けいしつ》とのあいだに男児がある。つまり、二家にわかれたのだが、初期には両家のあいだで国替えがあって複雑なので略する。

問題は、継室が家康の娘ということだ。本来であれば、嫡流が本家である。しかし、徳川は、血筋をおもんじた。が、これも一筋縄ではいかない。

国替えなどをへて、結果としては、嫡流が岡山におちつく。岡山藩は三十一万五千石（あるいは三十一万五千二百石）、鳥取藩は三十二万五千石（あるいは三十二万石）である。しかし、鳥取は山陰《さんいん》で、岡山は山陽《さんよう》、いわば表街道である。これも、戦略上の配慮がはたらいたのだが、煩雑《はんざつ》になるのでやはり略する。

着目しなければならないのは、岡山池田家初代光政の正室が二代将軍秀忠の長女千《せん》姫の娘ということだ。豊臣家に嫁ぎ、大坂落城ののちに本多忠刻《ほんだただとき》に再嫁《さいか》したあの千姫である。

つまり、鳥取は初代将軍家康の孫の血筋、岡山は二代将軍秀忠の孫の血筋ということになる。そのようなわけで、池田家は外様であるにもかかわらず、一門同様の扱いをうけた。

池田家としての嫡流。あるいは将軍家との血縁。微妙な石高の差。両家にとって、単純には割りきれないものがある。ために、近親憎悪とまではいかないまでも、ともすればなにかと比較されるせいもあり、関係はかならずしも円満ではなかった。

鳥取池田家五代重寛《しげのぶ》は、わずか二歳で就任する。当時の鳥取藩は一揆などで乱れており、幼児である点を不安視するむきもあった。しかし、幕府は、人望のあった岡山藩三代継政《つぐまさ》に補佐を命ずることで就任をみとめた。

そして、歳月をへて、継政の孫と重寛の次女との縁組が約された。その継政は安永《あんえい》五年（一七七六）仲春二月に、重寛は天明三年（一七八三）初冬十月に黄泉《よみ》へ旅だった。

両家の亡き主君がかわした約定である、なんとしてもまもらねばならない。すでに幕府の内諾もえてある。将軍家へ拝謁して世継としてみとめられ、元服の儀もすませたからには、時期をみて、鳥取池田家姫との婚姻を正式に願いでるだけである。

語り終えた玄蕃が、喉をうるおして茶碗をもどした。

幻十郎は言った。

「おおよそのところはわかった。世継争いはありえない。そういうことだな」

「仰せのとおりにございます」

「では、向島の一件とやらを聞かせてもらおうか」

一昨年の晩春三月、斉政が患《わずら》った。微熱、くしゃみ、鼻水、悪寒《おかん》。風邪のように思えた。初夏四月には、出府《しゅっぷ》した治政にともなわれて将軍家へ拝謁することになっていた。

医師が調合した薬を飲み、養生につとめたがいっこうに快癒しない。それどころか、いろんな症状がでてきた。飲みこむさいに喉が痛いと食が細くなる。息をするときに胸が圧しつぶされそうになる。息が苦しい。顔色でわかるほどの高熱に襲われる。それらと小康状態とのくりかえしであった。

御殿医にも診てもらい、加持祈禱《かじきとう》もたのんだ。

夏がすぎ、秋から冬へと寒くなっていくにつれ、重くなっていくいっぽうであった。瘦せ、暗くなっていく表情から、治ろうとする気力さえ失いつつあるように見受けられた。

ただ、頻繁に発熱はあったが、喉と胸の痛みはいつしかなくなった。

加持祈禱のご利益《りやく》か、医師の薬が効いたのか、春になり、暖かくなるにしたがい、高熱を発することもなくなった。寝ずの看病をしていた者たちによると、高熱のせいでうなされるのがしばしばであったという。そのせいか、寝込まなくなってからも表情がさえなかった。看《み》ている者でさえ危惧した、当人が死を考えぬはずがない。

参勤交代で帰国する主君から、なにか気散じをとの沙汰があった。

日本橋川にめんした小網町《こあみちょう》三丁目の行徳河岸《ぎょうとくがし》ちかくに鳴門《なると》屋という塩問屋がある。いにしえより良港として栄えている備前の国邑久《おく》郡牛窓《のこおりうしまど》の出身で、その縁で江戸屋敷の塩を一手にあつかっている。主は弥兵衛《やへえ》、四十六歳。末娘が側室として奥御殿にいる。

思いあまった玄蕃は、弥兵衛を上屋敷に呼んだ。

斉政は十七歳。十三歳の春から築地《つきじ》の西本願寺《にしほんがんじ》北どなりの中屋敷で暮らしている。鬱々としているのであれば、女をあてがうのが良策である。女体《にょたい》を知れば気鬱などふきとんでしまうであろう。しかし、いまだ前髪がある。となると、遊里《ゆうり》というわけにはいかない。かといって、元服まえでありながら奥女中に手をつけているとの噂がたつのもこまる。大名小路の岡山家上屋敷から三町（約三二七メートル）余しか離れていない日比谷《ひびや》堀八代洲《やよす》河岸よこの鳥取家上屋敷奥御殿には許嫁の姫がいる。

しばし思案顔であった弥兵衛が、こうしてはいかがでございましょうか、と言った。

斉政は、いずれお国入りする。そのために、国元から傅役《もりやく》を呼んで近侍させている。しかし、それだけでは領民の暮らしむきなどがわからない。

そこで、縹緻《きりょう》よしの娘と下働きの夫婦者を国元から呼び、向島にある寮に住まわせる。用意がととのったところで、斉政を気散じの療養をかねて寮へお招きする。親しく接すれば、城下や領民のようすなどもより知ることがかなう。

――ご承知いただけますならば、国元へは飛脚でさがしておくようつたえ、手前が迎えにまいります。

良案である。表向きは、療養と入部《にゅうぶ》の日にそなえて城下と領民のことをよく知るためだと言いつくろえる。

玄蕃は、同意した。ただし、女がお気にめしたのであればおそばちかくにということになる、だからめったな者ではこまる、と念押しした。弥兵衛が、こころえておりますとうけおった。

斉政が、向島小梅村《こうめむら》の寮に行ったのは残暑がやわらいだ初秋七月下旬であった。

鳴門屋の寮は、源森《げんもり》川と横川とのかどから北東方向への支流を二町（約二一八メートル）ほどさかのぼった左岸にある。

娘は十六歳で、名はみい〈よ〉。五十すぎの下働きの夫婦も、牛窓の者である。

中屋敷のよこは築地本願寺裏の堀留になっている。供は傅役ひとりだけにして、頭巾で面体を隠して通用門から堀留の桟橋で待っている屋根船にのる。相模の空に夕陽がかたむくころ、寮につく。夕餉を食したのち、みいよとひとときをすごし、屋根船で帰る。

逢瀬《おうせ》をかさねるほど想いがつのるようであったが、泊まるのは許されない。人目があるのでしばしばかようのもだ。初めて知った女性《にょしょう》への思慕で、たしかに斉政の気鬱はどこかへ消しとんでしまったようであった。

玄蕃は寮に行っていない。すべては弥兵衛からの仄聞《そくぶん》である。

やがて、みよが懐妊した。

弥兵衛とはそれも話しあっていた。

乳離《ちばな》れし、母子で旅ができるようになるまでは寮ですごさせる。そして、国元へつれていき、しかるべき家臣の屋敷にあずける。斉政がみよとの別れをこばむなら、子だけ国元へやり、みよは鳴門屋が身請け人になって中屋敷へ奉公にあげる。斉政は、十九か二十歳《はたち》であり、奥女中にお手がついてもおかしくはない。

「……ところがでございます」

玄蕃が、吐息をついて肩をおとした。

日本橋本石町《ほんこくちょう》三丁目に丹波《たんば》屋という本両替屋がある。主は角右衛門《かくえもん》、四十八歳。岡山松平家が大坂蔵屋敷でおこなう米売買の為替《かわせ》を一手にあつかっている。

みよは悪阻《つわり》がひどかった。斉政は、すまぬ、と詫びていたという。みよの苦しみようにおいめを感じたのであろう。若さであり、人としてのやさしさである。

が、足が遠のいた。

そこに、丹波屋角右衛門がつけこんだ。

角右衛門は、鳴門屋にか弥兵衛にかはさだかでないが敵愾心《てきがいしん》をふくんでいるふしがうかがえた。弥兵衛内儀の実家《さと》が、日本橋通町《とおりちょう》二丁目に大店をかまえる両替屋だからかもしれない。

丹波屋も深川《ふかがわ》のはずれに寮がある。場所は、小名木川《おなきがわ》と南十間川《みなみじっけんがわ》がまじわる八右衛門新田《はちえもんしんでん》だ。寛永(一六二四〜四四)のころに百姓の八右衛門が開拓したからこの名があるが、しだいに川ぞいは大名家の下屋敷や抱屋敷《かかえやしき》、商家の寮などが建つようになった。

「……いつのまに呼びよせたのか、寮には京のお公家《くげ》の姫が……。そこに若を……」

顔をあげた玄蕃に、幻十郎はうなずいた。

公家は貧しい。戦国乱世の昔から、莫大《ばくだい》な支度金や定期の仕送りとひきかえに、娘を各地の大名や小名、豪族、豪商、富農などのもとにやった。嫁ぐのはまれで、ほとんどが妾《めかけ》である。幼いころから男をたらしこむための手練手管《てれんてくだ》を教え育てられている。若い斉政など思いのままであったろう。

「二月の十三日、みよが自害いたしました。下働きによりますと、数日まえからふさいでおったそうにございますから、誰かに告げられたか、耳にはいって、捨てられたと思いつめてしまったものと思われます」

「いずれは一国一城の主《あるじ》となる身が、いまだ前髪であるをわきまえず、商家の寮で女中をてごめにした。さらには、あろうことか、味をしめてかよい、女体に惑溺《わくでき》した。あまつさえ、身籠った女中を無慈悲にも捨て、つぎは公家の姫に手をつけた。ために、はかなんだ女中は自害。噂をながせば尾鰭《おひれ》がついてひろまるであろう」

幻十郎は、ちいさく首をふって玄蕃を見た。

「商家の寮で自害なら、町奉行所へとどけておるな」

玄蕃が首肯《しゅこう》する。

「ていちょうに葬《ほうむ》り、下働きの夫婦は国元へ帰したと聞いております。昨日《さくじつ》、鳴門屋を呼び、ことのしだいを話しました。みずからかかわったことであり、二千両ですむのであればだすそうにござりまする」

紅花屋の一件は、南町奉行所があつかっている。つまり、仲春二月の月番も南町ということだ。

「払えば、それが最初であろう」

「二千両だけであれば、江戸屋敷にて工面できなくもありません。それがしども、いったん応じたならば際限があるまいと思いまする。仰せのごとく、町奉行所へ報せ、役人の調べをうけております。下働きも口封じに暇をやったととられかねませぬ。若ばかりでなく、備前松平家の家名にかかわりまする」

「公家の姫はどうなった」

「傅役によりますと、みよの自害を知った若は、涙を流し、すまぬと詫びていたそうにございます。丹波屋の寮へ行くのもおやめになりました。姫は、手代をつけて京へ送ったそうにございます。丹波屋は、恐懼《きょうく》し、いくどとなく詫びておりました」

「たいがいのところはわかった」

幻十郎は、玄蕃から勘解由に眼をむけた。

「そのほうに報せればよいのだな」

「お願いいたしまする」

勘解由が懐から四つ折にした半紙をだした。

「鳴門屋がつかっている船宿をはじめ、気づいたことを記《しる》してござりまする。なお、丹波屋にはなにも告げておりませぬ」

「あいわかった。一両日ちゅうに誰かをやり、わたしの名を、いや、稲荷小路半兵衛の使いだと告げさせる。急を要するならやむをえぬが、南町奉行所はもとより、稲荷小路の屋敷へもきてはならぬ」

「かしこまってござりまする」

玄蕃が、膝に両手をおいた。

「霞さま、なにとぞよしなにお願いいたしまする」

幻十郎は、うなずき、廊下にでて母屋へ声をかけた。

やってきた栄左衛門が、ふたりを案内していった。幻十郎は、畳におかれた半紙を手にし、もとの座についてひろげた。

盆をもってかたづけにきた女中に、母上にお目にかかりたいのでつごうをお聞きしてくれ、とたのんだ。

もどってきた女中が、離れの部屋までさきになった。

部屋にはいって挨拶をすると、母が、京土産の紅《べに》と、この日土産にもってきた団子の礼を述べた。

母としばらく話してから中食をすませ、五郎太と帰路についた。

二

権太夫は、忠輔とともに芝口橋よこの桟橋に舫われた屋根船の座敷で幻十郎を待っていた。

隠密廻りは、呼ばれるか、用がないかぎり、町奉行所に顔をださない。急な呼びだしのために、つかっている御用聞きを年番方にとどけている。そこへ小者を走らせれば、たいがいは連絡がつく。権太夫のばあいは、日本橋小船町《こぶなちょう》の豆腐屋〝雪之花〟の伝蔵だ。

上野からの帰りに、幻十郎に権太夫と忠輔の両名に会いたいと言われた五郎太が、途中で別れて雪之花によった。

伝蔵からの使いの手先に、権太夫は暮六ッ（七時）まえに御番所で会おうと忠輔につたえさせた。

忠輔の居所は、築地大富町《おおとみちょう》の船宿〝梅川《うめかわ》〟で聞けばわかる。

遅くなってもかまわぬゆえ誰にも聞かれるおそれのないところで会いたいとの言付けに、権太夫はしばし思案した。

座敷は、壁に耳あり、である。桟橋に屋根船を舫わせ、船頭に川岸で見張らせようかと思ったが、季夏《きか》も下旬、宵の川は涼み舟がゆきかっている。

暮六ッ半（七時五十分）になろうとするころ、簾《すだれ》障子の隙間ごしに石段をおりてくる清次《せいじ》のぶら提灯が見えた。日本橋堀江町《ほりえちょう》で、女房のまきに楊枝屋〝やなぎ屋〟をやらせている伝蔵の次男だ。

屋根船が左右にちいさく揺れ、清次が舳《みよし》の簾障子をあけた。

幻十郎が鴨居《かもい》をくぐって座敷にはいってきた。簾障子をしめた清次が、桟橋へおりて艫《とも》にまわる。

船頭が棹をつかい、屋根船がゆったりと桟橋を離れた。

権太夫はかるく低頭した。

「ご指示をいただき、愚考いたしましました。むさくるしいところで恐縮にございますが、それがしどもが日ごろからつかっております八丁堀の居酒屋にご案内させていただきます。すでに伝蔵がまいり、あたりに眼をくばっておるはずにございます。お迎えにまいりました清次と伝蔵のふたりに二階で見張らせ、二階の小座敷でお話をうかがわせていただきます」

「雑作をかける」

権太夫はほほえんだ。

芝口橋から一町（約一〇九メートル）ほど下流に汐留橋《しおどめ》がある。そのてまえから北東方向に枝分かれしているのが三十間堀川《さんじっけんぼり》だ。もともとはその名のとおり川幅が三十間（約五四メートル）あった。享保《きょうほう》（一七一六〜三六）のころに埋めたてられて十六間（約二九メートル）幅になったが、川の名はもとのままのこされた。

三十間堀川を十三町（約一四一七メートル）ほどで八丁堀川にいたる。つっきれば楓川《かえで》だ。一町半（約一六四メートル）余に架かる松幡橋《まつば》をすぎた栈橋から岸にあがった。

ぶら提灯を手にした清次、幻十郎、権太夫と忠輔の順だ。

清次が縄暖簾をわけて身をよせる。幻十郎が、清次にかるく顎をひく。

一畳敷き《いちじようじ》の縁台にも、壁際の畳間《たたみま》にも、障子があけてある奥の座敷にも、客がいた。

階段まえの縁台に、伝蔵がいる。

権太夫は、階段をしめした。幻十郎が、腰から刀をはずして左手にさげ、草履をぬいで階段をあがっていく。

場違いな身なりの幻十郎のようすをさりげなく見ていた客たちにざわめきがもどる。権太夫は、草履をぬいだ。忠輔がつづく。

四畳半の小座敷におちつくと、すぐにおやじの孫娘ふたりが食膳をはこんできた。

娘たちが、襖をしめ、階下へ去った。

権太夫は言った。

「ご覧のごとく、通りのまえは奥州白河松平さまのお屋敷、左よこが裏の組屋敷への入り口《はいぐち》、右よこには、井戸と小稲荷《こいなり》、奥にごみ箱や後架《こうか》（便所）などがございます。

かどに縁台をおかせて、伝蔵が手先のなかでも気の利いたふたりに茶碗酒でするめをかじらせて夕涼みをさせております。したがいまして、盗み聞きされる気づかいはあるまいとぞんじます。手酌で申しわけございませんが、一献《いっこん》おつきあい願いたくぞんじます」

「馳走になる」

諸白《もろはく》を注いだ幻十郎が、はんぶんほど飲み、杯をもどした。

「わたしや叔父にとって本家にあたる備前岡山の松平家が強請《ゆす》られている」

幻十郎が語った。

権太夫は、耳朶《みみたぶ》のしたあたりから首筋にかけて鳥肌がたつのをおぼえた。多年にわたってつちかってきた捕方としての勘が、似ている、おなじ奴に相違ない、と告げた。

幻十郎が、懐から四つ折の半紙をだした。

「これがその書付だ」

権太夫は、食膳をよこにうごかし、膝行してうけとり、もどった。

ひろげる。こまかくていねいな字面でびっしりと書かれていた。舟戸勘解由という江戸目付が、きちんとした人柄のやり手であるのがわかる。

塩問屋鳴門屋の場所。主と内儀の名と歳。内儀の実家《さと》の屋号と場所。国元から呼びよせた女と下働きの夫婦について。向島小梅村の寮の場所。船宿の屋号と場所。かよった日。

本両替の丹波屋にかんしては、主の名のほかに、店《たな》と寮の場所だけであった。

権太夫は、ひろげたままの半紙を忠輔にわたした。

忠輔が眼をおとす。

幻十郎が、箸をつかい、諸白を飲み、あらたに注いだ。

たたんだ半紙をふたりのあいだにおいた忠輔が顔をあげた。

権太夫は言った。

「あとで伝蔵に申しつけ、手先のなかで大名小路のお屋敷に出入りしても怪しまれぬ者を見つけます。その者に、明日《あす》の夕刻、備前松平さまの上屋敷にお目付の舟戸勘解由どのをたずねさせます。霞さま、二千両もの大金です、あらたな指図があるのは月があらたまってからのように思います」

「わたしもそう思う」

「それにいたしましても、元服の儀がある当日に脅し文とは。やりようがしたたかすぎます。霞さまに刺客を放った者と同一人のような気がいたします」

幻十郎が、首肯し、忠輔に眼をやってもどした。

「見てのとおり、丹波屋についてはなにもない。もともと信をおいていないのか、あるいはこの一件にかぎったことなのか。丹波屋がいらざる手出しをしなければみよという娘は死なずともすんだとの思いがあるのやもしれぬ。丹波屋が寮に公家の姫をつれてきたのはいつか。去らせたのもだ。つかっていた船宿はどこか。みよが鳴門屋の寮にきた、みごもった、亡くなった。それらを、丹波屋は、いつ、どうやって知ったのか。できればさぐってもらいたい」

権太夫はこたえた。

「承知いたしました。相原さまにお話しし、小野田と手分けしてあたりたくぞんじますが、よろしいでしょうか」

「知っている者がすくないほどよい」

「それもこころえております。あの夜、いかにして闇討がおこないえたのか。そして、なにゆえ。いまだ納得いたしかねております」

幻十郎が、口端にかすかな笑みをこぼした。

「土倉と舟戸が帰ったあと、解せぬことがあるゆえ母にたずねてみた。なかなかに言いづらかった。母もとまどったようであったが、人それぞれだと断ったうえでこたえてくれた」

女に生まれたからには、子を産み、母になる。誰しも望むことだと思う。子がさずかり、生まれるまで十月十日《とつきとおか》。悪阻のかげんとながさはあるだろうが、いずれにしろ産む覚悟が問われているのだと思う。

子を産むのはかんたんなことではない。悪阻の苦しみがそれを教える。

五体満足で丈夫な子を、といくたびもいくたびも、それこそ朝な夕なに神仏に祈る。初めて動いたときは、たとえようのない喜びであり、幸せであった。

――命をはぐくむ。生きているものすべてがいとおしく、たいせつに思えます。なんとしても産みたい。わが子をこの腕に抱きたい。みずからの命を絶つのはおなかの子を殺《あや》めてしまうことです。わたくしには考えられません。

忠輔がつぶやいた。

「自害ではなく、殺し」

幻十郎が、まをおき、つづけた。

「生まれたあとなら、しだいに不安になり、子は望まれてなかったのだと思い、独りでか、子をみちづれに死ぬかもしれない。そのように話していた。それなら、わたしも理解できる。考えてもみよ、なにもかも承知のうえで備前から江戸まで旅をしてきたはずだ。土倉と鳴門屋は子ができたさいの相談もしている。相手は城主の世継だ、子だけとりあげられて捨てられることだってありうる。鳴門屋は、国元で、旅の途次でじゅうぶんに語り、承知させたのではあるまいか。生涯不自由はさせぬとの約定《やくじょう》もしたはずだ。あれほど言って聞かせたのに、とさぞ落胆したであろう。つまり、鳴門屋は、自害にまったく疑念をいだいていないように思える。ほんとうにそうなのか。ほかにも、いぶかしい点がある」

二十一日の脅し文が偶然でないのなら、その日に元服の儀があるのをどうやって知ったのか。誰もが知りうることではない。

ふつうであれば、懐妊はめでたい。が、元服まえであり、なによりも鳥取松平家をはばからねばならない。にもかかわらず、丹波屋をふくめてそれらが洩れつたわっている。

「……その鳥取家だが、前髪とはいえ年齢《とし》を考えれば女に手をつけるのはありうる。めくじらはたてまい。懐妊。これもありうる。子ができぬほうがむしろ心配であろう。女のせいにされて離縁の事由《じゆう》になるからな。ほかの商人に公家の姫をすすめられて手をつける。これもありうる。が、その件で、二千両を脅しとられたとなるとどうかな。もっともらしい額だが、縁組を破談にせんともくろんでいる者のしわざだとしたら」

途中で幻十郎が言わんとしていることに気づいた。それでも、権太夫は驚いた。八丁堀では南北を問わず切れ者として一目おかれ、いささかの自負もある。だからこそわかるのだが、幻十郎がしめす思慮と洞察は驚嘆である。天賦《てんぷ》の才もあろうが、剣と学問、よほどに精進しなければここまでは到達しえないはずだ。権太夫は、畏怖の念すらおぼえた。

気をとりなおし、鼻孔から息をはく。

「今日は二十五日。今月は大《だい》の月ですから晦日《みそか》は三十日」

指をおる。

「月がかわるまで五日」

幻十郎に眼をやる。

「今宵のうちに相談し、明朝よりかからせます」

忠輔が言った。

「霞さま、紅花屋の件でお話ししたきことがございますが、この件のてくばりをふくめまして、あらためてご報告にあがります」

うなずいた幻十郎が、左脇の刀に手をのばした。

階下におりた権太夫は、伝蔵についてくるよう合図した。

ぶら提灯の蠟燭《ろうそく》に火をもらった清次が、表にでて縄暖簾をわける。

伝蔵と清次は屋根船の艫にのった。

左脇に刀をおいた幻十郎が、眼をとじて腕をくむ。見つめては失礼にあたる。が、なにを考えているのであろうかと、権太夫は思った。

屋根船が芝口橋の桟橋につき、清次が幻十郎を送っていった。

清次がもどってくると、忠輔が梅川の桟橋につけるよう船頭に言った。

桟橋に屋根船をつけた船頭が声をかけ、利平がやってきた。忠輔が指示をあたえる。利平が船頭とあがっていき、ほどなく女将のつたが女中たちと二度にわけて座敷に五人ぶんの食膳をととのえた。

川岸の縁台で見張らせ、伝蔵と清次に利平もくわえ、一刻（一時間四十分）あまりをかけててくばりをきめた。

翌日の夕刻、幻十郎は袱紗《ふくさ》包みをもった五郎太をしたがえて数寄屋橋御門の南町奉行所へむかった。

袱紗包みは栄左衛門が里久と綾へともたせてくれた京菓子だ。土産でもっていった団子の返礼である。

稲荷小路の屋敷にひきとられてから、肩身のせまい思いをしないようにと栄左衛門がしめしてくれた気づかいのかずかずが、いまではよくわかる。商人としての才覚もあろうが、より人柄である。だからこそ、寛永寺にも休息所《どころ》はいくつもあるのに多くの武家や大奥の女中たちが休憩につかっている。それが、桔梗屋の暖簾となり、商売につながっている。京での暮らしで会得した世間のありようだ。

里久が、しばしばでは口が奢《おご》ってこまりますよ、と、色気は明後日《あさって》、食い気《け》は本日ただいま、とばかりに眼をかがやかせている綾をちらっと見てからおだやかな口調で言った。

町奉行職にあるあいだは三千石だが、家禄は九百石である。綾はその石高で婿養子をむかえねばならない。

幻十郎は、ほほえんで低頭し、つつしみます、とこたえた。

ともに夕餉を食したあと、用部屋で、桔梗屋でのもようをくわしく語り、大竹権太夫と小野田忠輔への指示も報告した。

叔父が泊まっていくかと訊いた。幻十郎は、帰りますとこたえ、つづけた。

昨日《さくじつ》、上野からの帰りによらなかったのは尾《つ》けられるのにそなえてであった。当座しのぎだが、備前松平家にとって不首尾だったとうけとるかもしれない。池田筑後守は依頼をうける気がなかった。だから、役宅でも稲荷小路の屋敷でもなく、遠い上野山下で甥の霞幻十郎に断らせた。

さらに、今宵も襲われるのか。だとすると、町奉行所か、おのれのうごきが見張られていることになる。

先夜の刺客は手練《てだれ》であった。つぎはさらなる遣い手であろう。だが、こちらも心がまえができている。手疵《てきず》をおわすだけで刀を奪えれば、吟味方が白状させ、手掛りがえられる。

叔父が満足げにうなずいた。

稲荷小路での挟み撃ちを警戒していたが、なにごともなかった。

先夜は駕籠舁を囮《おとり》につかうほど周到であった。意図を隠して惑わせたいのであれば、今宵も襲われる。その覚悟でいた。

刺客の手駒がないのか。それとも、つねに見張っているわけではないのか。あるいは、そう思わせたいのか。

床について眼をとじ、脳裡の雑念を消して心を無にした。鞍馬山の深林《しんりん》で座禅をくみ、無念無想の修行をした。

未明から雨になったようであった。

見えず、音もないが、朝靄《あさもや》のようなこまかな雨が江戸をぬらしていた。雨戸があけられて流れてくる湿気と香りとで、雨だとわかる。床から離れ、障子をあけると、糸のような雨脚になっていた。

雨の日は朝稽古ができない。朝餉のあと、しばらく庭を眺めた。静謐《せいひつ》なたたずまいに思念をかさね、たどる。

稲荷小路池田家は九百石の旗本であり、土蔵には具足《ぐそく》や槍、弓箭《きゅうせん》、刀剣のほかに、代々にわたって蒐《あつ》められた四書五経《ししょごきょう》をはじめとした書物がたいせつにしまわれている。それらを、かたっぱしから繙《ひもと》き、わからないものはいったん土蔵にもどし、しばらくしてあらためて開き、得心がいくか、おのれの力量では理解不能とあきらめるまでくりかえし読んだ。

剣は日々の修練、学問は根気だと思う。

京でじっさいに捕物にかかわり、ひとつの出来事が見る者の角度と距離によってちがい、しかも見たままではなくかならず当人の思いこみがくわわることを知った。あまりに見つめすぎると、かえって見えなくなることもだ。

わかっていることとわからないこととを分け、なぜわからないかを考え、さらに離れたり、よこのほうから眺めてみる。

庭師が丹精《たんせい》している松も、庭におりてまわれば、まったくちがう枝ぶりになる。庭師は、屋敷からどう見えるかを考え、形をととのえている。

――御堀ばたでの闇討。誰しも驚く。では、なにから眼をそらそうとしているのだ。闇討の裏になにが見える。

昼九ツ（正午）の鐘が鳴り、ほどなく、加代となをが中食《ちゅうじき》をはこんできた。

食べ終えるころ、いつのまにか、陽射しが庭で帯を描いていた。

加代となをが、食膳と飯櫃《めしびつ》をもってさがっていった。

空が、あざやかな青に澄みきっている。庭に眼をやる。枝葉《えだは》の雨滴《うてき》が陽射しにきらめいている。

廊下を衣擦れがやってくる。加代の足はこびではない。

なをが、廊下に膝をおった。

「若さま、五郎太がまいっております」

「着替える」

幻十郎は腰をあげた。

なをが入室してきて障子をしめた。

着替え、脇差を腰に、刀を左手にさげて玄関へむかう。三歩うしろをなゝをが急ぎ足でついてくる。

玄関から式台におり、草履をつっかけて刀を腰にさし、ふりかえる。

「なにかあれば稲荷の富造に報せてくれ」

「かしこまりました」

なゝをが三つ指をつく。

五郎太は門のよこで待っていた。空へちらっと眼をはしらせる。虹は見えない。五郎太に顔をむける。

「場所はいずこだ」

「芝口橋の桟橋でやす」

「そうか」

稲荷小路は二町（約二一八メートル）余である。東の四つ辻をすぎて一町（約一〇九メートル）たらずで町家にぶつかる。芝口三丁目の裏通りだ。表通りが東海道である。

芝口橋のてまえでさきになった五郎太が、たもと左の石段をおりていく。桟橋に屋根船が舫われている。

舳にのった五郎太が、簾障子をあけて片膝をつく。

幻十郎は、草履をぬいで座敷にはいった。簾障子をしめた五郎太が屋根船をおりる。艫から船頭もきた。

忠輔が、膝に両手をおいてかるく低頭した。

「ふたりに川岸で見張らせます。茶も用意しておりません。申しわけございませぬ」

「気をつかわずともよい」

「ありがとうございます。まずは、仙台侯の辻番所の件からご報告させていただきます」

池田長恵《ながしげ》は表裏がなく義に厚いというのが旗本たちの評であった。のちのことだが、おのれをひきたててはげましてくれた松平定信が失脚すると、人目もはばからず号泣し、さすがは池田筑後と旗本たちの目頭を熱くさせた。

その池田筑後守の依頼である。しかも、天明二年（一七八二）から京都町奉行に栄転する天明七年（一七八七）まで目付であった。

目付が、配下の徒目付《かち》や小人《こびと》目付に命じずにみずからうごいた。が、はかばかしくなかった。二十一日の夜はべつだん変わったことはなかったというのである。

「……お奉行は、あたってくれているようだからしばし待てとおっしゃっておられました」

忠輔は、源助橋がある源助町と品川宿方面へのとなり町の露月町《ろうげつちょう》まで裏長屋の者たちをあたらせた。すると、露月町の鳶《とび》の者が橋のたもとによこづけされた屋根船を見ている。

掘割は二間（約三・六メートル）余の幅しかない。はいってくるのはほとんど荷舟だ。猪牙舟《ちょきぶね》がくることもある。が、屋根船は見たことがない。

鳶の者は、こんなところまで屋根船をいれさせるなんてどこのお大尽《だいじん》だと思ったという。長屋に帰って寝じたくをしていたら夜五ツ（八時四十分）の鐘が鳴ったから、小半刻（二十五分）たらずまえだと思う。

「……お奉行にお報せし、お目付につたえていただきました」

目付は、仙台家の留守居を呼びつけた。そして、町方の探索で判明したことを述べ、当夜のことを知りたいだけであって咎めだてしようというわけではない、と告げた。仙台侯あたりの留守居役ともなると二枚舌三枚舌の曲者《くせもの》だが恐縮しきりであったという。

留守居は、すぐさま調べたようであった。夕刻に、報告があった。

仙台松平家の上屋敷は二万五千八百坪余。芝口三丁目と源助町との裏通りにめんした二町半（約二七三メートル）ほどの屋敷地である。奥行きはおおよそ三町（約三二七メートル）。

品川宿方面の南どなりは会津《あいづ》藩二十三万石松平家の二万九千四百坪余の中屋敷、北どなりは播磨《はりま》の国龍野《たつの》藩五万一千石脇坂《わきさか》家の八千二百坪余の上屋敷だ。仙台松平家と会津松平家の裏が、浜御殿（浜離宮）である。

三家で通りの長さが七町（約七六三メートル）余。町家は、芝口二丁目、同三丁目、源助町、露月町、柴井町《しばいちょう》である。かんたんな計算だが、この五町で二万三千坪余。仙台家の上屋敷にさえおよばない。大名屋敷がいかに広大であったかがわかる。

仙台家は両脇が掘割で、かどに一手持辻番所がある。つまり二箇所だ。会津家は南かどに、脇坂家は北かどに、それぞれ一手持辻番所がある。

暮六ツ（日の入）の鐘から半刻（五十分）とたってなかったように思う。通りの表店は戸締りがされて夜の帷《とばり》がすっかりおりたころ、橋のてまえに屋根船がよこづけされた。屋根船からの灯りに辻番所からでるよりも早く、角樽《つのだる》をもった手代が岸にあがってきた。

低頭した手代がこのようなことを言った。

――夜分にお騒がせしまして申しわけございません。てまえども主《あるじ》が源助町で所用がございます。一刻、ながくても二刻《ふた》はかからぬとぞんじます。ほかに舟がはいってきましたなら、おとりはからいのほどをよろしくお願いいたします。ご迷惑をおかけいたしますので、こころばかりの粗品でございます。お納めください」

角樽をわたすと、二度、三度と低頭しながらあとずさった。

「……留守居が、にがにがしげに、当人たちはめっそうもないと首をふっておりましたゆえ、さっそくにも茶碗酒をはじめたに相違ございませんと申しておったそうにございます。翌朝は、裏通りでの屋根職殺しと紅花屋の押込み強盗で大騒ぎでしたので、咎められるのではないかと口裏を合わせたと白状したそうにございます。お奉行へお目付へのお許しを願い、雇われておる者たちにあたりました。手代は上方訛《なまり》だったそうにございます。京、大坂、伊勢などの江戸店《だな》がいくつもございます。上方訛の手代などめずらしくもございません。なぜ訊くのだといった顔をしておりました」

一手持辻番所に詰めているのは、大名家の軽輩のほかに雇われた町方の者もいる。だからといって、じかにあたっては、目付の領分を侵すことになり、大名家からも苦情がでかねない。

幻十郎は、まをおいた。

「聞いていて思ったのだが、いくつか気になることがある」

黒狐一味のやり口は、狙った店《たな》に配下をもぐりこませる、あるいは奉公人を脅すなり騙《だま》すなりして手引させるというものではない。ちかくで騒ぎをおこし、その深更に役人を装って戸をあけさせている。

ならば、いざというときに逃げやすいところをえらぶのではないか。あの掘割は狭いうえに源助橋のすぐさきで堀留になっている。袋の鼠《ねずみ》である。

だからこそ、そんなところに舟をのりつけて悪事をはたらく者などいないとの思いこみを逆手《さかて》にとったというのもありうる。あの辻番所さえやりすごせば、あとは追いかけようがない。角樽をもっていったのはそのためだ。周到ではある。しかしそれでも、逃げ道を考えるなら場所はいくらでもある。

「……つまりは、紅花屋でなければならなかったのではないか。京で世話になった手代に母への土産をたのんだら、紅であった。紅などめずらしくもあるまいと思ったのだが、手代が申していたとおり、母はたいへんな喜びようであった。で、伯父の栄左衛門に訊いてみた。京紅だから喜ばれ、京菓子だから売れます、江戸でつくっているからといって江戸菓子とあらためては売れません、そういうものでございます、と申しておった。桔梗屋にも京生まれ手代がふたりいる」

忠輔がいきおいこむ。

「紅花屋奉公人の人別帳を調べます。一味の誰かとなんらかのかかわりがある者がいるやもしれませぬ」

「一味の者とはかぎるまい」

「と申しますと」

「決めつけぬことだ。おのれの描いた絵にあてはまらぬからとのぞいてしまいかねぬ。たしかに、黒狐一味のしわざのように思える。だが、一味のすべてが上方の者とはかぎるまい。それに、黒狐一味は、かなり噂になっていたはずだ」

忠輔が、眼をおとして眉間に皺をきざむ。

ややあって、顔をあげた。

「やり口をまね、黒狐のしわざだと思わせる。ありえます。化粧道具屋は以前にもあつかったことがございます。そのおり聞いたのですが、秦《しん》の始皇帝《しこうてい》の時代にはすでに宮女《きゅうじょ》たちが紅や白粉で化粧をしていたそうにございます。つたわったのは、大和《やまと》の藤原《ふじわら》に都があった千年ほども昔とのこと。紅は京紅、白粉ももともとは京白粉と申したとも聞きました。女の身のまわりは京からの下《くだ》り物が喜ばれます。紅花屋と京とのかかわり。さっそくにも調べます」

「山科屋の件はどうなっておる」

「申しわけございませぬ。紅花屋の一件がおきてしまいましたので、山科屋につきましてはいまだほんのわずかでございます。主の甚右衛門は五十二歳。入婿のようです。倅と娘がふたり。紅花屋とは、往き来がありません。近場でおなじ商いではよくあることにございます。ただ、おなじ商売ゆえなにか知っているやもしれませぬ。あらためてあたってみます」

「ふつうには生国《しょうごく》を屋号にする。が、化粧道具だから京かいわいを屋号にしたというのもありうる。あっちこっちで京がからんでくる。たまたまだと思うが、気になる。火盗改も手をだしておるなら紅花屋の一件でたいへんであろうが、山科屋についてもすまぬがひきつづきさぐってもらえぬか」

「かしこまりました。それと、ご承知のごとく、御堀の土橋から下流は汐留橋まで両岸が蔵地になっております。二十二日の朝、この舟をとめております下流ではなく上流の桟橋から橋のしたへ隠れるように屋根船が舫われていたのを、芝口一丁目の者と、対岸の芝口北紺屋町《きたこんやちょう》の者が見ております。明六ツ（日の出、五時）の鐘が鳴ってすこししたらいなくなっていたとのことにございます。仙台侯の掘割が小ぶりな屋根船で、こちらはふつうより大きめです」

「屋根船が二艘……」

幻十郎は、忠輔の表情に眉を曇らせた。

忠輔が首肯する。

「船宿をのこらずあたるとなると、南北の手のすいている廻り方すべてでかかっても、うまくいくかどうかわかりませせぬ。船宿ではなく、船頭持ちの舟もございます。船宿の桟橋を借り、逢引《あいびき》客をのせるだけならまだしも、賭場《とば》をひらいている者もおります。盗人《ぬすっと》に手を貸すのはご公儀をはばかる稼業の者たち。むずかしいのは、かならずしも船宿がらみとはかぎらぬからにございます。あるいは、見て見ぬふりをしている船宿もです」

「袖の下か」

「それもあります。腕のいい船頭をひきとめておくため、多少のことなら眼をつぶるというのもございます。とくに博奕《ばくち》がらみがそうです」

忠輔が、口端に微苦笑をこぼした。

幻十郎は、眼で問うた。

「夜中の屋根船はよほどに怪しくないかぎり、なかをあらためたりはしませせぬ。逢引ならやぼなだけですし、大名家の老職やお旗本のお歴々が吉原《よしわら》からの帰りというのもしばしばございますので。怪しい屋根船を桟橋につけさせたところ、ご老中さまや若年寄さまのお忍びで、肝《きも》をつぶした。たまに、そういうことがございます」

岡山本家の世継も向島へ舟でかよっている。帰りが深更《しんこう》におよぶこともあったであろう。

「町木戸がしめられたあとの往き来に川をつかう。悪事をはたらく者はなおさらだ。しかし、へたに取り締まると藪蛇《やぶへび》になりかねぬわけか」

忠輔がうなずく。

「遊里、向島の料理茶屋や大店の寮。三味《しゃみ》ではなく枕をもっぱらにする芸者もおります……とんだご無礼をいたしました。お許しください」

脳裡の片隅に岡山家の一件があったのであろう、結果として揶揄《やゆ》していることに気づいたようだ。

幻十郎は、口端をほころばせた。

「よい」

「お忍びでのご他出。あらかじめ沙汰があってはお忍びになりませぬ。むつかしゅうございます」

「たしかにな。自慢することではないが、話しておこう。叔父が江戸へもどったあとは、町家で暮らしておった。道場の兄弟子たちに誘われて島原《しまばら》へ行ったこともある。

だから、そう堅苦《かたくる》しく考えずともよい」

島原は京の遊里である。

忠輔が、うかびかけた驚きの表情をわずかに眼をふせることで隠した。

「ありがとうございます。土橋よこの屋台を利平にあたらせましたがらちがあきません。それで、大竹さんにお願いして伝蔵にでむいてもらいました。屋台稼業は地廻りとのからみがございます、小船町雪之花の伝蔵親分を知らない者はおりません。さすがに伝蔵で、二日ほどかよい、おもしろいことを聞きだしました」

土橋よこの屋台には、二葉町だけでなく、御堀を二町（約二一八メートル）ほどさかのぼって武家地にかこまれている町家の者たちもくる。ほかにとおりすがりの者もいるので、客の顔などいちいち気にしていない。

利平は三十七歳で、御用聞きとしてはまだまだ若造である。伝蔵は六十一歳、おのずとそなわる風格がある。

蕎麦《そば》や田楽《でんがく》などの担ぎ屋台のほかに、その場においておくすこし大きめの屋台見世がある。揚物屋、焼物屋、煮売屋などだ。揚物屋は、魚介にころもをつけて揚げる天《てん》麩羅《ぷら》がおもだが、野菜は天麩羅とは言わずただの揚物である。焼物屋は、烏賊《いか》や魚などの炙《あぶ》り焼き。煮売屋は、総菜《そうざい》や煮染《にしめ》などを売っている。

食べるための縁台がおかれているが、持ち帰ることもできる。揚物屋と焼物屋とは串をもちいる。煮売屋は、ちいさな盆に、一皿と浅草海苔《のり》をまいたおにぎり、茶碗酒を商っている。むろん、揚物屋や焼物屋にも盆に皿、茶碗酒がある。

裏長屋の者は、よほどに懐がさびしければ十六文《もん》の蕎麦だけでがまんし、茶碗一杯の濁酒《だくしゅ》を飲むゆとりがあれば煮売屋台で夕餉をすませる。めずらしく余裕のある者が、宵越しの銭《ぜに》はもたねえと縄暖簾をくぐり、翌朝、すっかり軽くなった巾着に溜息をつき、しみじみ後悔する。

白髪頭の小柄な煮売屋が、二晩もかよってきた伝蔵に恐縮し、そういえばと想いだしてくれた。

三十前後の男が、まなり鰹《がつお》と大根《だいこん》の煮物と茶碗酒をたのみ、縁台のはずれに腰かけた。土橋のほうを気にしているようであった。

御用聞きの手先であるのを隠して探索にあたる者を、町家では〝下っ引《したっぴき》〟と呼ぶ。密偵である。御用聞きを〝岡っ引《おかっぴき》〟というのとおなじく蔑称である。江戸では八代将軍吉宗《よしむね》の時代に〝目明し〟が禁じられて岡っ引と呼ぶようになったが、江戸以外では幕末まで目明しであった。

お店者《たなもん》を装っているが、御番所か火盗改の手の者ではあるまいかと、白髪頭のおやじは思った。

伝蔵は、皿と茶碗酒とをたのみ、そいつがいたという縁台のはずれに腰かけた。躰は御堀をむいている。顔を右にむければ土橋が見える。おやじが左脇に小盆をおいた。土橋から小盆に眼をうつす。星明かりを暗く映した御堀の四町半（約四九一メートル）ほどさきの山下御門が番所の灯りにぼんやりと浮いている。

「……こちらの手先だと思えば、見て見ぬふりをします。伝蔵が舌をまいておりました。大竹さんもです。そいつは、土橋をわたって川下のほうへ行ったそうです。おやじも、顔は憶えておりません。ですが、背恰好は駕籠舁たちの話と合っております」

伝蔵は、白髪頭のおやじに礼を述べ、男が去ったほうへむかった。

土橋から下流は両岸に白壁の土蔵がならび、荷揚げの桟橋がある。昼間は荷舟、夜は商家が呼ぶ猪牙舟や屋根船が舫われている。伝蔵は、白壁のあいだから川岸にでた。こちら岸と対岸に、一艘ずつ屋根船があった。

男が、屋根船の浪人たちに報せる。浪人たちが裏通りから御堀ばたの通りへむかう。男は、屋根船で浪人たちを待つ。帰ってこないので、屋根船で去った。

幻十郎は、大きく息を吸って、鼻孔から音をたててはきだした。

忠輔が言った。

「いかがなさいました」

「いや、よくそこまで知恵がまわるものだと思ってな」

「まことにございます。大竹さんも相原さまも驚いておられました。岡山松平さま上屋敷へのつなぎの者もきまりました」

出入りの豆腐屋に伝蔵が話をつけ、手先が朝夕に豆腐を売りに行くことになった。目付の舟戸勘解由とも会ったという。急なさいは、舟戸勘解由が豆腐屋へ使いを走らせれば、豆腐屋から伝蔵に報せがとどく。

「……ほかのことも、伝蔵と利平とに手分けしてあたらせております」

なにか見落としているような気がした。が、思いつかなかった。

「よろしくたのむ」

幻十郎は、屋敷へ帰った。

三

屋敷にもどってから、あらためて忠輔とのやりとりをなぞった。

庭に眼をやる。

気を集中し、おのれに問いかける。

無駄であった。かわりに、ほかのことに思いいたった。

文机《ふづくえ》にむかって墨《すみ》を摺《す》りながら文面を考える。

傅役には人品骨柄《じんぴんこつがら》ともに秀でた者が任命される。三十万石余の国持大名の世継であり、数名いる。

築地中屋敷と向島小梅村との通《かよ》い路《じ》の供は傅役ひとりだったという。おなじ者が供をしたのか。往路は夕刻だが、帰路もつねにおなじ刻限だったのか。往路なり帰路なりで、いつもとちがうことはなかったか。どのように些細なことでもよい。ふだんは見かけぬ顔、眼があったとたんにそらした者、寮ちかくの川に釣舟、などなど。

じかに聞ければよいのだが、お家のためだとわかっていても、おそらく幻十郎には隠そうとする。隠さぬまでも、当人が不都合だと判断したことはごまかそうとする。相手が江戸屋敷筆頭の土倉玄蕃や江戸目付の舟戸勘解由であっても、世継に不利になると思えば隠そうとするであろう。だから、真に知りたいことをまぎれこませた。

墨が乾くのを待って読みかえし、おって包み、封をした。

宛名も差出人も記さない。

封書を懐にいれ、小脇差を刀掛けにおく。着流しのままで、鉄扇と脇差を帯にさし、刀を手にもつ。

声をかけるとなをがでてきた。

玄関に行く。

草履をそろえた小助が、わきにしりぞいて片膝をつく。

式台におりて草履をはき、刀をさしてふりかえる。

「となりの稲荷へだ。すぐにもどる」

「いってらっしゃいませ」

なをが三つ指をつく。

岡山本家の世継斉政が、向島の小梅村にある鳴門屋の寮に行くようになったのは昨年の初秋七月下旬。斉政十七歳。鳴門屋弥兵衛が国元からつれてきた縹緻よしの娘みよは十六歳。いまのなをとおなじ歳《とし》だ。

十七歳と十六歳。夕餉を食する斉政の斜めまえに、飯櫃をよこにしたみよがひかえている。夫婦雛《めおとびな》のようであったろう。眼にうかぶ。みよが、帰る斉政を寮の戸口でこのように見送った。

上体をもどしたなをが、遠慮がちに小首をかしげる。

「いや、ふと、想いだしたのだ。そなたの父が、芝小町と呼ばれていると申しておった」

なをが眼をふせる。

頬から首筋まで赭《あか》くなる。

「すまぬ。つまらぬことを申した。許せ」

幻十郎は踵を返した。

父親の山科屋甚右衛門はひかえめに自慢していたが、なをは美しい。九ヵ月ぶりに会った綾も、もともとぽっちりとした眼につぶらな瞳とながい睫《まつげ》が可愛らしかったが、すっかり面変わりがしてずいぶんと娘らしくなった。しかし、京の町家をふくめ、これまでに見たなかではなをがもっとも美しい。

その想いを、心中ふかく押しこめてきた。考えまいとしてきた。それが、気のゆるみで、斉政とみよを、おのれとなをにかさねてしまった。

厄介の身であり、いずれ屋敷をでていかねばならず、おのれひとりの食い扶持さえさだかでないのだ。

――どうやって生きていく。不幸にするだけではないか。未熟者め、邪念はすてろ。

門をでて塀をよこにしたところで、肩で大きく息をした。

おのれが腹だたしかった。

――心に隙があるからだ。みずからの立場をわきまえろ。

さらに大きく息をして、おちつく。

稲荷小路から境内へおれる。

奥のほうで、子らが遊んでいる。

たてかけた葦簀《よしず》の陰から富造と五郎太がでてきた。幻十郎は、富造にかるくうなずき、五郎太に顔をむけた。

「すまぬが使いをたのむ。明日《あす》の朝、屋敷にとどけさせるよう伝蔵につたえてくれ」

懐から書状と駄賃を包んだひねりをだしてわたす。

うけとった五郎太が、懐にしまう。

「行ってめえりやす」

幻十郎は、足早に鳥居へむかう五郎太から富造に顔をもどした。

「すこし考えごとをしたい。茶をくれぬか」

「かしこまりました」

低頭した富造が鳥居がわから葦簀をまわった。

幻十郎は、反対がわから土間にはいり、緋毛氈《ひもうせん》を敷いた半畳幅の縁台のすみに腰をおろした。客はいない。境内奥の狛犬のところで子らが遊んでいる。赤児をおぶった十歳くらいの女の子もいる。

葦簀のむこう、となり屋敷の裏庭のはるかかなたで、西陽が相模の稜線へとかたむきつつある。白い雲が浮かぶ江戸の空も、青さが薄れつつある。

ゆうがきて、膝をおるようにして身をかがめ、盆ごと茶をおいた。

「若さま、どうぞ」

「かたじけない」

ゆうが、会釈をして一歩さがり、ふり返った。

幻十郎は、ふたたび子らのほうへ顔をむけた。

西へかたむいた晩夏のやわらかな陽射しを浴び、どの顔も、あかるく、かがやいている。無邪気で、無垢《むく》だ。見ているこちらまで、おのずとなごむ。

幻十郎は、あのようにほかの子らといっしょに遊んだことがない。

――若さまはお大名のお子です。みずからにはきびしく、下々《しもじも》にはやさしく。それがお侍の大将です。ほんとうの強さです。

思えば、幼いころは、伯父の栄左衛門が父のようなものであった。

あれいらいたずねてこない山科屋甚右衛門のことを、幻十郎は想いだした。

つぎつぎといろんなことがおこるので考える暇《いとま》がなかったが、甚右衛門はあえて足をむけずにいるのかもしれない。なをが池田の屋敷にいることは、身内をふくめてごくかぎられた者しか知らないのではないか。

十五日の宵、賊の狙いは甚右衛門の懐ではなくなをであった。当初、甚右衛門は、狙いは財布でなをはついでだと思っていた。これが、勾引《かどわかし》をたのんだか命じた者のさしがねだとしたら、よほどの策士だ。

――そうであろうか。

刺客を放った者と岡山本家を強請っている者とが同一人物であるなら、おのれでじかに命を下すのではなく、背後であやつっているように思えるのだが、恐るべき知恵者である。

――驚きのあまり、その者の影にとらわれすぎている。

狙いは勾引で、財布は賊が欲にかられただけであろう。勾引なら、つれ去らねばならない。当て身で気を失わせるか、猿轡《さるぐつわ》をして手足を縛ったとしても、かついではこぶわけにはいかない。どこまでつれていくかにもよるが、あの場からは駕籠だ。武家駕籠のほうが安心だが、めだつ。ならば、辻駕籠。当夜、あのかいわいに客待ちの辻駕籠はなかったか。

賊を尾けていた門前七軒町の万次に訊けばわかる。が、こたえるはずもない。火附盗賊改へ筋をとおして問うことはできるだろうが、山科屋甚右衛門が望むまい。

甚右衛門には心あたりがある。大名か高禄な旗本にもとめられ、ことわった。大店の主。それはない。が、倅が見初《みそ》めるなりしてどうしても嫁にほしがっている。それならありうる。かどわかし、寮におしこめ、思いどおりにする。そうなると、女は弱い。

あの夜は、帰りにかどわかさせるために呼びだしたのではないか。どこへ行ったかはなをに訊けばわかる。が、理由《わけ》を告げねばならない。

なにゆえ屋敷奉公するのかを、甚右衛門はなをに話したろうか。なんともいえない。

相手が何者であれ、町奉行の屋敷にあずけておけば安心である。暴虎との異名をたてまつられている池田筑後守にへたな口出しをすれば、窮鳥《きゅうちょう》懐に入《い》れば猟師も殺さず、と申す、武門の意地にかけて護《まも》ってみせる、と旋毛《つむじ》をまげるだけだ。

大名か高禄旗本が、かどわかしてでもおのがものにしたいと執着している。あるいは、ことわられ、恥辱に思い、意趣返しに勾引をたくらんだ。

甚右衛門が心あたりを訴え、町奉行所がとりあげたとしても、凌辱《りょうじょく》されて殺《あや》められたなをは、大川に浮いているか、浜にうちあげられている。

思案した甚右衛門は、ことをあらだてることなく、なをの身の安全をはかった。出入り先を吹聴する商人はいない。口がかるいと思われては信用にかかわる。相手は、なをの屋敷奉公をいまだ知らないかもしれない。だが、勾引をたくらむほど執着しているのなら、いずれ知ることになる。

幻十郎は、口端に嗤《わら》いをこぼした。

不幸にするだけではないか、とはうぬぼれがすぎる。綾よりもなをのほうがしとやかで、よほどに武家の娘らしくみえる。ひるがえって、なをならいかな良縁でも望める。おのれは――。

幻十郎は、大きく息をした。

懐から巾着をだし、茶代をおく。

屋敷にもどると、なをが迎えにでてきた。

眼をおとして顔を伏せかげんにしている。

夕餉もそうであった。

加代が、だいぶ慣れてきましたので、明日《あす》からのお食事のお世話はなをにやらせます、と言った。

幻十郎は、黙ってうなずいた。

雨か雪でないかぎり、朝稽古を欠かさない。

晴れた日は、明六ツ（日の出、五時）の小半刻（二十五分）あまりまえに東の空が白みはじめる。すると、下男が雨戸をあける。

たいがいは、暁七ツ（三時二十分）のしのびやかな鐘の音で眼をさまし、まどろむ。雨戸があくにしたがい、廊下にめんした障子が白くなっていく。曇り日は夜がくすぶり、晴れた日はそれとわかるほどの白さになる。

おきて、寝間着（寝巻、あるいは床着《とこぎ》）から稽古着にきがえ、刀をさして庭におりる。素振り、そして形《かた》の稽古。修行に終わりはない。日々、精進し、鍛錬せねば、腕はにぶる。

稽古を終え、半紙で刀身をていねいにぬぐい、鞘におさめて部屋の刀掛けにもどす。

井戸端で、脱いだ稽古着を盥《たらい》にいれ、釣瓶《つるべ》で水を汲《く》んで片膝をついて肩から浴びる。両肩から二度ずつ水を浴び、下帯（褌）をしぼって手拭《てぬぐい》で躰をふく。

それまでのどこかで、明六ツ（日の出、五時）を告げる捨て鐘が鳴る。

捨て鐘は三度撞《つ》かれる。最初はながく余韻を曳き、二打めと三打めは連打する。そしてまをおき、時の数だけ一打ごとに間隔を短くしながら撞かれる。

江戸時代は不定時法である。正午と午前零時は、十二時と二十四時でかわらない。正午は〝正《まさ》に午《うま》の刻〟なのである。十二時間を六等分し、〝九〟から一つずつ引いていく。あるいは、〝九〟のかけ算で、下一桁をとっているとの説もある。

日の出と日の入が、明六ッと暮六ッで、二十四節気で時刻をずらしていく。

春分秋分は、明六ッ、暮六ッともに六時である。したがって、一刻のながさが二時間。夏至は、明六ッが五時で、暮六ッが七時。一刻は、昼間が二時間二十分で、夜間が一時間四十分。冬至は、明六ッが七時で、暮六ッが五時。昼と夜の一刻のながさは夏至と逆である。

さらに、江戸時代の一日の感覚を春分秋分の二十四時間制でしるすならば、朝は暁七ッ半（五時）から朝五ッ半（九時）まで。昼は、昼八ッ半（十五時）まで。暮六ッ半（十九時）までが夕。のこりの暮六ッ半から暁七ッ半までが夜である。が、それではわかりにくいので、いまふうに正午で朝と昼とをわけ、日の出、日の入を夜との目安にしている。

稽古は草履でだが、水浴びは下駄だ。沓脱石《くつぬぎいし》で、躰をふいた手拭で足をふき、廊下にあがる。

湯殿（風呂場）には下帯と着替えが用意されている。下帯をほどいて、あらためて躰をふく。

部屋まえの廊下で、なをが膝をおって待っていた。膝のさきに洗面盥がある。昨日《さくじつ》までは加代で、なをは斜めうしろにひかえていた。

沓脱石の下駄をつっかけてふり返り、伏し目がちのなをにうなずいて洗面盥をもつ。なかに、手拭と茶碗、房楊枝《ふさようじ》と歯磨きがある。

井戸へむかう。

洗面盥は井戸端にのこしておく。

あたりはすっかり明るくなり、東の空から青さがましていた。

廊下では、なをにかわって若党が膝をおっていた。髭《ひげ》は毎日あたり、月代《さかやき》は一日おきだ。若党の役目である。

髭をあたった若党が、道具をもって去った。

幻十郎は、障子を左右にあけ、部屋にはいった。寝具はすでにかたづけられている。

ほどなく、なをが食膳をはこんできた。ひきかえして、飯櫃をもってくる。

なをが、ご飯をよそって食膳におく。

無駄口をきかず、食べる。汁と菜はわずかであればのこしてもよい。しかし、ご飯は米粒をひとつのこさずに食べる。それが、米をつくり、年貢を納める百姓の労苦への謝意である。

黙って食べ、箸をおく。

なをが、飯櫃と食膳をはこんでいった。

幻十郎は、廊下ちかくに書見台をおいた。

庭は光にあふれている。青空のかなたこなたに白い綿雲が浮いている。庭がひろく、木陰があり、下男がほこりが舞わぬように朝と昼に打水《うちみず》をするので、ときおり、涼風が吹いてきた。

疲れたら庭をながめて眼を休め、また書見にもどる。

中食のあとも書見ですごした。

翌二十九日も、強い陽射しのもと、聞こえるのは蝉の鳴き声だけで、暑い一日がゆっくりと這うようにすぎていった。

加代は姿を見せず、三食ともなをが給仕をした。玄関でのことなどなかったかのようにふるまっている。気をつかっているのだ。

あたえられた勤めをこなしているだけで、いずれは去っていく相手である。幻十郎は、道場や鞍馬山での修行を想いだし、おのれを抑えた。

町家には〝恋女房〟という言葉がある。惚れてむすばれた妻のことをいう。しかし、〝恋夫〟や〝恋亭主〟との言いかたはない。〝押しかけ女房〟という言いかたもある。死語になっていないのは、いまでもそのような事例があるからであろう。こと男女《なん》《にょ》の仲のめでたい結末（祝言、所帯）にかんするかぎり、男は〝刺身の具《つま》（引きたて役、添え物）〟なのである。

武家は、婚礼当日まで、いや、綿帽子《わたぼうし》（角隠し《つのかく》）で顔などほとんど見えないし、床入《とこい》りにしたって手さぐりせずともすむていどの薄明かりであろうから、たいがいは相手をろくすっぽ見ていない。持参金に眼がくらんだはいいが、翌朝になって夢からさめ、腰をぬかしたとの話もある。

縹緻自慢は無一文でもかまわない。婿のほうで、よろこんですべてをととのえる。縹緻がわるいほどに、親は不憫《ふびん》に思って嫁ぎ先で苦労をしないようにと嫁入り道具や持参金を奮発する。持参金を、江戸は〝敷金〟、上方《かみがた》は〝敷銀〟と書く。読みかたはどちらも〝しきがね〟だ。

だから、おいそれとは離縁できない。そういう仕組みになっていた。武家も町家も、離縁するには持参金はもとより嫁入り道具のいっさいがっさいを返却しなければならない。大名家から裏長屋まで、高額持参金妻には頭があがらなかった。

俗にいう〝三行半《みくだりはん》〟も離縁状にはちがいないが、内容はおおむね〝当方のかってな都合で離縁するのであるから、あなたが誰と再婚しようがいっさい口だししないことを約定します〟という保証書であった。

三行半《さんぎょうはん》は書式であって、かんたんに離婚できたということではない。女が離縁状の受取を拒否したらどうなるか。男は再婚できない。離縁状をわたさずに後妻《ごさい》を迎えて訴えられたら所 払《ところばらい》（追放刑）をうける。悪質だと判断されたら、さらに闕所《けっしょ》（財産没収）が追加される。

とにかく、武家はきめられた相手をいつくしみ、添いとげる。町家のような気ままは許されない。それでも、妻帯できるのは嫡子《ちゃくし》のみである。部屋住みは、分家か養子、婿養子の口がないかぎり、生涯厄介の身である。

晦日の三十日も快晴であった。

朝五ッ（七時二十分）から小半刻（三十五分）あまりすぎたころ、五郎太が書状をとどけにきた。

表書きも裏書きもなかった。

ごくろう、と五郎太を帰し、部屋にもどって文机をまえにし、封を切る。

舟戸勘解由からであった。

傅役は、国元からの二名をふくめて五名。日勤が三名、宿直《とのい》と非番が一名。鳴門屋の寮へ行く日は、宿直の当番が早めにでてきて供をする。

はじめて寮へ行ったのは昨年の初秋七月二十二日。翌日、つぎはいつだとの下問があった。さらに、当日になって、そろそろ出立《しゅったつ》せねばつくのが遅くなるのではないか、との催促があり、早めにでかけている。

帰りもしだいに遅くなっていった。供の者もこころえていて、ぎりぎりになって声をかけるのがつねであった。

傅役は、人品、家柄のほかに、学問か剣のいずれかに秀でた者からえらばれる。往路や帰路で不審な出来事はなかったと言っているが、探索方のようなわけにはいかない。

――ご指摘のごとく、何者かが見張っていたはずにございます。お役にたてず、申しわけございませぬ。若殿が鳴門屋の寮へまいった日は、先日お渡ししましたとおりにございます。あらためて、中屋敷の出立とお帰りになられたたいがいの刻限、供の者の氏名をお報せいたします。

三度めからは、昼八ッ（秋分時間、二時）に屋敷をでて、夜四ッ（十時）前後にもどっている。築地の中屋敷から小梅村の寮まで、おおよそ二里（約八キロメートル）たらず。男の足なら歩いても一刻（二時間）とかからない。屋根船なら行きは半刻（一時間）ちかく、帰りは流れにのるのでさらに早い。つまり、寮で三刻（六時間）ほどすごしている。

幻十郎は、硯箱をあけて墨を摺り、半紙をひろげた。

勘解由からもらった書付は権太夫たちにわたしした。知りたいことのひとつが、斉政が寮でどれくらいすごしたかであった。秋から冬になるにしたがって夜がながくなるが、そのぶん昼がみじかいのでほぼおなじである。もうひとつが、行った日にちだ。ほぼ五日か六日おきであった。四日も七日もない。女は月の障りがあるので床入りはできない。懐妊してからどれくらいたてば悪阻がはじまるのか。

筆をとり、それを書いた。

間隔があくのは仲冬十一月になってからだ。七日になり、八日になったりしている。もっともながいので十一日。以前なら二度行っている日数だ。

悪阻で苦しむみよを見たくなかった。嫌悪ではない。自責というほどつよい思いではなく、申しわけなさからであろう。それでも、まったく行かなくなったわけではない。しかし、待つ身からすれば、足が遠のいたといえる。

最後が仲春二月の五日。みよが自害したのが八日後の十三日。

斉政はみよを愛《いと》おしみ、みよも斉政を慕っていた。そのように思える。

鳴門屋の寮に縹緻よしの娘がやってきて、身分ありげな若侍がかよってくるようになった。尾けて若侍が何者かをさぐる。懐妊。足が遠のく。そこに乗じた本両替の丹波屋。京から呼びよせた公家の姫。丹波屋がよけいな手出しをしなければ、懐妊した娘は死なずにすんだ。

筆をとる。

――丹波屋を強請《ゆす》らないのはなにゆえか。あるいは、強請られているのか。

さらに書く。

――風が吹けば桶《おけ》屋が儲《もう》かる。

風が吹けば埃《ほこり》がまう。すると、眼を痛め、見えなくなる者がふえる。眼が見えなくなれば、三味線《しゃみせん》を習い、それで生計《たずき》をたてる。三味線には猫《ねこ》の皮を張る。猫が減れば、鼠《ねずみ》がふえる。鼠が桶をかじるので、桶屋が儲かる。

斉政が小梅村にかようようになったのはたまたまだ。これが、風。季節を問わず、風が強くなる日は埃がまわぬように打水をする。遠くの雲の色と流れを見れば、風が吹くかどうかはわかる。

桶屋が、店《たな》まえの打水をしないはずがない。では、いつ、どこで、あるいはどこを、誰が、どうやって——。

幻十郎は、腕をくみ、瞑目《めいもく》した。

眼をあけて筆を手にする。

——鳴門屋と丹波屋の寮の周辺にある寮や屋敷などの持ち主。

筆をおき、ふたたび眼をとじる。

昼九ッ（正午）の鐘が鳴るころには文机のうえをかたづけていた。

ほどなくやってきたなをが、廊下で膝をおり、中食をはこんでもいいか問うた。

幻十郎は、首肯した。

中食を終えて、ひとりになると、廊下ちかくに膝をおり、庭に顔をむけた。晩夏のつよい陽射しに、すべてがうなだれている。

じりじりと灼ける昼が、蝸牛《かたつむり》ののろさですぎていった。

第四章　深まる謎

一

初秋七月朔日《ついたち》。

晩夏までの強い陽射しにいためつけられた草木《くさき》をいやすかのように、白みはじめた夜を霧雨がぬらしていた。

幻十郎は、稽古着にきがえて、髪が雨水《うすい》をかぶらぬように頭を二枚重ねの手拭《てぬぐい》でつつみ、黒檀《こくたん》の木刀をもって庭におりた。ふつうに稽古でつかう赤樫《あかがし》の木刀より、太く、重い。

研ぎにだした龍門《りゅうもん》は、すでにもどってきている。が、雨のなかで刀をふるうと手入れがたいへんである。黒檀の木刀は赤樫の木刀を何本も購《あがな》えるほど高価だが、刀よりわずかに軽いだけなので雨や霧のなかでの素振りや形の稽古に適している。

雨のなかで刀をふるうこともありうる。だから稽古をしておいたほうがよい。そのとおりだが、理由《わけ》はほかにある。

なをがなにごともなかったかのようにふるまってくれているおかげで、気まずい思いをせずにすんでいる。不用意なことを口にしたのは、心に隙があるからだ。

京では、一日も早く上達せんと修行に没頭していた。鍛《きた》えなおさねばならない。素振りで、おのれの弱さに打ちこむ。形の稽古の最後に、奥義の陽炎《かげろう》と月影《つきかげ》をくりかえす。

霧雨は明六ッ（秋分時間、六時）の鐘に追われて消えた。

朝餉をすますころには陽が射した。

廊下ちかくに書見台をおく。

湿っていた庭が乾いていき、影が向きをかえながら短くなっていく。

朝四ッ（十時）の鐘から小半刻（三十分）ほどして、五郎太が小野田忠輔の言付けをつたえにきた。大竹権太夫にも声をかけるが暮六ッ半（七時）ごろから会えないだろうかという。

幻十郎は承知した。

夕餉をすませて暮六ツ（日の入）の鐘が鳴り、夜の帷《とばり》がおりて天《あま》の川《がわ》のきらめきがあざやかになったころ、五郎太が迎えにきた。

見送りにはなをがついてきた。したくはできていた。

三つ指をついて上体をもどしたなをに、顎《あご》をひくだけにして、幻十郎はふり返った。

ぶら提灯をもった五郎太がさきになる。

朔日は新月で、月はかすかだが、雲間に無数の星明かりがある。雲はほの白く、空は蒼《あお》い。昼間の暑さを、川からの夜風がやわらげながらとおりすぎていく。

芝口橋の桟橋に屋根船が舫われていた。艫から屋根船にのると、五郎太が辞儀をしてもどっていった。

座敷には、忠輔と権太夫だけでなく年番方の相原伊左衛門もいた。

上座について刀を左脇におくと、下座の忠輔が顔をめぐらせて声をかけ、船頭が棹をつかった。

屋根船が桟橋を離れる。

左の船縁を背にしている伊左衛門が、上体をむけ、膝に両手をおいて低頭した。

「大竹と小野田からあらましは聞いておりましたが、夕刻、お奉行に呼ばれました。どなたさまであろうと強請《ゆす》られているのが判明したからには御番所として万全をつくすは当然にございます。ましてや、自害ではなく殺しかもしれぬとなると、われらが手落ち」

伊左衛門が、忠輔に眼をやる。

忠輔が、伊左衛門に目礼してこちらに顔をむけた。

「いつ報せがあるやもしれませぬゆえ、梅川の座敷へ案内させていただきます。ほかの客を二階へあげぬよう申しつけてあります」

幻十郎は、忠輔にうなずき、懐から四つ折にした半紙をだした。

左手にもちかえ、伊左衛門にさしだす。

伊左衛門が、かるく低頭してうけとり、ひろげる。

わずかに眼を見ひらき、ついで、かすかに眉間をよせた。表情の変化はそれだけだった。

半紙をおりたたんだ伊左衛門が右腕をまえにのばす。権太夫が、膝行してきてうけとり、もどった。

権太夫は、表情をかえずに眼をとおして艫《とも》を背にしている忠輔にわたした。

昨日《さくじつ》の心覚えを五郎太が言付けを告げにきたあとで書きなおした。心覚えはおのがためのものであり、読んでもらうにはなにゆえかをしるさないとわからない。

忠輔が、半紙を四つ折にして懐にしまう。

ほどなく、船頭が艪《ろ》から棹にかえ、桟橋についた。

幻十郎は、左手で刀をもち、舳から桟橋におりた。ぶら提灯の柄《え》を右手でにぎって待っていた利平が、わずかに腰をおって低頭する。

つづいた伊左衛門が、艫からおりてきた忠輔を呼んだ。

川岸に、女将のつたがいた。笑みをうかべて首をかるくかしげ、右のてのひらで土間をしめす。

幻十郎は、つたにうなずき、暖簾をわけて土間にはいった。

二階の座敷に案内したつたが、上座をしめす。

幻十郎は、膝をおり、左手でさげていた刀を左脇においた。

伊左衛門と権太夫が左の窓を背にする。遅れてはいってきた忠輔が、正面のとなり座敷との襖を背にして、左脇に刀をおいてから両手を膝にもってきて一揖《いちゆう》した。

ほどなく、もどってきたつたが、廊下で声をかけて障子をあけた。

女中ふたりが、廊下から食膳をはこびいれる。料理三皿がのった食膳と、おなじ高さのこぶりな足高膳に銚子と杯がある。

忠輔の斜めまえで膝をおったつたが、ややまえかがみになにかささやいた。耳をよせて聞いた忠輔が、上体をもどしてひとこと言い、つたがちいさく首をふり、辞儀をして腰をあげた。

つたと女中たちが、障子を背にして三つ指をついた。

廊下にでて、障子がしめられ、三人のけはいが去っていく。

伊左衛門が上体をむけた。

「霞さま、手酌で申しわけございませぬが、おつきあいを願います」

幻十郎は、ほほえみ、諸白をついで、はんぶんほど飲んだ。

杯をおいた忠輔が、いくらかかたちをあらためる。

「さきほど、桟橋で相原さまに悪阻《つわり》のことを訊かれました。相原さまはふたり、大竹さんはひとり、それがしもふたり子があります。十歳と七歳にございます。たしかに悪阻らしきものがあったような気はいたしますが、ではいつかとなるとはっきりいたしませぬ。で、利平にたのんでおつたに訊いてもらいました。たいがいは、ふた月めあたりから四《よ》月あたりまでだそうにございます」

伊左衛門が、指をおる。

「向島がよいが日をおくようになったのは、十一月の上旬からにございました。すると、懐妊が、九月の下旬から十月の上旬あたり。お世継が寮へ行かれるようになったのが七月の下旬」

伊左衛門が、顔をむけた。

「はっきりいたすまでは自害ということにしておきたくぞんじます」

幻十郎は首肯した。

「それでかまわぬ」

伊左衛門が、ふたたび指をおる。

「自害が二月十三日。五ヵ月め。ん、帯祝《おびいわい》がそのころだったように思うが……」

権太夫と忠輔が、顔を見あわせ、首をふる。

伊左衛門が嘆息《たんそく》した。

「三人で、子が五人ぞ。つまり五回だ。それでいて、悪阻や帯祝がいつだったかを知らぬ。妻《さい》どもに知られたら、ことだぞ」

忠輔が、腰をあげた。

「おつたに訊いてまいります」

座敷をでて障子をうしろ手にしめ、足早に去っていく。

幻十郎は、伊左衛門に言った。

「母にたずねておけばよかったのだが……」

「わかりまする。女の躰のことにかんしては、男はなかなか訊きづらいものでございます」

忠輔がもどってきた。

「五ヵ月めの戌《いぬ》の日に岩田帯《いわた》を巻くそうにございます」

伊左衛門が眉をしかめる。

「戌の日」

「犬の安産にあやかってとのことにございます」

「なるほど。道理だな。子を産むは命がけだからな。二月の戌の日がいつだったか、調べてくれ」

「かしこまりました」

伊左衛門が、忠輔から上体ごとむきなおった。

真顔になっている。

「霞さま、みょうなことがございます。二月十三日朝、魚河岸《うおがし》で騒動がございました。いまにして、思いあたることが、多々ございます」

魚河岸は、日本橋から江戸橋までの北岸二町半（約二七三メートル）余の通称である。日本橋川にめんした本船町《ほんふなちょう》から、按針町《あんじんちょう》、二つめの通りの本小田原町《ほんおだわらちょう》までが魚市場であった。

その活況は、日銭《ひぜに》千両といわれた。単純計算で一日一億五千万円、ひと月三十日で四十五億円、江戸職人の花形であった大工のひと月の収入が三十万円ほどだから、魚河岸の商いがいかにとほうもない数字であるか。

生魚は鮮度だ。魚河岸の者は、粋《いき》で鯔背《いなせ》で気があらく、口よりさきに手がでた。喧嘩っ早さでは、火事場で命をかける鳶の者と双璧である。

朝っぱら、その魚河岸で喧嘩がはじまった。しかも一箇所ではない。なにしろ、三度の飯より喧嘩の好きな連中である。小競りあいはしょっちゅうだが、あっちこっちで殴りあいがはじまり、血をながしている者もいるという。

報せをうけた月番の南町奉行所は、小者たちを八丁堀に走らせた。そして、廻り方はのこらず、非番の者も魚河岸へ急行するよう申しつけた。

そのかんも、南町奉行所にはつぎつぎと報せがもたらされた。騒ぎが大きくなるいっぽうだという。南町奉行所へ駆けつけた伊左衛門は、筑後守に出馬《しゅつば》のしたくと、北町奉行所への助勢の依頼を進言した。

承知した筑後守が火事場装束に着替えて床几《しょうぎ》に腰かけたのをたしかめ、伊左衛門は、おなじく火事場装束に身をかためた年番方与力にあとをお願いしてみずからも日本橋へ急いだ。

日本橋かいわいの鳶の者たちが、纏《まとい》を立ててでばっていた。火事へのそなえと、野次馬を制するためであった。

魚河岸は怒号と喧噪の坩堝《るつぼ》であった。棚や盤台《ばんだい》がひっくり返され、樽がころがり、桶や笊《ざる》、魚《さかな》が散乱している。天秤棒《てんびんぼう》、竹竿や棒きれ、血走った眼で庖丁《ほうちょう》をにぎっている者さえいた。着ているものは乱れ、脚や腕、顔などから血をながしている者が大勢いる。

もはやただの喧嘩騒ぎではなく騒擾《そうじょう》である。

頭に血がのぼっている連中には、口よりも、腕ずく力ずくである。十手や六尺棒で手荒にぶん殴り、双方をわけていく。ところが、わけるそばから殴りあいがはじまる。

騒ぎが下火になり、どうにかおさまったのは昼九ッ（正午）ちかくになってからであった。北町奉行所の者と鳶の頭に礼をのべてひきあげてもらった。

さいわいにも死んだ者はいなかった。てわけしてかいわいの自身番屋をつかい、ひとり残らず話を聞くことになった。が、それだけでも数日はかかりそうであった。

「……霞さま、八丁堀は、みな、親代々でございます。よほどの不始末をしでかしますと先手組あたりへまわされますが、めったにあることではございませぬ。八丁堀はなにかと実入《みい》りがございますが、先手組の者は内職にはげまねばなりませぬ。子や孫のことを考えますれば、相身互いにございます。総出と申しましても、御番所をからにするわけにはまいりませぬゆえ、何名かはのこします。ありていに申せば、やくたたずです。向島小梅村の寮で女が自害との報せがあり、年番方の与力が、やむをえずひとりに見習をつけてむかわせました。あとは、大竹が申しあげます」

権太夫が、肩でちいさく息をしてから顔をあげた。

「用心のため、伝蔵に商人のなりをさせ、小網町《こあみちょう》の鳴門屋へ主をたずねさせました」

鳴門屋弥兵衛によればこうである。

寮の地所は百姓から借りたものであり、なにかのときのために日ごろから土産などをとどけさせている。朝、明六ッ半（二月だから春分時間、七時）から小半刻（三十分）もたたないころ、百姓の倅《せがれ》が息をきらして駆けつけてきた。弥兵衛は、豆銀《まめぎん》を包んで倅を帰し、いそいでしたくをして、手代をふたりともなって船宿から猪牙舟《ちょきぶね》で寮へむかった。

みよは、寝間着姿で布団につっぷして事切れていた。布団は血で赤黒く染まり、異様な臭いがした。弥兵衛は、懐からだした手拭で鼻と口とをおおい、吐きたいのをこらえた。手代ふたりは、がまんできずに手で口をおさえて寝所をとびだしていった。剃刀《かみそり》で手首を切っていた。伝蔵がどっちの手首だったか訊くと、しばらく考え、左の手首だとこたえた。さらに問うと、疵《きず》は一つではなく、二つか三つ、四つあったかもしれないと申しわけなさそうに言った。

もっともちかい自身番屋は、水戸家蔵屋敷と源森川をはさんだ中之郷瓦町《なかのごうかわらまち》まで行かないとない。

弥兵衛は、手代のひとりを、自身番屋に報せてから築地中屋敷の用人伊藤《いとう》に会って指示があれば聞いてくるように申しつけて猪牙舟で行かせた。

伊藤からの指示は、できるだけ当家の名がでないようにということであった。

鳴門屋は日本橋川にめんして大店《おおだな》をかまえる商人《あきんど》である。そんなことは言われるまでもなく百も承知のはずだが、伝蔵によれば、弥兵衛はけぶりもしめさなかったという。

南御番所から役人がきたのは、昼九ツ（正午）から半刻（一時間）あまりすぎてであった。

三十年輩と二十歳《はたち》まえの若い同心であった。

——さるお大名家の若さまのご寵愛《ちょうあい》をうけておりましたが、懐妊し、今年になって足が遠のいてしまったのを苦にしてのことと存じます。

弥兵衛がそう述べると、三十年輩が、大名家がらみ、と眉間に縦皺をきざんだ。そして、若い同心に、いそぎたち帰り、沙汰をあおいでまいれ、と命じた。弥兵衛は、どうぞ猪牙舟をおつかいください、と申しでた。

——で、待っているあいだ、その三十年輩のお役人はどうなさっていた。死骸《ほとけ》をあらためたかい。

——お許しください。

——粗探《あらさが》しをしようってんじゃねえ。今度の一件で大事《でえじ》なことなんだ。

——申しわけございません。いいえ、あらためるということはございませんでした。縁側に腰かけ、しばらくすると桟橋へ。そのくりかえしでございました。

やがて、若同心がもどってきた。

いい、みよの生国《しょうごく》や年齢《とし》など、人別帳《にんべつちょう》にしるされていることを書きとめ、早々に葬《ほうむ》ってやるがよい、と告げた。

弥兵衛は、帰るふたりに礼を述べ、猪牙舟で送らせた。

語り終えた権太夫が、ちいさく肩で息をした。

伊左衛門が言った。

「霞さま」

「わかっておる。言わずともよい。定町廻りや臨時廻りがでむいたとしてもおなじであったろう。どこの大名家だとあえて問うても、国持大名家だとこたえられたら、それ以上は訊けまい。ましてや、若殿のおてつきとなると、殺しが歴然としているならともかく、むやみとあらためるわけにもいくまい」

「仰せのとおりにございます」

「念のために訊くが、魚河岸騒動の因《もと》はわかったのか」

伊左衛門が首をふる。

「そこらじゅうのものをひっくり返したり、なぎ倒しながら逃げる者と、じゃまだ、どけっ、とけとばしたり、ぶつかったりしながら追いかける者。腐ったものを売りつけやがって、と台をひっくり返して店《たな》の者と喧嘩。背中に体当たりをくわされたり、横合いからいきなり殴られた者。わけようとした者が魚でぶん殴られたり、桶の水を頭から浴びせられたり。五、六名で駆けまわり、あおりたてたに相違ございませぬ。魚河岸に恨みのある者どもがぐるになってのしわざであろうということになっており

ている。

伊左衛門が、眼を伏せ、杯に諸白をつぎ、飲みほした。目尻の皺が、無念さを告げている。

権太夫が口をひらいた。

「霞さま、南北の定町廻り十二名で、毎日、かさならないように見まわっておりま す。定町廻りや臨時廻り、死骸などの検分にあたる吟味方の者でしたら、あるいはなにかに気づいたかもしれませぬ。そうさせぬために、魚河岸で騒動をおこした。あの喧嘩騒動と向島小梅村での女の自害。誰がむすびつけて考えましょうや」

伊左衛門が、ふたたび首をふった。

「南北御番所の目利きをことごとく日本橋魚河岸にあつめた。そのあとの吟味もございます。そんなおりに、大名家がらみの自害にかかわっておる暇はございませぬ。みよという女、まちがいなく殺されたものと思われます。しかし、いまとなっては証《あか》しだてるものがございませぬ。御堀の見張りは、御用聞きの手先に化けておりました。これほどの策をあやつる、いったい何者でございましょう」

「あの闇討だが、どうにも釈然とせぬのだ」

伊左衛門が訊いた。

「ときおり、ふと想いだし、考える。なにかひっかかるからだと思う。なにゆえ御堀ばたで襲ったのか……」

「と申されますと」

三人が、おのおのの思案にしずむ。

幻十郎は、内側に浅草海苔《のり》をいれて鳴門もように巻いて一口大に切ってある卵焼を食べて箸をおき、杯にのこっている諸白を飲んだ。

杯をもどした権太夫が顔をあげた。

「霞さま、これまでにわかりましたことをお話しいたします」

小梅村にかよっていた箱崎町《はこざきちょう》一丁目の船宿は、崩《くずれ》橋で箱崎川をわたった小網町《こあみちょう》二丁目の鳴門屋とは二町（約二一八メートル）あまりしか離れていない。備前松平家の江戸目付舟戸勘解由《ふなとかげゆ》の書付と船宿の帳面とは一致している。二月の十三日に鳴門屋弥兵衛がつかったのもおなじ船宿である。鳴門屋は、船賃を月末《つきずえ》に支払っている。むろん、松平家中屋敷の船賃もである。刻限については、あとで照らしあわせるがまちがいないように思える。

両替屋の丹波屋がつかっている船宿は、江戸橋よこの荒布《あらめ》橋から掘割にはいり、左におれて一町（約一〇九メートル）ほど行った南岸にある。おれたところに架かる道《どう》浄《じょう》橋から堀留の半町（約五五メートル）余ほどてまえにある雲母橋《きらず》までの北岸は伊勢《いせ》町河岸《ちょうがし》だ。米河岸とも塩河岸ともいう。

南岸には船宿が二軒ある。丹波屋がつかっているのは雲母橋にちかい〝峰岸《みねぎし》〟である。しかし、まだ峰岸にはあたっていない。口止めしても、丹波屋につたわるであろうからだ。

丹波屋は、本石町《ほんこくちょう》三丁目の表通りにある間口《まぐち》十間《けん》（約一八メートル）の土蔵造り二階建ての大店である。ちょうど裏の新道のところに時の鐘がある。

「……霞さま、日本橋通町二丁目にございます本両替の熊野《くまの》屋はごぞんじでしょうか」

幻十郎は、首肯し、眉をよせた。

「通二丁目。たしか……」

権太夫がうなずく。

「鳴門屋内儀のきぬが熊野屋の娘にございます」

「そういうことか」

熊野屋は、紀州《きしゅう》徳川家の御用をうけたまわっている江戸でも指折りの両替屋である。

「それと、昨年十月のはじめのころに、近在の百姓たちの申すことをまとめますなら、たいそう美しい雅《みやび》な姫さまが住むようになったそうにございます。いっしょに移り住んだ老夫婦の下働きも京の者で、公家の娘を姫《ひい》さまと呼んでいたとのこと。姓はわかりませぬが、名は春菜《はるな》。三人が寮をでていったのが、今年の三月なかごろ。小野田とそれがしの振売りなどをいたしております手先をつかい、丹波屋に怪しまれぬようにさぐっております」

「みよたちが鳴門屋の寮についた日はわかっておるのか」

忠輔が、懐からおりたたんだ半紙をだしてひらいた。

「そのことにつきましては、それがしが。箱崎町の船宿の屋号は〝高瀬《たかせ》〟。七月十二日に鳴門屋の手代が下働きの夫婦者とともに寮へ案内しております。夫婦者の男は、良助《りょうすけ》、五十五歳。女はかね、五十二歳にございます」

「お世継が寮へはじめて行ったのは、たしか二十三日であったな」

「さようにございます。ついでながら、申しあげます。八右衛門新田《はちえもんしんでん》の商家の寮にいる雇い人につきましては、小名木川《おなき》対岸の深川上大島町《かみおおしまちょう》の人別にしるされております。町役人に堅く口止めしてあらためました。平六《へいろく》、五十歳と、すみ、おなじく五十歳。山城《やましろ》の国愛宕郡白川村《おたぎのこおりしらかわむら》」

忠輔が、問いたげな眼をむけた。

幻十郎はうなずいた。

「ご禁裏《きんり》から南へ、鴨川《かも》をわたってしばらく行ったあたりだ」

「女は、室町通《むろまちどおり》の呉服問屋淀屋《よど》の孫娘、十七歳。名が漢字であれば、ふだんはともかく人別帳にはそのとおりにしるすものですが、ひらがなではるなとなっておりました」

忠輔が、半紙をたたんで懐にもどした。

幻十郎は言った。

「室町通には淀屋があり、主は、さるおかたにたのまれて仮の養女にし、下働きをふたりつけて江戸へ行かせました、とこたえるであろう。それでも、人別帳に嘘を載せたと咎《とが》めることはできよう。しかし、相手が公家では、評定所での詮議になる。京では口さがない都雀《みやこすずめ》をはばからねばならぬが、大坂や堺《さかい》の商人の妾《めかけ》はかなりいると聞いた。それの口利きを商《あきな》いにしている者もおるらしい。が、これとて噂だ。娘を人身御供《ごくう》にして夜露をしのぐ公家の困窮《こんきゅう》ぶりを天下にさらす、誰も望むまい」

忠輔が、吐息をつく。

ちらっと眼をやった権太夫が、笑みをこぼした。口端をひきむすんでから、顔をむける。

「こたびの一件に丹波屋がかかわりがあるかはいまだ判然としませぬが、鳴門屋へ対抗心があるは分明《ぶんめい》に思われます。お世継が鳴門屋の寮へかよいだしたのが七月下旬。しばしばでございますし、丹波屋が鳴門屋に気をくばっていたとするなら、じきに知ったと断じてさしつかえあるまいとぞんじます。仮に知ったのが八月末《すえ》だとしましても、丹波屋は本両替でございますから、大坂ばかりでなく、京にも伝手《つて》がありましょう。両替屋や米問屋などは、組合で月にいくたびか早飛脚をつかっております。朔日《ついたち》の早飛脚にのせれば、三日の朝には京につきます。旅慣れぬ女の足だとしても、駕籠や馬があります、江戸まで半月もかかりますまい。ひと月で呼びよせる、できなくはありませぬ」

伊左衛門がひきとった。

「おそらく、こういうことであろう。鳴門屋は、娘が奥御殿におられることもあり、備前松平家の信任が厚い。丹波屋にとって、もっとも気になるのが、鳴門屋内儀の実家《さと》が熊野屋ということだ。取引を熊野屋に奪われるのではあるまいか。で、相手が備前の田舎《いなか》娘ならということで、京、しかも公家の姫を呼びよせた」

伊左衛門が、畳におとしていた眼をあげた。

「みよの自害があってから、お世継は丹波屋の寮へ行っておりませぬ。丹波屋は、それでも未練がましく三月のなかばまでとどめておいた。みよの件でご不興《ふきょう》をかってしまったのではあるまいか。丹波屋が強請にかかわりがないのであれば、いまはそれをおそれているように思います」

　眉根をよせていた忠輔が、はっとしたように眼をみひらいた。

「霞さま、風が吹けば桶屋が儲かる。丹波屋につごうのわるいことがそろっております。何者かが、丹波屋を罠にはめんとしている。そういうことでございましょうや」

　権太夫が、笑みをうかべて忠輔を見た。

「それではあたりまえすぎる。もうひとひねりしてみろ。みよの死が自害なら、丹波屋のせいだ。だが、殺しなら、丹波屋のせいではなくなる。商人は、利にさとい。無慈悲な算盤《そろばん》もはじく。しかし、こいつは商人の知恵ではない。そこいらの悪党ともちがう。いま、相原さまがおっしゃったではないか、丹波屋が強請にかかわりがないのであれば、と」

　忠輔が、ひらきかけた口をとじ、ゆっくり首をふった。

　伊左衛門が、喉をうるおし、杯をおいた。

　幻十郎は独りごちた。

「策にはまり、踊らされているのかもしれぬ」

三人が、それぞれの表情で怪訝《けげん》をしめす。

幻十郎はつづけた。

「いまのところ、手掛りは丹波屋のみ。隠密廻りと臨時廻りの両名が手をつくしているにもかかわらず、らちがあかぬ。丹波屋にけどられぬため、思うようにうごけぬからだ。丹波屋が桶屋なら、なにを儲けようとしておるのか。傀儡師《くぐつし》が見えぬ糸であやつっているような気がするのだが……。鳥取松平家出入りの商人を調べてもらえぬか」

権太夫がうなずく。

「承知いたしました。それと、丹波屋には女がおります。元柳橋《やなぎばし》芸者で、名はりい、両国《りょうごく》橋西広小路《にしひろこうじ》の米沢町《よねざわちょう》の路地で庭つきの一軒家に住み、三味と踊りを教えております。それと、まだたしかではございませぬが、伝蔵が男がいるかもしれぬと申しております」

伊左衛門が、かるく膝をたたいた。

「さて、さらにいろいろあろうかとはぞんじますが、だいぶ遅くなってしまいました。霞さま、今宵はここまでにしたくぞんじます。それがしと大竹はここで失礼させていただきますが、小野田がお送りいたします」

幻十郎は、左脇の刀をとった。

利平とつたが、表まで見送りにきた。忠輔が、利平から弓張提灯《ゆみはりぢょうちん》をうけとり、言った。

「霞さま、話したきことがございます。歩きでもよろしいでしょうか」

「むろんだ。よこにきてくれ」

「おそれいります」

忠輔が右よこにならぶ。

真福寺橋《しんぷくじ》の両脇に屋台がある。客は、縁台で茶碗酒を飲んでいる印半纏《しるしばんてん》に股引姿の職人ひとりだけだ。

夜は刻限がはっきりしない。夜五ッ（八時）の鐘を聞いてから半刻（一時間）ほどはたっている。いちだんときらめく天の川の星々が、空を蒼《あお》くそめている。

真福寺橋を背にして左へ行く。三十間堀ぞいの河岸にならぶ白壁の土蔵が星明かりをあつめている。

忠輔が、顔をむけた。

「紅花屋につきまして、あらたにわかったことがございます。あそこで化粧屋をはじめたのは先代で、名は当代とおなじ長兵衛《ちょうべえ》。中山道《なかせん》の桶川宿《おけがわじゅく》の出《で》。霞さま、桶川一帯は紅花の産地で、米の二倍の値で取引されるそうにございます」

「それで屋号にしたわけか」

「そう思います」

桶川宿は、日本橋からほぼ十里（約四〇キロメートル）のところにある。一日十里が旅の行程である。したがって、ひとつ江戸よりの上尾宿《あげお》とともに、江戸から最初の、あるいは江戸への最後の旅籠宿《はたご》としてにぎわった。

先代の長兵衛は紅花問屋の三男であった。紅花は桶川臙脂《えんじ》と呼ばれ、おなじく名産である武州藍《ぶしゅうあい》とともに紺屋《こん》（染物屋《そめもの》）にも売られたが、おもな取引先は京の紅屋であった。

その縁で、先代長兵衛は、十六歳になった春から京の化粧屋で奉公することになった。

それから二十年、三十六歳で芝口二丁目に店《たな》をだした。そのとき、桶川の実家から番頭をふくむ奉公人たちがきた。以降も、奉公人は桶川宿までの中山道ぞいの者を雇っている。

先代長兵衛は、京の者は余所《よそ》者をばかにして、言葉のやわらかさは腹黒さを隠すためだから信用できないというのが口癖だった。

山科屋も先代のころであった。紅花屋は江戸での商いをはじめたばかりであり、腰を低くして教えを乞いにくるので先代山科屋もていねいに対応していた。当代の山科屋甚右衛門になっても、かくべつに親しいわけではなかったが商売仲間としての往き来があった。

甚右衛門には、長女のはつ、長男の清太郎《せいたろう》、次女のなをと三人の子がある。八年まえ、先代紅花屋長兵衛が、嫡男の嫁にはつをともとめてきた。甚右衛門は、すでに約束があるのでとことわった。

「……五年まえ、先代長兵衛が亡くなったおり、当代の長兵衛は山科屋の弔問《ちようもん》をことわったそうにございます。それで、まったく往き来がなくなったと、山科屋が話しておりました。それと、霞さまがお助けになった先月の十五日は、長女はつの嫁ぎ先をたずねての帰りだったとのことでした」

幻十郎はつぶやいた。

「弔問をことわるとはな」

「お屋敷におりますおなをは芝小町と評判ですが、おはつもなかなかの縹緻《きりよう》よしで、先代よりも当代の長兵衛のほうが執心《しゆうしん》だったようだと、古手の町役人が申しておりました」

「おとなげないまねを、と思うたが、惚《ほ》れてかなわなかった恨《うら》み、か」

顔をむけて口をひらきかけた忠輔を、幻十郎は右のてのひらで制した。左手で龍門の鯉口をにぎる。

忠輔も気づいた。

三十間堀川にそって三十間町が一丁目から八丁目まである。四丁目をすぎ、五丁目のなかほどまできていた。

木挽《こびき》橋のほうから土蔵のかどをまがって三名の人影があらわれた。野袴《のばかま》の裾《すそ》を脚絆《きやはん》でしぼり、袖は襷掛《たすきが》け。左手で大小をおさえ、駆けてくる。

幻十郎はふり返った。

三原《みはら》橋のかどからも三名があらわれた。

木挽橋から三原橋まで一町（約一〇九メートル）余。

忠輔が、白壁の土蔵ぎわに弓張提灯をおく。

もどってきた忠輔にうなずき、幻十郎はまえへ三歩すすんだ。忠輔がうしろへ行く。かなり遣うであろうことはわかっている。しかし、道場で竹刀《しない》をふるうのと、刀で人を斬るのとはちがう。

敵を減じなければならない。左のてのひらをひらいて脇差の鞘までおさえ、幻十郎は駆けた。

差がちぢまっていく。

二十間（約三六メートル）。

敵三名が刀を抜く。まんなかが大柄、左が痩身、右が中肉中背。三名とも、右したに切っ先をむけ、いちだんと早足になった。足もしっかりと草鞋《わらじ》をむすんでいる。

三名が、悪鬼《あっき》の形相で迫ってくる。

十間（約一八メートル）。

龍門を鞘走らせ、棟《むね》を右肩にあてる。刃はややそとむき。

三名がつっこんでくる。柄《つか》に左手をもっていく。星明かりをあつめた三振りの白刃が夜空を突き刺す。

五間（約九メートル）。

龍門の柄頭に左手をあててにぎり、右手の力をゆるめて右肩からわずかに棟をあげる。

鞍馬流八相後ろ霞の構え。

間合を割る。

「オリャーッ」

「死ねーッ」

「トリャーッ」

三名がのびあがるようにしてとびこんでくる。左の瘦身は振りかぶったいきおいからの上段撃ち。右の中肉中背は槍《やり》のごとく夜空を突き刺してからの薪《まき》割り撃ち。なかの大柄は、柄頭を夜空にむけての深い大上段からの天空を斬り裂かんばかりの一撃。

左足を斜め前方左へ踏みこむ。

龍門が唸《うな》りを曳《ひ》いて奔《はし》る。

右足をまえへ。

――キーン。

甲高い音が夜陰を裂く。

瘦身の白刃を弾いた龍門が、雷光と化す。

眦《まなじり》を決した大柄が、白刃に弧を描かさんとす。

左足を右まえへ。右足を左うしろに引く。龍門の切っ先が、大柄の右脇したに消える。布と肉を裂き、肋《あばら》を断ち、龍門が奔る。

疵口が石榴《ざくろ》の実に染まる。

「ぎゃあーッ」

大柄の絶叫。

龍門が抜ける。大柄がくずおれる。まわりこまんとしていた中肉中背が、とびずさる。

「おのれーッ」

左足を引いて上体をむけた痩身が弾かれた白刃を振りかぶる。

龍門が燕返《つばめがえ》しに龍の牙をむく。

疾風。

右脾腹《ひばら》から左脇へ。刀身が蒼白《あおじろ》い光を放って奔る。肋を断ち、心の臓を裂く。血がほとばしる。

切っ先が抜ける。

後方へとぶ。

右足、左足が地面をとらえる。さっと血振りをかけた龍門の切っ先を、とびこまんとしている中肉中背の喉元に擬する。

中肉中背が、上段から青眼にもってくる。

「きさまッ」

幻十郎は、刀身を右へ返した。

鞍馬流右半身霞青眼の構え。

中肉中背が、眼をほそめ、八相へもっていく。両肩からすさんだ臭気がゆらぎのぼる。

忠輔のほうへちらっと眼をやる。ひとりは斃《たお》している。しかし、のこったふたりに土蔵の壁ぎわに追いつめられつつある。

殺気がはじけた。

とびこみ、八相からの渾身の袈裟懸《けさが》け。

右足を大きく踏みこみ、左手をつきあげ、右手でささえる。敵白刃が鎬《しのぎ》をすべりおちる。

中肉中背が右肩をさらす。

円弧を描いた龍門が、左肩から右脇したへ斬りさげる。襷がほどけ、襦袢《じゅばん》に血がにじむ。

「ぐえッ」

中肉中背がつっぷしていく。

幻十郎は見ていない。血振りをくれた龍門を右手でさげ、駆ける。

忠輔が、土蔵の白壁を背にして、斜め左右からの斬撃《ざんげき》をよくこらえている。忠輔から見て右の敵が、しりぞく。三歩さがり、青眼にとっていた刀を右手でさげると、こちらへ駆けだした。

たちまち間隔がちぢまっていく。

たがいに勢いを減じることなく駆ける。

十間（約一八メートル）。

とびこんでの一撃は、上段か、袈裟懸け。斬りあげるよりも斬りおろすほうが、勢いがつき、速い。

幻十郎は、龍門の刀身を右肩にかついだ。

敵は刀を右したにさげたままだ。

五間（約九メートル）。

殺気がはじける。

柄頭を左手でにぎった敵が、下方からの逆袈裟にいくとみせかけ、刀を返して突きにきた。

後《ご》の先《せん》――。

右肩から疾風と化した龍門が、敵白刃にしなやかにからまり、捲きあげる。敵が、刀を奪われまいと伸びあがり、天を刺す。がら空きの左脇したへ、一文字の逆胴。龍門の切っ先が胸に消え、背に抜ける。

心の臓を断たれた敵が、声を発することさえできず、つっぷす。

龍門に血振りをくれ、前方に眼をやる。敵の一撃を弾きあげた忠輔が、袈裟懸けをみまう。こちらに背をむけていた敵が、右よこへあおむけに倒れる。

幻十郎は、懐紙をだして刀身をていねいにぬぐい、鞘にもどした。顔をあげ、眉をひそめる。

忠輔が、斬りさげた姿勢のままうごかない。

同心は、ふだんは十手をつかい、捕物のさいは町奉行所にある刃引された刀をさす。斬らずに捕らえる。それが役目である。人を斬ったさいのいやな感触は忘れられるものではない。

幻十郎は、懐から手拭をだした。

土蔵のあいだを川岸へでる。

木挽橋の二町（約二一八メートル）ほどさきを、屋根船が左右にゆれながら去っていく。

ちかくの桟橋へおり、片膝をついて手拭をぬらす。きつくしぼり、通りへもどる。

忠輔はおなじ姿勢のままだ。

小走りにちかづく。

忠輔が、顔をあげる。蒼白だ。

「口をあけ、肩で大きく息をするがよい」

肩が上下する。

幻十郎は言った。

「いまいちど」

忠輔が、ふたたび大きく息を吸い、音をたててはきだした。

「霞さま、それがし……」

幻十郎はさえぎった。

「言わずともよい。わたしも、はじめてのおりは吐きそうになり、いくたびも唾を飲みこんだ。これで刀の血糊《ちのり》をぬぐうがよい」

しぼった手拭をわたす。

「ありがとうございます」

忠輔が、刀身をていねいにぬぐい、懐からだした乾いた手拭でさらにふいて、鞘にもどした。

そうしながらも眉根をよせて考えている。どちらにするか迷っているのだ。三原橋から数寄屋橋までは一直線の通りで四町（約四三六メートル）ほどしかない。梅川はその倍も離れている。だが、伊左衛門と権太夫とが残っているかもしれない。

忠輔がみずからを説得するかのごとくちいさくうなずき、顔をあげた。

「霞さま、梅川へ」

「あいわかった」

忠輔が、二本の手拭をもった左手で弓張提灯の柄《え》をにぎった。あたりに気をくばりながら急ぎ足でひき返す。

二

廊下を足早にちかづいてくる音に、筑後守は眼をさました。

上体をおこす。

足音が寝所のまえでとまり、膝をおるけはいがした。

「殿」

内与力《うちよりき》の浅井順之助《あさいじゅんのすけ》だ。今宵は宿直《とのい》である。

「なにごとだ」

「年番方の相原と隠密廻りの大竹の両名が、お目通りを願っております」

「両名そろってか」

「はっ」

「すぐにまいる」

寝間着をぬぎ、衣桁《いこう》から絹の単衣《ひとえ》をとって袖をとおし、帯をむすぶ。小脇差を腰にして、寝所をでる。

順之助が用部屋の廊下でひかえていた。障子があけてある。筑後守は、なかにはいって上座についた。正面に伊左衛門が、廊下がわの半歩さがったところに権太夫がいる。順之助が障子をしめた。両手を膝において低頭していたふたりがなおる。

ふたりとも、かつて見たことのないほど厳しい顔をしている。

筑後守はうながした。

「なにがあったのだ」

伊左衛門がこたえる。

「霞さまが襲われました。しかも、こたびは、臨時廻りの小野田がいっしょにござります」

筑後守は、眼をみひらいた。

「御番所の者が同道していて襲われたと申すのか」

「仰せのとおりにございます」

「刺客の数は」

「六名にございます。霞さまが四名を、小野田が二名を斃《たお》したそうにございます」

「相原」

「はっ」

「まきぞえにしろ、廻り方が刺客に襲われた。聞いたことがあるか」

「ございませぬ。逆恨《さかうら》みされ、匕首《あいくち》や出刃庖丁あたりで襲われる。これはございます。手疵をおうこともです。しかし、数名組の刺客に襲われたとは聞いたことがございませぬ。しかも、前回の三名をくわえますと、これで九名にございます。これほどの数になりますと、どこぞの家中というのは考えられませぬ。いったいなにがおきているのか、見当がつきませせぬ」

「お奉行」

筑後守は、権太夫を見た。

「今宵、われら三名、小野田が手先の船宿で霞さまにお会いしておりました。そのおり、霞さまが、なにゆえ御堀ばたで襲ったのか釈然とせぬとおっしゃっておられました。これが、備前松平家の一件にかかわりがあるのか、それがしも奇異の念を禁じえませぬ」

「だが、ほかになにがある。幻十郎が襲われだしたのは岡山本家が使いをよこしてからだ。わしとしたことが……」

筑後守は伊左衛門に顔をもどした。

「小野田も遣い手だと聞いておるが、ふたりとも手疵はないのだな」

伊左衛門が首肯する。

「霞さまも返り血をあびておりましたゆえ、小野田が手先に舟で送らせました。小野田は、死骸《しがい》の検分と自身番屋へはこばせております。明朝、詰所で会うことになっております」

「明日《あす》、お城からもどりしだい報せにきてくれ。ごくろう」

筑後守は腰をあげた。

膝をすべらせた権太夫が障子をあける。

表である役所から内玄関をすぎた奥が役宅である。

里久《りく》の寝所の障子に灯りがあった。

みずからの寝所のまえで立ちどまって障子に手をのばしかけ、筑後守は、思いとどまり、さきへすすんだ。

立ったままで声をかける。

「わしだ、あけてもよいか」

「どうぞ」

障子をひく。

里久が布団に正座していた。

「起こしてしまったようだな。順之助は、大柄なうえに野放図《のほうず》に太りよるから足音が響く」

里久が笑みをこぼす。

「すまぬが、酒のしたくをたのむ。肴《さかな》は沢庵《たくあん》でよい。そなたの杯もな。つきおうてくれ」

「はい、すぐに」

里久が腰をあげる。

筑後守は、廊下をもどって寝所の障子をあけ、なかにはいった。背後を、里久がとおりすぎていく。

すみから行灯《あんどん》をもってきておき、坐して待つ。

ほどなく、里久が食膳をささげもってきた。部屋へはいったところで、膝をおり、まえにおく。

「おまえさま、起こすのも気のどくゆえ、膳はひとつにいたしました。よろしゅうございますか」

「むろんだ。ここにおいてくれ」

障子をしめた里久が、食膳をもってきておき、対座する。

里久が銚子を手にする。筑後守は、杯をとってうけた。杯をおき、里久がもどした銚子をもつ。里久が、杯に両手をそえてもちあげ、うけた。

筑後守は、銚子をおいて杯をとり、はんぶんほど飲んだ。

里久が、両手でわずかにかたむけた杯を食膳においた。

筑後守は、のこった諸白を飲みほした。

「このようにさしむかいで飲むは、江戸へもどってはじめて、かな」

「はい」

ほほえんだ里久が、諸白をつぎ、銚子をおく。

「もっとそなたたちの相手をしてやればよいのだが、すまぬと思うておる」

「お役目がだいじにございます。それに、綾のことでしたら、ご懸念にはおよびませぬ。幻十郎どのが、くるたびに相手をしてくれております。過日も、涼しくなったら増上寺へつれていこうと約束しておりました」

「そうか。幻十郎がいっしょなら安心だ」

筑後守は、銚子をとって、うながした。里久が、杯をかたむけ、うける。唇をしめらせ、杯を食膳におく。

「幻十郎どのは、ほんとうにやさしゅうございます」

「ほかにもなにかあったのか」

「はい。桔梗屋より京菓子をいただきましたので礼状をしたため、今朝、加代にもたせました。京よりのもどり、幻十郎どのは、箱根で泊まって湯につかったそうにございます。栄左衛門どのに、そのうちおしのどのを箱根へつれていきたいがどうであろうかとの相談があったとのことでした」

「箱根の湯へ母親をな。わしらは、行きは気が急《せ》いていたし、帰りも川留めがあったおかげで箱根は素通りだったものな。ふむ、想いだした、幼いころの綾は、幻十郎のあとをあぶなっかしげな足どりでついてまわっておった。幻十郎に菓子をやると、はんぶんに割り、いつも大きなほうを綾にやっていた。どういうわけかな、あのころの綾は、にこにことなにか頬ばっている顔しか想いうかばぬ。幼い者は、魂《たましい》が無垢《むく》ゆえ、相手のやさしさがおのずとわかるのであろう」

里久が眼をなごませる。

「行くとしても涼しくなってからですが、ご内儀やお子たちもともなって栄左衛門どのもまいるそうにございます。綾とわたくしも誘っていただきました」

「ほう、そなたたちを。ふむ、よかろう。ふたりだけでは不便であろうから加代もつれていくがよい。半兵衛にも骨休めをさせてやりたいが、誰が屋敷を守るのだと臍《へそ》をまげ、承知すまい。そなたたち三名に、荷運びがふたり、いや、三名は要《い》るな。そなたたちのぶんをふくめた路銀などはわしがもつ。それでよければと、桔梗屋へつたえさせるがよい」

「はい。明日《あす》にも加代を呼び、使いにやります。来月には涼しくなるでしょうからすぐです。さっそくにも、旅のしたくをととのえます」

「いまはお役高でゆとりがあるが、家禄は九百石だ、あまり華美になって後ろ指をさされぬようにな」

「はい。こころえております」

里久は色が白い。それが、酒のせいで、首筋がほんのりと染まっている。

寝間着の白い襟が、いっそうあざやかだ。

「えぇ、つまり、その、なんだ、しばらくぶりに、そのう、どうかな」

里久が眼をふせる。

「枕をとってまいります」

腰をあげ、障子をあけてでていった。

障子はあけたままだ。

筑後守は、食膳をすみにもっていって行灯ももとのところにもどし、いそいで寝間着にきがえた。

幻十郎が、またしても刀をまじえ、刺客を四人も斬ったという。酒でなだめようとしたが、武士《もののふ》の血がさわいでいた。


とうに夜四ツ（十時）をすぎている。

権太夫は、御用提灯を手にしていた。数寄屋橋御門の番士が、かたい表情で低頭し、くぐり戸をあけた。顔見知りである。年番方と隠密廻りとがそろって夜分に出入りする。めったにあることではない。

さきにくぐり戸をとおる。伊左衛門のあとから顔をのぞかせた番士に、権太夫はかたじけないというふうに低頭した。答礼した番士がくぐり戸をそっとしめた。

数寄屋橋から御堀ぞいを北へ行くと、四町半（約四九一メートル）ほどのところに比丘尼《びくに》橋がある。

比丘尼とは尼僧姿の売女《ばいじょ》のことだ。橋をわたった一町（約一〇九メートル）余さきには鍛冶《かじ》橋と鍛冶橋御門がある。比丘尼橋が架かる掘割は京橋川といい、二町半（約二一三メートル）ほど下流には京橋があり、そのさきで八丁堀川につながっている。いわば江戸城の正面である。

明暦《めいれき》のころは地続きであった。江戸を焼きつくした三年（一六五七）の大火《たいか》のあと、城下再建の過程で掘割が外堀とつながり、橋が架けられたようだ。そのころ、尼僧姿の売女たちがたもとで袖をひいていたのがそのまま橋の名になり、〝怪《け》しからぬ〟〝不届き千万〟などと目くじらたてることなく定着したのであれば、江戸幕府の町政のいったんがうかがえておもしろい。奈良茶飯にはじまる屋台などの外食がさかんになるのも、明暦大火後の復興期からである。

比丘尼橋よこの桟橋に、猪牙舟を待たせてある。

梅川の座敷で飲みなおしているところに、忠輔と幻十郎とが駆けもどってきた。梅川から南御番所まで舟をつかう距離ではない。しかし、夜四ツの鐘で町木戸がしめられる。番太郎にくぐり戸をあけさせる手間をはぶくために舟にしたのだった。

数寄屋橋を背にしたところで、伊左衛門がつぶやいた。

「解せぬ。なんとも解せぬ」

権太夫も、おなじ思いでいた。が、脳裡で、なにやらもやもやとしていたものが像をむすばんとしつつある。

伊左衛門がつづける。

「場所はともかく、最初の闇討は、まだわかる。お奉行をかかわらせまいとした。霞さまが斬られたのであれば、たとえ手疵ていどであったにしても、誰のさしがねだということになり、備前松平家でもさらなる迷惑をかけるわけにはゆかぬと遠慮したやもしれぬ。だが、われらはすでにぞんじておる。探索もはじめておる。一味も、それは承知のはずだ。いまさら、なにゆえの刺客だ。二千両を奪うてだてのひとつなのであろうか」

伊左衛門が沈思する。

権太夫は、ややまをおいた。

「相原さま、あえて御堀ばたをえらんだのも、今宵の闇討も、われらが眼をそらすためではあるまいかとぞんじます」

伊左衛門が顔をむけた。つづきを待っている。

権太夫は、眉根をよせ、ほつれそうになる考えをたぐりよせた。

「おみよの死です。霞さまが殺しかもしれぬとおっしゃらなければ、疑わなかったでしょう。病による死であっても、不審があれば調べます。自害ですんでいるのは、怪しむべき点がなかったからです」

「魚河岸騒動か」

権太夫は顎をひいた。

「自害であるからこそ、備前松平家は、外聞をはばかるのと、おみよへのやましさから二千両ですむのであればやむをえまいという気になっているのだと思います。御番所が後ろ盾であれば、強請っている者どももさらなる欲はかくまいと」

「備前松平家としてはそうであろうな。強請一味にとって、もっとも隠しておきたいのがおみよの死の真相。それがため、いまだにわれらが眼を欺かんとしている。われらはおみよの死が殺しだと知っているが、奴らそれにいまだ気づいておらぬ。そういうことか」

「そうではあるまいかと」

南紺屋町《みなみこんやちょう》のかどにきた。比丘尼橋よこの桟橋あたりに灯りがある。

伊左衛門が言った。

「ならば探索のやりようを変えねばなるまい。くわしくは明朝だ。早めにきてくれ。詰所で会おう」

「かしこまりました」

通りを斜めにつっきり、白壁の土蔵よこの川岸に行く。夜四ツまえであれば、いくつか屋台があるが、いまはがらんとしている。桟橋からの灯りだけだ。

船頭が、猪牙舟の艫《とも》で腰をあげた。

権太夫は、さきに石段をおりていった。

寝静まった江戸の蒼穹《そうきゆう》で、天の川が、くねり、輝いていた。船頭が棹をつかい、星空を浮かべた川面《かわも》を猪牙舟がすべっていった。

翌朝、権太夫は、明六ツ（日の出、六時）の捨て鐘で屋敷をでた。明六ツの鐘を合図に町木戸があけられるので、番太郎をわずらわさずともすむ。

詰所の刀掛けに刀をおき、宿直《とのい》の年番方に、昨夜の一件で、相原、小野田の両名に会うことになっているむねを報告する。ごくろう、と年番方が言った。

ほどなく、伊左衛門があらわれた。

詰所のすみで対座する。見習が茶をもってきた。

しばらくして、忠輔が姿をみせた。

宿直がその日の当番と交代するのは朝五ッ（八時）である。宿直の年番方に報告を終えた忠輔が、すみにやってきた。ふだんどおりにふるまおうとしているのが見てとれた。

忠輔が、会釈をして、膝をおった。目尻に疲労の翳りがある。

茶をおいた見習が、一礼し、盆をもって去っていった。

忠輔が、茶碗を茶托《ちゃたく》におき、顔をあげた。

「お奉行より、刺客六名の身元をきびしく詮議するようお達しがあったと聞きました」

伊左衛門がうなずく。

「明六ッまえに内与力の浅井どのがお奉行のご意向をつたえにきたそうだ。つねであれば、このようなこまかなお指図はひかえる。だが、霞さまが甥御であるはみな知っている。しかも、二度めだ。さっそくにも、死骸を南茅場町《みなみかやばちょう》の大番屋へはこぶよう手配したとのことだ。おぬしがあらためたときは、財布すらなかったのであろう」

死骸を自身番にはこばせた忠輔は、宿直の年番方に報告してから八丁堀へ帰っている。寝たのは暁九ッ（午前零時）をすぎてからであろう。明六ッまえに忠輔の報告を浅井順之助に確認させた筑後守は、おりかえし詮議を徹底するよう指示している。

　忠輔が首肯する。

「梅川から三原橋まで八町（約八七二メートル）ほど。霞さまと駆け足でもどり、ごぞんじのごとく、利平の手先らをともない、駆け足でむかいました。ほんの小半刻（三十分）たらずです。御堀ばたの三名がそうでしたから、こたびも身元をあかすようなものは所持しておるまいと思うてはおりました。ですが、きちんとあらためました。懐がほかの者にさぐられたようすはございませんでした。霞さまが、汐留川のほうへ去る屋根船を見ております。われらに追いかけられるかもしれませぬ。船頭がもどるなり、またはもうひとり残していたとは思えませぬ」

　伊左衛門が言った。

「わかっておる。おぬしに手抜かりがあったとはお奉行とて思うておるまい。昨夜《さくや》、ご報告したさい、まきぞえにしろ廻り方が刺客に襲われたのを聞いたことがあるかとおたずねであった。廻り方にかぎらず、町方同心は、髪は小銀杏《こいちょう》、黒紋付羽織《くろもんつきばおり》に着流し、見まちがえようがない。南北にかかわらず、われら八丁堀すべてを敵にまわす。尋常では考えられぬ。手掛りがないか、吟味方が、襟のなかから褌のすみまで調べるであろう。それは、吟味方にまかせておけばよい。大竹」

権太夫は、伊左衛門にうなずき、忠輔に顔をむけた。

「昨夜、お奉行にご報告しての帰り、相原さまと話しあったのだが、強請一味がおみよの死の真相が露顕《ろけん》するをはばまんとしているとしたらどうだ。思いあたらぬか」

まがあった。

眉根をよせていた忠輔が、曇りをはらい、力強く顎をひく。

「似ております。御堀ばたでの闇討。昨夜《さくや》もしかり。魚河岸の騒動。ほかではでにしかけ、こちらの注意をひきつける」

権太夫は、大きくうなずいた。

「われらは、おみよが殺されたと知っている。だが、一味はそれに気づいていない。で、おぬしがくるまで相談していたのだが……」

みよが自害したのは、若殿の足が遠のき、公家の姫のもとにかよっているのを知ったからだ。つまり、それをみよに告げた者がいる。その者が、強請一味にも告げたに相違ない。その者を見つければ、強請一味をお縄にできる。

「……これまではめだたぬようにさぐっていた。だが、七月になってしまった。猶予がない。われらがその線でおおっぴらに探索をはじめたと一味に思いこませる。ゆえに、おぬしは、向島小梅村の鳴門屋寮周辺と、深川八右衛門新田の丹波屋寮周辺とで、おなじ者がいないか、さぐらせてくれ」

「いささかあせっているように」

「そうだ。こちらが真相をつかみそうになったらべつの策《て》をうたねばらない。だから、気をくばっている者がいるはずだ。利平たちのうごきを、伝蔵の手先たちにひそかに見張らせる。それと……」

「大竹さま」

土間で小者が辞儀をした。

権太夫は、ふたりに会釈して腰をあげた。上《あが》り框《かまち》へ行く。

小者がよってきて声をひそめた。

「小船町の伝蔵親分が、いそぎお目にかかりたいと申しております」

「わかった」

権太夫は、草履をつっかけた。

御用聞きは詰所となりの小者控所で待つ。

伝蔵が土間からでてきた。ちいさく辞儀をしてさきにすすむ。権太夫はついていった。聞かれる気づかいのないところで、伝蔵がふり返る。

「五郎太が息せききって駆けてめえりやした。霞さまに、すぐにお届けするよう申しつかったそうでやす」

伝蔵が懐からだしたむすび文をうけとり、権太夫はほどいた。

読み、眉をひそめる。が、すぐに、幻十郎の意図に思いいたった。

文を懐にしまう。

「待っててくれ」

「かしこまりやした」

権太夫は、詰所にもどった。

三

翌三日も、青く晴れわたった下総《しもうさ》の空に昇った朝陽をあび、庭の蟬がいっせいに残暑をかなではじめた。

朝餉を終えたあとのひととき、幻十郎は廊下で座禅をくみ、光がはじける庭のけはいに耳をすませていた。蟬の鳴き声も、初秋になり、かしましさのなかに、せつなさとむなしさとがある。

廊下で衣擦れがした。

なをだ。足はこびでわかるようになった。朝のそよ風が、甘やかな香りももたらした。

眼をあけ、顔をむける。

なをが膝をおる。

「五郎太がまいっております」

「こちらへまわるよう言ってくれ」

「はい」

なをが、辞儀をして腰をあげ、踵《きびす》を返した。

幻十郎は、庭へ顔をもどし、ふたたび眼をとじた。心を無にして、光や風や虫のささやきに耳をあずける。

光が揺れた。

眼をあける。

縁側のかどをまがって五郎太がやってくる。立ちどまって辞儀をし、懐から折りたたんだ紙をだしてもってくる。

幻十郎は、手をのばしてうけとった。

「小野田の旦那からでやす」

幻十郎は、うなずき、四つ折にされた半紙をひろげた。読売（かわら版）だ。

――南御番所お役人刺客に襲われる

大きな文字が躍り、黒っぽい人影が入り乱れて刀をまじえた絵があしらわれている。眼で頭をかぞえる。ちゃんと八人いる。

朔日の深更、三十間堀町の通りで、南御番所廻り方のお役人が刺客たちに挟み撃ちにされた。ひるむことなく、ふたりで六名もの刺客を斬りふせた。刺客は浪人風体。南御番所では、三十間堀川を汐留川のほうへ逃げ去った屋根船の行方を追っている。

二つか三つは首が飛んだであろうようなはでな書きかたを要約すると、そのような意がしるされている。

幻十郎は、内心でほほえんだ。文意からは、南御番所の廻り方二名が襲われたかのごとく読める。

読売をたたんで懐にしまい、顔をあげる。

「ほかにはなにか」

「へい。小野田の旦那が、お昼をおすませになりましたらお目にかかりたいそうで」

「稲荷へ行けばよいのか」

「そこまではうかがっておりやせん。九ツ半（一時）じぶんにお迎《むけ》えにめえりやす」

「待っておる」

「へい。ごめんなすって」

辞儀をした五郎太が、ふり返って去っていった。

昼九ツ（正午）は、影がもっとも短くなる。影が北から東のほうへわずかに移ったころ、五郎太がきた。

着替えて待っていた。報せにきたなをにうなずき、刀を左手でさげて玄関にむかった。

刀を手でもつさいは、かならず左手で鞘の鯉口ちかくをにぎる。さもないと、すぐさま抜刀できない。

玄関の式台から門まで敷石が碁盤割りにならんでいる。

五郎太は、門のよこにいた。

式台のちかくではなく、いつも門をでた左右で待っている。当人が利発だということもあるが、祖父富造と母親ゆうの躾《しつけ》である。

五郎太が言った。

「小野田の旦那は、見世でお待ちしておりやす。あっしは、鳥居のとこで見張りをしやす」

「そうか」

昼すぎの烏森稲荷の境内は静かであった。蟬が鳴いているだけで、子らの姿がない。

石畳からはずれると、葦簀《よしず》のむこうで二畳間の框《かまち》に腰かけていた忠輔が、立ちあがり、一歩離れた。

幻十郎は、なかにはいった。

忠輔が、二畳間の框をしめす。

幻十郎は、うなずき、刀をはずして腰かけ、左脇におき、忠輔に右よこをうながした。

一礼した忠輔が、左手にさげていた刀を右手にもちなおして腰をおろし、右よこに刀をおいた。目上の者へ害意なきをあらわす礼儀である。忠輔だけでなく伊左衛門や権太夫の態度も、この半月余でかわってきた。

ゆうが、盆で茶をもってきてふたりのあいだに茶碗をおいた。

幻十郎は、ゆうに礼をのべてから忠輔に顔をむけた。

「早くても明日《あす》であろうと思っていた」

忠輔が、富造に眼をやり、かすかに顎をひく。

富造が言った。

「水を汲んでめえりやす」

富造とゆうが、それぞれ手桶をもって本殿のほうへ行った。

忠輔が、ふたりのうしろ姿から眼をもどす。

「市中に動揺をあたえぬためには秘すべきことがらであり、御堀ばたの三名についてはそうしました。本来であれば、お奉行のご了解をえ、ご判断によってはご執政《しっせい》がたのお許しもえなければなりませぬ。しかし、相原さまが、一日遅れたら怪しまれかねぬ、責めはおうゆえすぐさまてはいを、と仰せになりました。三名で文案をねり、大竹さんが待たせていた伝蔵を顔見知りの読売屋へ走らせました。下城なされたお奉行には、三名でお目通りを願い、お許しをいただきました」

幻十郎は安堵した。

叔父の人柄だ。城中で咎められれば、おのが浅慮として責めをおうであろう。大雑把なところもあるが、下役《したやく》のせいにしたりはしない。むしろ、みずからの落度としてかばう。だからこそ、京都町奉行所の者たちも信頼をよせていた。おそらくはと思っていたが、相原伊左衛門も年番方最古参というだけでなく似た気質のようだ。それゆえ、権太夫や忠輔もたよりにしているのであろう。

「申しぶんのないできばえだ。嘘をついておらぬし、廻り方二名が襲われたとしか読めぬ」

「ありがとうございます。大竹さんも、逃げた屋根船の探索を考えていたそうにございます。霞さまがご覧になったのであれば、船頭もまた霞さまを見ていたと考えてしかるべきかとぞんじます。霊岸島から築地、本芝あたりまでの船宿におかしなうごきがないかさぐらせます」

「御堀ばたの刺客は表沙汰にならなかったのに、三十間堀の六名は読売になった。読売屋にかかわりのある町家の者がたまたま見ていたのか。それとも、南町奉行所が読売屋に洩らしたのか。なにゆえに。一味は、こちらの意図を読まんとするであろう。だが、千丈の堤も蟻穴より崩る、という。探索方がうごきまわれば艦褸をださぬともかぎらぬ。船宿をさぐりはじめたとなると、四宿のほうもか」

忠輔が大きく顎をひいた。

「本日、お奉行が道中奉行さまに話をとおしているはずにございます。四宿かいわいの浪人どものうごき、消えた者がいないか。品川宿は伝蔵の手の者がさぐることになっております。想いだしました、増上寺門前七軒町の万次がおゆうにかまをかけているると富造が伝蔵に心配げに相談したそうにございます」

「ゆうは三十二、三で、左官だった亭主は五郎太が幼いころに亡くなったと聞いた」

「おゆうは三十三歳で、万次はひとつうえの三十四。いまだ独り身です。万次が本気で、おゆうもまんざらではないのなら、口だしするは野暮《やぼ》です。ですが」

「色仕掛けかもしれぬわけか」

　忠輔がうなずく。

「大竹さんが、富造にようすをみるようつたえさせたそうです。こととしだいによっては、おゆうが泣きをみるまえに万次に釘を刺さねばなりませぬ」

「ここはむろんのこと、長屋であってもかまわぬ。なにかのおりは報せるよう富造につたえてくれ。万次をけしかけてさきにしかけさせ、腕の一本なり折ってくれよう」

　忠輔がほほえんだ。

「ありがとうございます。それと、大竹さんにたしかめるようたのまれました。こたびの読売は、一味をあざむくための策でございましょうか」

「ああ。うまくいけば、いっきょにお縄にできるやもしれぬ」

「わかりました。そのようにつたえます」

幻十郎は、巾着からふたりぶんの茶代の十文をだしておいた。

鳥居にもたれかかっていた五郎太が、背中をはなしてぺこりと頭をさげ、見世へもどった。

屋敷にもどると、京からの荷がとどいていた。

京を出立《しゅったつ》したあと、世話になった但馬屋が荷をまとめて大坂の荷受け屋に送ることになっていた。

ひと月ちかくもかかったのは、定期の便がないからだ。

江戸と大坂とは、樽廻船《たるかいせん》と菱垣《ひがき》廻船とによってむすばれていた。樽廻船は、もっぱら酒樽を搬送した。さまざまな荷を運搬したのが菱垣廻船である。が、定期の荷がきまっていていつも満杯である。で、積荷にあきができたとき、荷受け屋が溜まった荷を積む。公用の荷でないかぎり、少量の荷は廻船問屋がうけないし、あきを埋めたほうが運賃も安くすむ。

加代となをとが、髪がよごれぬように白い木綿で姉さんかぶりをし、扱《しご》き帯で裾《すそ》をあげ、襷掛《たすきが》けをして荷をほどいていた。

なをの腕の白さがまぶしい。

そう思うおのれに、幻十郎は腹をたてた。

――無心にはたらいているのだぞ。なんたるみだりがましさ。なんのための修行であったのだ。

おのれを叱責する。

部屋にはいらず、手をやすめてこちらを見ているふたりのどちらへともなく、刀をもどしてくると告げて、半兵衛の部屋へ行った。

鍵を借りて土蔵へむかう。

腰にしている刀は、昼まえに土蔵からだしたばかりだ。龍門は、守山町《もりやまちょう》の若狭屋《わかさ》に中間《ちゅうげん》を使いにやってきてもらい、研ぎにだした。

研ぎにだしてもどってきてから幾日もたっていない。にもかかわらず、また研ぎにだす。ていねいにぬぐったが血曇《ちくもり》の痕《あと》もある。作法どおりに眉ひとつうごかすことなく刀身をあらためた手代は、龍門を鞘におさめて刀袋にいれると、お預かりいたします、と言った。

あまりの平静さが、かえって読売を見ているであろうことをうかがわせた。若狭屋から洩れる気づかいはない。主をふくめ口をつぐむ。さもないと、南町奉行池田筑後守の屋敷への出入りをさしとめられてしまう。

土蔵に坐して刀身に打粉《うちこ》をし、刀袋にいれて刀簞笥におさめた。

鍵を半兵衛に返して部屋へもどり、すみできがえた。なをがてつだった。

荷は長櫃《ながびつ》が二棹《ふたさお》だ。京には二年と九ヵ月いた。最後の十ヵ月は町家で独り暮らしだった。煮炊きや掃除などは、ちかくの裏長屋に住む四十なかばの女房をやとった。厨《くりや》の道具をふくめて寝具なども処分するよう但馬屋にたのんだ。それでも、よくもこれほどあるものだと驚くほどの荷であった。

もっともだいじなのは刀である。それだけは、みずから長櫃からだして、ふたりのじゃまにならぬようにとなり座敷であらため、部屋の刀掛けにおいた。

夕餉は、なをとともに加代もきた。

なをが、ご飯をよそう。ならんでいた加代が、立ちあがり、正面に膝をおった。言いたいことがあると、かならずこうやって正面にすわる。

幻十郎は、なをから飯椀をうけとり、いそいで記憶を掘った。江戸にもどって半月余、刺客のほかに小言をもらう憶えはない。

「若さま、よろしいですか」

幻十郎は、飯椀を食膳におき、顔をあげた。

「なにごとかな」

「荷はすべて眼をとおしましたが、女っけのものがなにひとつございませんでした」

「独り暮らしだったのだ、当然であろう」

「紅《べに》の跡すらございません」

「あたりまえではないか」

「威張《いば》ることではございません」

幻十郎は、食膳に眼をおとした。

豆腐《とうふ》と若布《わかめ》の味噌汁に、しめ鯖《さば》の刺身、花鰹《はながつお》をちらした焼き茄子《なす》、里芋《さといも》と蓮根《れんこん》と蒟蒻《こんにゃく》の煮物。いつもより二皿も多い。ふだんは、菜《さい》が一皿に香の物だけだ。

「半兵衛どのも、若さまにはまるっきり女っけがないと心配しておりました。雅《みやび》な京の都に十月《とつき》もいらして、いったいなにをなさっておられたのですか」

幻十郎は、顔をあげた。

「修行にきまっておる」

「それだけでございますか」

「ほかになにがある」

「たとえば、お世話になっていた京菓子屋には娘はいなかったのでございますか」

幻十郎は小首をかしげた。

「そういえば、娘が、ふたり、いや、三人だったかな、いると耳にしたことはある」

「それで」

「なにが」

「お会いにならなかったのですか」

「用があれば手代がまいった」

「それでは、十月ものあいだ、お住まいにはどなたもいらっしゃらなかったのですか」

「町奉行所の者たちがきた」

「お殿さまが江戸にお帰りになられたあとも、そのようなことにかかわっておられたのでございますか」

「相談にくる者を、むげにはできまい」

加代が、これみよがしに首をふった。

「お帰りになったその夜は賊ども。それからも刺客の相手ばかりなさっておられます」

「そうしたいわけではない。襲ってくるのだ、やむをえぬではないか」

加代が、こんどは肩を上下させて大きな溜息をついた。

なをに顔をむける。

「あとをたのみます」

かるく辞儀をして腰をあげ、でていった。

今日の加代は機嫌がわるい。ときおりそういうことがある。叔父に、叔母と加代とには逆らうなとさとされている。食欲が失せてしまったが、のこすと半兵衛がきて躰のぐあいがよくないのかと訊く。

箸を手にする。

なをが口をひらいた。

「若さま、申しわけございません」

頭をさげる。

幻十郎は、なおるまで待ってほほえんだ。

「賊のことか。気にするでない。あれでも、わたしのことを案じてくれているのだ」

「はい」

たしかにそのとおりだと思う。賊はたまたまだ。御堀ばたで襲われたのが先月の二十二日。そして、つぎがこの月の朔日。十日たらずで二度も襲われている。尋常ではない。

――なにゆえおのれが狙われるのか。しかも、町奉行所の者をまきぞえにするのもかまわず命を狙う。

どこか釈然としない。

なにか見落としている気がする。

箸をつかい、口をうごかし、どうにか食べ終えた。なをが、安堵の笑みをうかべ、食膳と飯櫃とをはこんでいった。

翌四日は、薄墨色の空だった。

気がつくと、霧雨になっていた。昼まえから昼すぎにかけて、糸のような雨がかすかな音をたてた。雨はほどなくやんだ。が、空は灰色に覆われたままであった。

昼八ツ（二時）の鐘が鳴ってしばらくして、五郎太が忠輔のむすび文をとどけにきた。

とりいそぎ要件のみにて失礼いたします、としるされていた。

丹波屋の女であるりんに男がいるのを、伝蔵がつきとめた。ただ、厄介な相手なのでくわしくはお会いしたおりに。りんが住んでいる米沢町の一軒家の借り主は丹波屋で、店賃《たなちん》もはらっている。ごぞんじの臨時廻りの後藤が定町廻りだったころ、柳橋芸者だったりんに大きな貸しがあるらしいので、ひそかにふたりを会わせるくふうをしている。

その厄介な相手を、忠輔や伝蔵はかなり用心しているようだ。臨時廻りの後藤がりんと会うにもひそかなくふうをしなければならないのもそのためであろう。

日暮れになって、また雨がふりだした。はげしくはないが雨脚が見えるふりかただった。陽射しに痛めつけられた大地や草花、樹木を、雨がいやし、暑気をやわらげてくれる。

夕餉は、いつもの一汁一菜《いちじゅういっさい》に香の物だったが、銚子と杯もあった。

幻十郎は、眼で問うた。

ご飯をよそったなをが、飯椀をさしだす。

「お加代さまが、雨ですので気晴らしにご酒《しゅ》でもどうぞ、と申しておりました」

昨夕の詫びであろう。

「そうか。あとで注いでもらえるか」

「はい。お注ぎいたします」

香の物をのこして、ご飯としめじの味噌汁、なまり鰹《がつお》と冬瓜《とうがん》の煮物を食べた。

箸をおき、杯を手にする。なをが銚子をもった。

なをは、酌のしぐさから慣れているようすがうかがえた。たしなむのかと訊くと、眼をふせ、ちいさく首をふった。

「父が、お酌をすると喜びますので、ですから、ときどき」

「娘に酌をしてもらう。嬉しいであろうな。うん、そう思う」

小半刻（三十分）ほどで、なををさがらせた。

風がとおるのが、雨音の乱れでわかる。雨の夜は、部屋からの灯りだけだ。

幻十郎は、なおしばらく雨を見ていた。そして、ふと、七夕《たなばた》が五節句《ごせっく》のひとつ七夕《しちせき》の御祝儀《ごしゅうぎ》で、在府の諸大名が白帷子《しろかたびら》で総登城することに思いいたった。どこの大名家でも、万々一にもしくじりがないよう気をつかう。つまりは、月次《つきなみ》登城日よりも朝からせわしない。

頭から酒気《しゅき》が消しとぶ。

行灯をすみの文机《ふづくえ》のよこにもっていって坐し、硯箱《すずりばこ》をひらいて墨を摺る。

文案をねるのは明日《あす》でよい。要点を忘れぬように書きしるす。乾くのを待って、文《ふ》箱《ばこ》にしまう。

翌五日も雨もようであった。

朝餉《あさげ》のあと、文机にむかった。

墨を摺り、文箱から昨夜《さくや》の覚書《おぼえがき》をだす。

備前松平家の江戸目付舟戸勘解由への書状をしたためる。もう一通。権太夫に、舟戸勘解由へつぎの書状をだしたむねをしるし、文面をそっくり写した。

封をして、それぞれ宛名を書く。

庭に眼をむける。

霧雨がながれているようであった。遠くの空が青白くかすんでいる。庇《ひさし》から雨滴《うてき》が落ちてきた。

文机よこの小物入れから油紙をだしてひろげ、封書二通をつつんだ。

着替えずに包みを懐にしまい、小脇差を刀掛けにおき、脇差を腰にして差料三振りのなかでもっとも短い二王《におう》を手にする。

廊下で声をかけると、なをがでてきた。玄関では、ならべた草履のよこで、蛇の目傘を手にした小助《こすけ》が片膝をついていた。

式台におりて草履をはき、刀をさしてふり返る。

「すぐにもどる」

「はい。行ってらっしゃいませ」

なをが三つ指をつく。

幻十郎は、うなずき、小助から蛇の目傘をうけとってひろげた。

雨の境内はさびしい。風がなく、うごくものとてない。霧雨がたまって雫《しずく》となり、重さに葉が揺れ、こぼれ落ちているだけだ。

三人とも、縁台や二畳間に腰かけて手持ちぶさたにしていた。

幻十郎は、五郎太に伝蔵への言付けを告げ、油紙の包みと手間賃とをわたした。やることができて顔をほころばせた五郎太が、番傘をひろげて去っていく。幻十郎は、ゆうに茶をたのんで喫し、茶代をおいて屋敷にもどった。

そして、長い書状にとりかかった。

強請一味が、伝蔵と舟戸勘解由とのつなぎを知っていたとする。これまで、それでのみ連絡をとっていた。ここにきて、ほかの手段を講じるとは考えまい。忠輔が言っていたあざむくための策である。

昼すぎには雨があがり、雲の隙間に青空がのぞき、ひろがっていき、陽が射した。天もおのれの策に助勢してくれているようであった。

幻十郎は、懐深く書状をしまい、叔父上と叔母上に七夕の挨拶をしてまいる、とないをに告げ、南町奉行所へむかった。

半刻（一時間）ほど、叔母や綾とすごし、叔父に面談を願った。多忙な叔父と遺漏《いろう》がないようにこまかなことまでつめ、南町奉行所をでて御門から数寄屋橋をわたると、はるかな西空の雲を荘厳《そうごん》な茜色の夕焼けが染めていた。

大坂は商都であるから、アホなことに銀《かね》はかけない。織姫と彦星とが逢引したいんならかってにやらしとき、である。子どもが、寺子屋《てらこや》で青竹に五色の短冊を飾り、終日にぎやかに遊ぶだけだ。

江戸は、大奥を筆頭に御殿女中の都であるから、なにかにつけて、きらびやか、かつ、はでである。

六日が七夕の宵祭りである。子どものいないところでも、青竹をたてる。しかも、江戸の女ははで好き、男は見栄っぱりであるからして、屋根よりも高く竹をたてる。飾るのも、五色の短冊だけではない。すべて紙製のつくりものだが、大福帳や鯛《たい》あたりまではわかる。〝商売繁盛〟に〝めでたい〟である。しかし、さらには、西瓜《すいか》、瓢《ひょう》簞《たん》、朱色の大杯まで青空高く風になびいている。広重《ひろしげ》が『名所江戸百景』で「市中《しちゅう》繁栄七夕祭《はんえいたなばたまつり》」の題で描いている。

六日も七日もよく晴れた。

幻十郎は、屋敷を一歩もでずに報せを待った。六日は上屋敷の奥御殿がさわがしく、七日は御祝儀登城であわただしい。出入りも多い。それを利用して、強請一味がしかけてくるのではないかと考えたが、杞憂《きゆう》のようであった。

七日の夕暮れ、なをが夕餉は暮六ツ（日の入、六時）すぎでもかまわないか訊きにきた。

食膳は、冷やし素麺《そうめん》と卵焼、小ぶりながら尾頭付《おかしらつ》き鯛の塩焼き、そして銚子と杯であった。いつの時代からかは不明だが、七夕には素麺を食する習俗《しゅうぞく》があった。

夕闇が濃くなり、夜の帷《とばり》がおりるにつれ、江戸の蒼穹に、かなたこなたに白い綿雲を浮かべた雄大な天の川が、いくつもの支流をしたがえ、きらめき、またたき、かがやきをましていった。

素麺を食べ、天の川に眼をやり、なをの酌で諸白を飲んだ。

第五章　狙われしもの

一

九日の夜五ツ（八時）の鐘から半刻（一時間）ほど。うとうとしかけていた幻十郎は、表門が叩かれる音にはねおきた。

寝間着をぬぎすてる。衣桁には、他出用の絹の単衣《ひとえ》と屋敷内用の木綿の単衣がかけてある。絹の単衣をとって袖に腕をとおす。

廊下を足早な音がちかづいてくる。男の足はこびだ。障子のむこうで立ちどまり、膝をおった。

「お目覚めを」

若党の山岸仙三郎《やまぎしせんざぶろう》だ。庄屋の三男で二十二歳。庄屋は知行所の世話役もかね苗字帯刀をゆるされている。若党の身分は士分であり、仙三郎も池田の屋敷に奉公しているあいだは苗字を名のれる。

「起きておる」

「御番所の小者がまいっております。小野田さまの使いだそうにございます」

「すぐにまいる」

「はっ」

仙三郎が去った。

帯をむすび、小脇差を腰にして玄関へむかう。

小者がさっと片膝をつく。

幻十郎は、立ったままで言った。

「聞こう」

「申しあげます。山科屋の主と手代……」

「なにッ」

怒気をふくんだ大声を発してしまった。小者が、驚いて顔をあげた。

「すまぬ。して、ふたりは」

小者が首をふる。

「斬られたのか」

「さようでございます」

「場所はいずこだ」

「芝口橋の南岸《みなみぎし》たもと、川下がわでございます」

小野田たちと会うさいにいつも舟にのっているところだ。

すばやく思案をめぐらす。

「小野田につたえてくれ、山科屋へよってからまいる、とな」

「かしこまりました」

小者が、低頭して、わきにおいてあった御用提灯の柄《え》をつかみ、立ちあがった。

首をめぐらす。

半兵衛がやってきて膝をおった。

「若、なにごとでございます」

「山科屋が斬られた」

「な、なんですと。まさか、なんたること」

半兵衛が絶句する。

「その控間《ひかえま》におるゆえ、半兵衛は加代を呼んできてくれ。仙三郎、そのほうは小助を起こし、でかけるしたくだ」

ふたりが腰をあげ、足早に去っていく。

幻十郎は、障子を左右にあけて控間にはいった。

玄関におかれた行灯からのあかりがあるだけだ。畳に帯をひろげているあかりのなかで、膝をおり、腕をくむ。

——なぜ。なにゆえだ。かどわかしてまでなをを手にいれんとしている者のしわざ、あるいはさしがねなら、おおよそ考えられぬ。池田の屋敷にいるかぎり、なをには手がだせない。そうまでしてなをを遠ざけた山科屋甚右衛門へのしかえし。

幻十郎は、眉をよせ、首をかしげた。

——ありえなくはない。だが、そこまで執着しているなををますます遠ざけるだけだ。あきらめての腹いせか。それにしても……。

幻十郎は、眉根をよせた。

月番は北町奉行所である。芝口橋からは南町奉行所のほうがちかい。しかし、北町奉行所へとどけなければならない。

加代がきた。寝間着姿のままだ。こわばった顔で膝をおる。

「聞いたか」

「はい」

「おなを山科屋へつれていかねばならぬ。加代が言いづらいのであれば、わたしが話す」

「いいえ、わたくしのほうがよいと思います。おちつかせ、着替えをはじめましたら、袴をおもちいたします。それにしましても、いったいなぜ。どこのどなたか知りませぬが、おなをにいたくご執心で、あきらめさせるための奉公だとうかがっておりました。父親を殺《あや》めてしまっては、おなをが承知するはずもございません」

　幻十郎は、胸腔から息をはきだした。

「そうなのだ。だから、狙うとしたら今宵しかない。それがために甚右衛門を斬った。おなをには内緒だぞ」

「は、はい」

「では、たのむ」

　部屋にもどり、乱れている床をなおし、寝間着と帯とをたたんでのせ、坐して待つ。

　すこしして、加代が袴をもってきた。着替えていた。長い夜になるかもしれぬことにそなえてだ。

袴の紐をむすび、脇差を腰にして、長船《おさふね》をとる。重厚な造りで、小板目《こいため》肌《はだ》の乱映《みだれうつ》りがあざやかな業物《わざもの》である。

襲いくるとしたら多勢でだ。速さよりも一撃で敵を斃《たお》す。

玄関に行く。

式台のわきで、小助が片膝をついている。

ふたりの草履がそろえてある。

なをがきた。うしろから加代がついてくる。

うつむきかげんの顔が蒼白い。

幻十郎は、声をかけた。

「おなを」

「はい」

なをが顔をあげる。

「気をたしかにもて。そなたの父にたのまれ、そなたをあずかった。あずかったからには、刀にかけても、そなたは護《まも》る。歩くのがつらくなったら、いつでも申すがよい。肩をかすか、おぶってゆく」

なをがちいさくうなずく。

「ではまいろう」

式台におりて草履をはく。なをがついてくる。弓張提灯をもった小助がさきになる。くぐり戸から稲荷小路にでる。天の川の星明かりに月もある。提灯がなくとも歩けるほどだ。

小助に通りのまんなかをすすむように言う。一歩右斜めうしろになを、一歩左斜めうしろにおのれがつく。これで、前後左右から同時でないかぎり、ふたりを護れる。

が、襲いくる者はなかった。

横道から大通りにでた。源助橋まで一町（約一〇九メートル）ほど。てまえ右に山科屋がある。前後とも、ひそんでいる気配はない。用心してすすむ。

歩きながらの思案は不覚につながる。それでも、幻十郎は考えざるをえなかった。

――なをおびきだしてかどわかすためではなかった。では、なんのために。それとも、物盗りや辻斬のたぐいか。

小助がくぐり戸を叩くと、すぐに応答があった。小助が池田家の者だと告げる。

くぐり戸があけられ、初老の番頭がでてきた。

「番頭の友蔵《ともぞう》でございます。若旦那は手代をともなって芝口橋へ行かれました。夜分に若さまみずからお送りいただき、お礼を申します」

「よいか、わたしの使いだと申す者がきても、けっしておなをだしてはならぬ。たとえ相手が誰であろうともだ。わたしに報せをよこせ、何刻《なんどき》であってもかまわぬ。よいな」

「かしこまってございます」

なををうながす。

低頭したなをがくぐり戸のなかに消える。

くぐり戸がしまるまで待ち、幻十郎は踵《きびす》を返した。源助橋から芝口橋まで五町（約五四五メートル）たらず。足早にすすみながら、あたりに眼をくばる。どうにも解せない。

芝口橋の右よこにいくつもの提灯がある。鉢巻に襷掛け、尻紮《しりから》げ、股引《ももひき》に脚絆《きゃはん》、草鞋《わらじ》履き。御用提灯や六尺棒（約一八〇センチメートル）をもった小者たちがうごきまわっている。同心と御用聞き、その手先たちの姿も見える。小野田忠輔に、利平と手先たちであろう。

町木戸がしまる夜四ツ（十時）ちかい刻限だというのに、遠巻きに野次馬たちがいる。

ちかづくにつれ、人影の顔かたちがはっきりしてきた。忠輔のよこに、町人ふたりのうしろ姿がある。忠輔よりのひとりは、羽織姿だ。

こちらも提灯をもっている。野次馬や小者たちが気づき、川岸でしたを見ていた忠輔がふり返る。

大きくうなずき、顔をもどす。

山科屋の者であろうふたりは忠輔の右よこにいる。

幻十郎は、左よこにすすんだ。

石段に覆いかぶさるようにして手代が倒れている。右手には燃えつきたぶら提灯の柄がある。栈橋では、山科屋甚右衛門が仰向けに倒れていた。もうひとり、猪牙舟の船頭が、艫《とも》にへたりこみ、頭ごと上体をのけぞらせている。

忠輔が言った。

「今宵は、それがしが宿直《とのい》でした。駆けつけてきたときには、三名ともこときれておりました。こたびの件で、山科屋には三度《みたび》会っております。ご覧いただいてからと思い、手をつけておりませぬ」

幻十郎は、忠輔にうなずき、左斜めうしろにいる小助にとどまっているように言って、石段をおりた。

小者から御用提灯をうけとった忠輔がついてくる。

手代は、背後から心の臓を一突き。甚右衛門は袈裟の一撃だ。ふたりとも、声をたてるいとまもなかったであろう。

甚右衛門は、頭を手代のほうにむけている。桟橋は、芝口橋よりに一艘をよこづけできるだけのあきがある。ひそんでいたであろうから屋根船。そのうしろに、猪牙舟がつけられる。

猪牙舟の舳《みよし》が桟橋に舫《もや》われている。客を送ってきただけならそのようなことはしない。棹をにぎっていたであろうから、客が桟橋にあがればとどまる理由はない。すぐさま棹をつかって桟橋を離れる。川下に流れていたのを舟をだして曳いてきたのだ。船頭も、心の臓を一突きされていた。

屋根船の舳からとびだした者が手代を襲う。不意打ちに声をだすこともできず、猪牙舟に逃げようとふり返った甚右衛門に艫からでてきた者が袈裟懸け。棹をつかい、泡をくって桟橋から離れようとする猪牙舟に、とびのったもうひとりが船頭を一突き。桟橋のふたりをのせて猪牙舟によこづけした屋根船にとびのって消えた。

一町（約一〇九メートル）ほど川下にある汐留橋《しおどめ》へ顔をむけたまま、幻十郎は推測を語った。

忠輔が首肯した。

「おおよそのとおりにございます」

「それにしても、なにゆえそのほうがいる。月番は北であろう」

川岸の天麩羅屋台は、名を定助《さだすけ》といい、以前は伝蔵のもとで屋台をかついでいた。所帯をもつというので、伝蔵が据見世をはじめさせたのだった。かつてのように探索にうごきまわることはないが、ここで伝蔵の眼となり、耳となっている。

うしろのほうが急に明るくなったので、川岸へ行ってのぞくと、石段で提灯が燃えだしていた。手代と商人が血を流し、屋根船にはふたりの浪人がいて、艫で船頭が仰向けになっている猪牙舟からもうひとりがのりうつるところだった。三人とも手拭で面体《めんてい》を隠していた。

娘がかどわかされかけたり、紅花屋の一件もあり、定助は山科屋の顔を知っていた。

夕刻、桟橋へおりていくのも見ている。

定助は、むろん、三十間堀での闇討も知っていた。月番は北御番所であり、自身番へとどければすむ。だが、自身番屋から北御番所へ報せが走っても、南御番所がらみの一件だということが判明するのは明朝である。それなら、じかに報せたほうが速い。が、伝蔵がらみで大竹権太夫の住まいは知っていても小野田忠輔の屋敷は知らない。それで、もっともちかい南御番所へ走ったのだった。

「……北へは、それがしが小者を断りに行かせました」

「なるほど。それなら、なおさら気になるのだが、定助は浪人たちに顔を見られたのではないか」

　忠輔が息をのむ。

「あとで悔やみたくはありませぬ。大竹さんから伝蔵に申しつけてもらい、すぐにも移りさきを知られぬように引っ越させ、商売も余所《よそ》でやらせます。それと、みょうなことがございます」

　幻十郎は、ふたたび見ていた猪牙舟の舳から顔をもどした。

「船頭まで殺されてしまいました。それで、山科屋若旦那の清太郎《せいたろう》にたしかめましたところ、甚右衛門の行く先を知らぬと申します。番頭も知らぬはずだと。甚右衛門は、ときおり行く先を告げずにでかけることがあったそうにございます。しかも、そのおりの供は、殺された与助《よすけ》。それで考えておりました、刺客は備前松平家がらみではないのではないか、と」

「わたしも、いま、気づいた。御堀ばたで襲われた日の朝、なをが屋敷にきた」

「今宵も浪人ども。しかし、どういうことでございましょう。おなじ者のさしがねとします。おなをに執着しているのであれば、甚右衛門を殺してしまっては、元も子もありませぬ」

「猪牙舟の舳。あの竹は提灯をぶらさげていた柄であろう」

「さようにございます。竹の柄を一太刀。みごとな切り口です。かなりな遣い手と思われます。屋号をわからなくし、探索をてまどらせるためでありましょう」

幻十郎は、鼻孔から息をもらした。

「わからぬな。なをを手にいれられぬ腹いせに父親を殺させる。正気の沙汰とは思えぬ。それでいて、やることが周到だ」

「遅くとも明日《あす》の朝には、船宿から船頭がもどらぬと北御番所へ届けがございましょう。あとで、こちらへまわしてもらうようたのんでおきます。それで、甚右衛門がどこへ行っていたかはわかります。それと、丹波屋の女りんの男ですが、両国橋西広小路の顔役で蝮《まむし》の駒吉《こまきち》と申します。厄介なのは、火盗改に岩崎杢之助《いわさきもくのすけ》という切れ者の与力がおりますが、駒吉がその手先だということです」

「たしかに厄介な相手だな」

夜四ツ（十時）を告げる捨て鐘が鳴った。

「霞さま、よろしければ、亡骸《なきがら》をあらためて自身番へはこばせ、山科屋の者も帰らせたくぞんじます」

「これはすまぬことをした。報せをたのむ」

「なにかわかりましたら、そのつどお報せいたします」

屋敷まで町木戸は芝口橋にめんした一丁目だけだ。が、稲荷小路の分部《わけべ》家上屋敷かどに辻番所がある。

忠輔が、御用提灯をもった小者をひとりつけてくれた。

半兵衛と加代が起きて待っていた。

幻十郎は、猪牙舟の船頭まで斬られ、浪人三人組のしわざであることのみを告げた。

加代が問いたげに見つめた。

「まだなんとも言えぬが、なをを欲しているのであれば、なにゆえ、その父親を殺す。逆ではないか、説得に力をつくすべきであろう」

半兵衛が首をひねった。

ふたりに休むように言い、部屋にもどって着替え、よこになった。が、なかなか寝つけなかった。

翌十日の朝四ッ（十時）すぎ、五郎太が忠輔のむすび文をとどけにきた。

――昨夜《さくや》、やることが周到だ、とおっしゃっておられましたが、船宿のことだとぞんじます。お帰りになったあと、おそまきながらそれがしも気づきました。今日ごろからつかっている船宿は、当然のことながら若旦那が知っておりました。今朝いちばんで利平を行かせました。ところが、昨日《さくじつ》は舟をだしていないと申します。朝五ッ（八時）まえに、芝の金杉《かなすぎ》橋北岸川下の湊《みなとちょう》町にある船宿の亭主が、朝になっても舟と船頭がもどってこないととどけてまいりました。自身番屋から南茅場町の大番屋へはこばせておいた死骸をあらためさせますと、まちがいないと申します。

甚右衛門は、そのつど払いで舟を用立てていたそうです。くわしくは帳面を見ないとわからないと申しますので、船頭の亡骸と芝口橋の舟をひきとるてはいと、甚右衛門が舟を借りた日付、そのおりの船頭をとどめておくよう申しつけました。

それがし、舟ですれちがいざまに風にしなるような細い竹の柄を斬った腕に気をとられてしまいましたが、刺客の浪人どもに命じた者は、甚右衛門がふだんとはべつの船宿をつかったのを知っていたことになります。

あとで山科屋へよって番頭にたしかめますが、甚右衛門にはなにやら秘密があったようでございます。

これより、湊町の船宿へまいります。途中で、利平の手先にこの文をとどけさせます。今夕《こんせき》、遅くなるようでしたら明朝《みょうちょう》、ご報告にまいります。

昼九ツ（正午）の鐘が鳴り、加代が中食《ちゅうじき》をはこんでもよいかと訊きにくるまで、幻十郎は、庭に顔をむけ、わずかに眉根をよせ、考えこんでいた。

食膳をおき、飯櫃をもってきた加代が、ご飯をよそう。

幻十郎は、食べ終えてから言った。

「使いだてしてすまぬが、昼をすませてからでかまわぬから、山科屋へまいり、通夜と葬儀がいつか聞いてきてもらえぬか」

「かしこまりました」

「若旦那の清太郎と番頭の両名に会い、おなををけっして表にだしてはならぬとつたえてくれ。加代にたのむのはそのためだ。わたしは、通夜は遠慮するが、葬儀にはでて、寺までついてゆく」

「おなをを奪いにくる、と」

「甚右衛門は、商いがらみで恨みをかっていたのやもしれぬ。しかし、はっきりするまでは、おなををかどわかさんがためだと考えたい。表に誘いだすか、寺への途次を襲い、駕籠におしこめる。大名屋敷に逃げこまれたら、手がだせぬ」

「まさか」

「そう、そのまさかで甚右衛門は殺《あや》められてしまった。町娘が大名屋敷につれこまれた。叔父上が談判するにしろ、数日はかかるであろう。知らぬぞんぜぬでとおらなくなれば、おなをは大川か海に浮かぶ。そうはさせぬ。おなをは護る」

「きちんとつたえてまいります」

加代が、飯櫃のうえに食膳をのせてさがった。

幻十郎は、ふたたび庭に眼をやった。

なをを愛おしく思う。この腕に抱きしめたいと狂おしいほどに気が昂《たか》ぶったり、せつないほどに胸がしめつけられたりもする。

着替えのために下帯だけになったとき、ふいに胯間のものが硬くなってあせったこともあった。さいわいにも、なをは背後にいた。

それからは、着替えのさいは、油断せぬように、漢詩や、韓非子《かんぴし》、孫子《そんし》の一節を頭のなかでそらんじている。

叔父が目付であったころの屋敷にも、京の役宅にも、若い女中たちがいた。年ごろの娘には華がある。美しいと思う娘たちもいた。が、心がときめいたことはない。これが、思慕というものであろうとは思う。だが、想ったとてせんなきことであり、心《しん》底《てい》ふかく押しこめている。

だから、どこの何者にしろ、なをに心を奪われたのなら、わからなくもない。池田の屋敷にいるかぎり手がだせない。ゆえになおさらいっそう、はげしい執着の念にとらわれる。

心のありようとしては、それもわかる。

なををわがものにせんと非道にはしる。つまり、分別《ふんべつ》を失っている。ところが、それにしては、沈着さがある。

策をさずける者がいるということか。

加代が使いからもどってきた。日柄《ひがら》がよくないので、通夜が明日《あす》で、葬儀は明後日《あさって》の朝だという。

夕餉を終え、暮六ツ（六時）の鐘が鳴ってほどなく、五郎太がきた。

芝口橋たもとにあった据見世の天麩羅屋がなくなっていた。

川上の二八蕎麦の屋台にも客の姿がない。昨夜殺しがあったばかりだ。盂蘭盆会《うらぼんえ》がちかく、宵になれば残暑もしのぎやすくなってきたとはいえ、いまだ幽霊がさまよっている季節である。

桟橋によこづけされた屋根船の座敷下座に、忠輔と利平がいた。ふたりのまえに酒肴がのった食膳がある。

幻十郎は、上座におかれた食膳のまえに膝をおった。

舳の障子をしめた五郎太が屋根船をおりた。

船頭が棹をつかう。

忠輔がわずかに低頭した。

「霞さま、一献《いっこん》おつきあい願います」

幻十郎は、うなずき、諸白を注いで、かるく飲んだ。

忠輔が杯をおく。

「大竹さんと、伝蔵からもお礼をたのまれております。さっそくにも天麩羅屋台をかたづけさせ、引越もさせたそうにございます」

「そのほうがよい。まさか甚右衛門が殺されようとはな」

「その甚右衛門でございますが、はじめて湊町の船宿をつかいましたのが三年まえの十月十四日でございます。その月の二日より、お奉行は京都町奉行にご就任なさっておられます」

「天明《てんめい》七年（一七八七）。物騒な年であった」

　忠輔が首肯する。

「諸国で打毀《うちこわ》しがあり、五月には江戸でもございました」

「憶えておる」

「舟をたのみにきたのは、きまって手代の与助。昨夜《さくや》殺された者です。行《ゆ》き先もきまっておりました。富岡八幡宮《とみがおかはちまんぐう》の鳥居正面の蓬莱《ほうらい》橋にちかい桟橋です。帰りは、一刻から一刻半ののち。船頭のひとりが、甚右衛門と手代がでてきた料理茶屋を見ておりました」

　忠輔は、利平と手先たちをしたがえて深川《ふかがわ》へむかった。

　蓬莱橋までが大島《おおしま》川で、そのさきは二十間《にじっけん》川である。橋のたもとから北岸がコの字に窪んでいて、正面に富岡八幡宮の鳥居がある。

　二十間川にめんした永代寺門前東町《えいたいじもんぜんひがしちょう》は川ぞいに道がない。コの字のかどにある〝菊千楼《きくせんろう》〟は、黒板塀にかこまれた大きな料理茶屋である。川岸にある自前の桟橋に船をよこづけしてくぐり戸からはいれば、母屋から見られることなく離れ座敷にあがれる。

　暖簾《のれん》をわけて土間にはいっていくと、雑巾《ぞうきん》がけをしていた若いのがぺこりと辞儀をして小走りで報せに行き、急ぎ足で亭主がでてきた。

顔をこわばらせていた。

深川を持ち場にしている南北の定町廻りの顔は知っている。顔を知らない役人が御用聞きをともなっている。つまりは厄介事である。

奉公人がめんどうでもおこしたのかと心配顔の亭主に、忠輔は昨夜《ゆうべ》の客について聞きたいだけだと言った。

山科屋はかならず離れ座敷である。今月の二日に、手代があいている日を聞きにきた。

芸者は呼ばず、手代が渡り廊下のところにいて、食膳をはこびいれたり、酒の注文をしたりする。そのような客はほかにもいる。山科屋の客は、ほとんどふたりか三名。料金はそのつど払い。

なにか不都合でも、とたずねる亭主に、忠輔は、山科屋が手代ともども帰りに殺されたと告げ、五年まえまでさかのぼって日付と客の数を調べておくように言った。

「……五年まえまでと申しつけたのは、以前はほかの船宿をつかっていたかもしれぬからにございます。密談で料理茶屋の離れ座敷をつかうのはめずらしくございません。しかし、何年もつづけてとなると、山科屋がなにごとかにかかわっていたとしか考えられませぬ」

「やましさを隠しているようには見えなかった。甚右衛門は、あの夜の賊をただの勾引《かどわかし》と思っていた。わたしに言われて驚いていたから、まちがいないと思う。甚右衛門には、なにごとかの仲間がいる。その仲間が、甚右衛門に疑念をいだいた」

「なををかどわかし、裏切ればどうなるか……」

「いや」

幻十郎は、さえぎった。胸の奥が、錐《きり》で刺されたかのように痛む。

「たのみにきたときの甚右衛門のようすからして、そうではあるまい。人質かもしれぬ」

「人質……」

「うむ。話していて思ったのだが、気になることがある」

「と申しますと」

「山科屋甚右衛門が斬り殺された。かかわりのある者には、数日以内に知れわたるであろう。なををかどわかさんとした賊どもは仲間の配下かな。甚右衛門が口封じに殺されたのであれば、賊五名を生かしておくであろうか」

「たしかに。万次に訊けばわかるのですが……。じつは、それがしども、昼をたべただけです。箸をつけていただきたくぞんじます」

「これはすまぬことをした」

八丁堀川の梅川で屋根船をおりた。

忠輔は、増上寺門前七軒町の万次について大竹権太夫と相談するため八丁堀へむかった。

幻十郎は猪牙舟にのりかえ、提灯をもった利平が屋敷まえまでついてきた。

二

二日後の十二日の朝五ッ（八時）、権太夫は浅草《あさくさ》御門にちかい下柳原同朋町《しもやなぎわらどうぼうちょう》の桟橋に舫われた屋根船の座敷にいた。

両国橋から上流に一町（約一〇九メートル）余で神田《かんだ》川が合流している。河口から半町（約五五メートル）ほどで柳橋、柳橋から二町（約二一八メートル）たらずで浅草橋がある。

浜町《はまちょう》川から浅草御門正面の両国橋西広小路まで、旅人宿《たびびとやど》が軒《のき》をつらねる馬喰町《ばくろちょう》が一丁目から四丁目まである。

の通りの旅籠《はたご》屋通りである。諸国から公事《くじ》（訴訟）でてきた者たちが、もっぱらこの通りの旅籠に逗留《とうりゅう》した。

蝮の駒吉は、四丁目の裏通りに一家をかまえる地廻りだ。

両国橋西広小路は、見世物小屋、据見世、床《とこ》見世、屋台見世などがならぶ盛り場である。浅草御門から上流の柳原土手は、昼間は土手ぞいに古着屋などの商いや屋台、夜は屋台と土手の柳の陰が夜鷹《よたか》の稼ぎ場であった。

蝮の駒吉は、西広小路から柳原土手の新《あたら》シ橋までを縄張にしていた。

朝の早い刻限なら、駒吉がいるとみこんでであった。伝蔵が迎えに行っている。伝蔵は還暦《かんれき》。駒吉は四十のなかば。伝蔵は、駒吉が鼻つまみの悪餓鬼《わるがき》だったころから知っている。

鼻つまみが札付《ふだつき》になり、かいわいのごろつきどもに兄貴と呼ばれ、一家をかまえて親分と呼ばれるようになった。天明八年（一七八八）、長谷川平蔵が火附盗賊改を拝命してほどなく、どういういきさつからかは知らないが、岩崎杢之助の御用をつとめるようになった。

屋根船が左右にわずかに揺れた。船頭の合図だ。梅川の船頭で、駒吉がきたら、伝蔵とふたりで石段に腰かけて見張るてはずになっている。

艫からのって障子に映った影が、かがみ、障子をあけた。

駒吉だ。大柄で、角ばった顔。太い眉のしたにぎょろ眼がある。

「おじゃましやす」

声も低い。肩をそびやかせて眼光をとばせば、そこらの者なら肝をつぶすであろう。

はいってきた駒吉が、障子をしめて膝をめぐらす。

「伝蔵親分から急を要する内密なお話があるとうかがいやした」

「南の者《もん》が、三十間堀で六名《めえ》の刺客に襲われた。むろん、知ってるよな」

「へい。おひとりは、臨時廻りの小野田さまだとうかがいやした。もうおひとりは知りやせん」

駒吉が、ちらっと眼をあげた。

もうひとりの名がでてこない。となると、小野田忠輔と親しい隠密廻りのあんたしかいねえじゃねえか。眼がそう語っていた。

権太夫は、無表情にはねつけた。

「御番所の者《もん》が襲われた。南北関係《かんけえ》なく、八丁堀を敵にまわしたってことだ。たとえ火盗改にかかわりがあろうが容赦しねえ」

駒吉が顔色を変える。

「待っておくんなさい。まさか、あっしを疑ってるんじゃあ」

「黙って聞きな。おれを怒らせねえほうがいいぜ」

眼をほそめ、睨みつける。

駒吉が、肩をおとして顔をふせる。

権太夫は、なおしばらく睨みつけていた。

「小網町《こあみちょう》三丁目の塩問屋鳴門屋に出入りしてる廻り髪結《かみゆい》の鎌吉《かまきち》は、おめえの手の者《もん》だな」

昨日《さくじつ》、伝蔵の手先が鳴門屋出入りの廻り髪結が蝮の駒吉の手先だとの報せをもたらした。

当初は、丹波屋が囲っているりんからさぐりをいれるつもりでいた。が、女は厄介であり、往々にしてだんまりをきめこむ。それで、駒吉にじかにあたることにしたのだった。追いつめると、女は殻にこもってしまうが、男は言いのがれようとしてかえって墓穴を掘る。

顔をふせぎみにしている駒吉の眉間がいそがしくうごいている。畳に眼をさまよわせ、必死になって考えている。

権太夫は、とどめを刺した。

「米沢町で三味と踊りを教えている元柳橋芸者がいる。名はりん。庭つきの一軒家に住んでるが、借り主は本石町《ほんこくちょう》三丁目の本両替丹波屋の主だ。芸者胡蝶《こちょう》ことりんをひかせて、庭つきの一軒家を借りてやった」

「旦那……」

権太夫は怒気を発した。

「おれを怒らせてえのか。……伝蔵に聞いたんだが、丹波屋が大枚をつぎこんだのがわかるくれえに、りんってのは色っぽい女らしいな。縄張うちで暮らしてるいい女が、旦那もちの囲われ者《もん》だってことを、おめえが知らねえわけねえよな。知ってて手をだしてる。おめえたちが逢引してる出合茶屋《であいぢゃや》も知ってるぜ。丹波屋がどう思うかは聞くまでもねえ。毎年、おめえに金子《きんす》を包んでいる表店の主たちはどうかな。このかいわいだ、別嬪《べっぴん》の女房もちや、妾《めかけ》を囲ってるのもいるにちげえねえ。そいつらは、女癖の悪いおめえをどう思うかな」

「………」

「それだけじゃねえ。八丁堀が、南北かかわりなく、火盗改とことをかまえてでも、おめえを潰しにかかってるって知ったら、柳原土手の夜鷹だって唾を吐いて相手にしねえぜ」

　駒吉が顔をあげた。額に脂汗をうかべている。

「旦那、嘘偽り《うそいつわ》は申しやせん。信じておくんなせえ。あっしは、三十間堀のことには、まったく、これっぽっちも、かかわりございやせん」

「やい、駒吉。暇つぶしにきてるんじゃねえ。こっちは、かたっぱしから調べてる。あくまでしらを切ろうってんなら、とっとと帰《けえ》って草鞋《わらじ》をはくんだな。おれは丹波屋に会う。そのつぎはりんだ」

「旦那、教えておくんなせえ。なんでもおこたえいたしやす。なんであっしが疑われてるんでやしょうか」

「鳴門屋の寮と丹波屋の寮」

　駒吉が眼をみはる。

「あれはこの春のことでやす。なんでいまごろになって」

「それこそなんで、おれが、そいつを、おめえに、こたえねえとならねえんだ」

まがあった。

「申しわけございやせん。お話しいたしやす。あいつとは、あっしのほうが丹波屋より古い馴染《なじみ》でやす」

「ふん」

権太夫は、それがどうしたというふうに鼻で嗤《わら》った。

駒吉が、吐息をつき、右手をだして指をおる。

「おりんが芸者をやめてあそこに住むようになって、やがてまる三年になりやす。おりんは二十六でやした」

「てめえの痴話《ちわ》を聞きにきたんじゃねえ。さっきも言ったが、おりんがいい女だってことはわかってる」

駒吉も、かいわいでは親分と呼ばれ、かなりの子分がいる。業腹だろうが、御番所の役人相手では勝ち目がない。ましてや、刺客に襲われ、怒り心頭《しんとう》に発《はっ》している。ここはさからわないほうが無難だ。

それが権太夫の狙いである。

駒吉が、頭《こうべ》をたれ、ふたたび詫びた。

「申しわけございやせん」

天明が寛政になったのが正月二十五日。翌仲春二月になってまもなく、駒吉はりんのところで丹波屋角右衛門に会った。

角右衛門のほうが、りんに岡っ引のような手合で秘密を守れる者を知らないかと訊いたのだった。ところが、駒吉のことを話すと、角右衛門はどういう関係だと仲を疑ったようであった。

——いやな旦那さま。考えてもおくんなさいな、もし、かりにもそういう仲だったら、旦那さまに紹介するわけないじゃありませんか。嘘だと思うんでしたら、かよいの婆さんでも、となり近所のみなさんにでも、駒吉親分がこの家にきたことがあるか、聞いてくださいな。あたしも芸者でしたから、噂は知っているし、道で会えばご挨拶するくらいです。妬《や》いてらっしゃるんですか、嬉しい。

「……算盤《そろばん》はたしかかもしれやせんが、素人《しろうと》の商人《あきんど》なんぞ、芸者の色香《いろか》にかかりゃあ……申しわけございやせん」

駒吉が、みたび低頭してつづけた。

丹波屋が、ひそかに鳴門屋の内情を調べてほしいと言った。もちろん、納得できる額であれば謝礼を払う。

駒吉は、そんな雲をつかむような話はうけられないと断った。いったいなにを調べてほしいのか。内儀の間男か。手代と女中とのみだらな関係か。店《たな》の金《かね》を着服している者か。さらに、調べるにしても、いつからいつまでのことを。せっかく調べても、知りたいことじゃないから手間賃ははらわないと言われたら、こっちはただ働きである。

迷うようすをみせていた丹波屋が、鳴門屋の内儀が日本橋通町二丁目の本両替熊野屋の娘だと告げ、その熊野屋がらみが一点、もう一点が備前松平家にかんすることをすべてと言った。

駒吉は承知した。

それまで鳴門屋に出入りしていた廻り髪結にたのんで、鎌吉を紹介してもらった。たのんだというのは、脅《おど》したということである。

駒吉が、あわててつけくわえた。

「手荒なことはしておりやせん。それと、なんでそんなことをたのむのか、丹波屋もあたってみやした」

すると、前年まで丹波屋と取引していた塩問屋が正月から熊野屋に取引先をかえたことがわかった。鳴門屋がからんでいるのかまではつかめなかった。それでも、おおかたの事情はのみこめた。

昨年の盛夏五月、鎌吉が、鳴門屋に旅にでることになったのでもどったら使いをだすと言われたという。さりげなく水をむけると、うん、国までちょいと野暮用でね、まあ、ずいぶんとひさしぶりだし、ふた月くらいかな、とあいまいな言いようだった。

駒吉は、なにかあるなと思った。以前からきまっていた旅なら、もっと早くに告げたはずである。

さすがに鋭いな、と権太夫は感心した。だからこそ、岩崎杢之助が手先にしたのであろう。

八丁堀は代々である。御用聞きにも親子何代という者がいる。伝蔵のように多くの御用聞きを育てる者もだ。

しかし、火盗改には、代々の与力同心も御用聞きもいない。それゆえ、蛇《じゃ》の道は蛇《へび》で、癖のある者を手先としてつかう。八丁堀の者にとって御用は役目だが、火盗改にとっては出世の方便である。

したがって、八丁堀は町奉行をわずらわせぬためにもできるだけ内済《ないさい》でおさめさせるが、火盗改は手柄をたてるべくかたっぱしからお縄にする。

「……で、鳴門屋に眼をくばっておりやした。鳴門屋が、国元から娘と下働きを向島の寮に住まわせたんで、丹波屋に報せやした。丹波屋が、京からお公家の姫を呼んだのも知っておりやす。丹波屋に教えてもらったわけじゃございやせん。なにをするつもりか、見張らせていたんでやす。ですから、この二月に、鳴門屋の寮にいた娘が自害したのも、それからしばらくして、丹波屋がお公家の姫を京へ帰したんも知っておりやすが、あっしはなんのかかわりもございやせん。信じておくんなせえ」

　権太夫は、駒吉を見つめ、まをおいた。

「いまんとこは、そういうことにしておこう。もうひとつある。三日めえ、芝口橋で殺しがあった。知ってるか」

「へい。商人と手代と船頭。殺《や》ったたんは浪人三名《めえ》……」

　駒吉が眉をひそめる。

「浪人……。しかも物盗りじゃねえ。……旦那、あっしはほんとうになにも知りやせん」

「先月の十五日の宵、芝口源助町の白粉紅問屋山科屋甚右衛門が娘をつれての帰り道を五名《めえ》の賊に襲われた。さいわいじゃまがはいって、山科屋たちは無事だった。その賊どもを、増上寺門前七軒町《ぞうじょうじもんぜんしちけんちょう》の万次が尾《つ》けていた。なにか聞いてるか」

　駒吉が首をふる。

「いいえ。ぞんじやせん」

「芝口橋で殺されたんは、その山科屋の主だ。万次に、誰を尾けてたのか、そいつらが山科屋を襲うのをどうやって知ったのか、訊いてもらいてえ」

「旦那、万次は乙部《おとべ》さまの手の者《もん》でございやす。それに、なんで小野田さまじゃなく旦那がお見えなんでやしょうか」

やはり鋭い、と権太夫は思った。

「あとのほうからこたえよう。小野田は腕がたつ。が、相手は多勢だ。やむなくたたっ斬るしかなかったんで頭にきてる。おめえがしのごのぬかすと半殺しにしかねねえからってたのまれたのよ。なぜなら、もうひとつのこたえにもつながるんだが、できるんなら火盗改とことをかまえたくねえからだ。できるんなら、だぜ」

権太夫は、いったん言葉をきった。

駒吉がちらっと眼をむける。

「おめえは与力の岩崎どのの手先だよな。乙部どのの上役だ。なら、こっちも与力どのにお願いして、おめえが備前松平家がらみのことに首をつっこんでることや、りんのことをふくめてすべて話し、乙部どのから万次に訊いてもらうよう岩崎どのにおたのみしようか」

駒吉が絶句する。

「そうしてもいいんだが、めんどうなことになりかねねえ。おめえがどうなろうが知ったこっちゃねえが、手間暇かけたくねえから、おめえにたのんでる」

駒吉がうなだれた。

「万次にあたってみやす。どうすればよろしいんで」

「伝蔵に報せてくれ。いつまでも待たねえぜ」

「わかっておりやす。これから、万次のところへ行ってめえりやす。ごめんなすって」

駒吉がでていき、伝蔵がやってきた。

船頭が棹をつかい、屋根船が桟橋を離れた。

権太夫は、あらましを語り、駒吉からの報せを待つように言い、みずからは着替えて品川宿へ行ってくると告げた。

品川宿に配している手先に、浪人たちのうごきや噂をあつめるよう指示してある。

一両日のあいだに、内藤新宿へも行くつもりだ。板橋《いたばし》宿と千住《せんじゅ》宿とは、もうひとりの隠密廻りがあたっている。

八丁堀で着替え、品川宿へむかった。

もどってきたのは陽が沈んでからであった。

品川宿でも、三十間堀の一件は噂になっていた。それも、八丁堀が、たった二名で、六名もの刺客を斬りふせたことへの驚きがおもなようであった。

四宿は道中奉行の領分だが取締りにあたる手の者がいない。天明の飢饉によって、博徒などの無宿人と無頼《ぶらい》の浪人がふえた。それがため、道中奉行の内諾をえて、南北両御番所とも四宿に手の者を配していた。

無頼の浪人は、ほとんどが地廻りのところか賭場に用心棒として寝起きしている。しかし、ひとつところにとどまっている者はすくない。金《かね》ができれば飯盛《めしも》りという名の女郎《じょろう》につぎこむか、つぎの宿場へながれていく。

手先によると、まとまって姿を消した浪人たちはいないという。ひとりやふたりなら、ふいにいなくなっても誰も気にしない。女郎をふくむ旅籠のつけを踏みたおしたのかもしれない。ままあることだ。

品川宿にいたる寺社の門前町でもおなじであった。賭博《とばく》の場所代を寺銭《てらせん》という。寺社が場所を提供していたからだ。

あるていどは予測していた。それにしても周到すぎる、と権太夫は思う。

八丁堀で紋付黒羽織着流しの同心姿に着替え、小船町の雪之花へ行った。蝮の駒吉は昼八ツ半（三時）じぶんにきたという。伝蔵のようすからなにかあったなと察してはいたが、それでも権太夫は愕然となった。

伝蔵は、この件にかんしちゃ口をつぐみ、かかわらねえほうがいい、と駒吉に釘を刺した。駒吉は、言われるまでもありやせん、たのまれたってかかわる気はございやせん、と言って帰ったという。

明日《あす》の朝は、いちばんで忠輔と相原さまに声をかけ、詰所にいる、と告げ、権太夫は供を断って帰路についた。

初秋七月も中旬。夜空には満月にちかい月がある。季節は残暑のさなかだが、宵になると川面《かわも》を涼風がわたってくるようになった。

荒布《あらめ》橋をわたるとき、日本橋川から吹いてくる風のせいではなく、権太夫は背筋に戦慄にもにた冷たさを感じた。

三

翌十三日は、未明からの雨であった。

糸のような雨脚がちいさな音をたて、江戸を濡らした。

幻十郎は朝稽古をやすんだ。修行で鍛《きた》えている。だが、いまは万が一にも風邪をひくわけにはいかない。

雨は朝五ツ（八時）の鐘が鳴るころにはやんでいた。

朝四ツ半（十一時）ごろ、五郎太がきた。大竹権太夫と小野田忠輔が、昼すぎに会いたいという。

幻十郎は承知した。

五郎太が、昼九ツ（正午）から小半刻（三十分）ほどしたらお迎えにめえりやす、と言った。

この日から盂蘭盆会《うらぼんえ》である。武家から庶民まで先祖の霊を祀《まつ》り、墓参《ぼさん》をする。幕府の行事ではないが、いにしえからの習慣をおもんじ、初秋七月十五日の月次《つきなみ》登城はない。

七夕がすぎると、苧殻《おがら》売りが歩く。苧殻は麻の皮をはいだ茎《くき》のことである。麻殻《あさがら》ともいう。

十三日の宵に苧殻で迎え火を焚《た》く。そして、十六日の朝、送り火を焚く。

下城した叔父が、叔母や綾をともなって屋敷にくる。迎え火を焚いたのち、叔父だけ役宅にもどり、叔母と綾とは屋敷にとどまる。十六日の朝、叔父は送り火を焚きにやってきて、登城する。

迎え火も送り火も家長の役目である。叔母と綾は、叔父が下城するまでに役宅にもどる。

十五日、叔父は叔母や綾をともなって墓参りをする。五日に面談したおり、できるだけふだんどおりふるまってもらいたいとたのんだ。見張られていることを想定しての策であった。

十一日の朝、母をたずねた。そして、岡山本家がらみで厄介事にかかわっていることを話し、盂蘭盆会はこれないと詫びた。

――ご本家のためとあれば、お父上もお喜びにございましょう。

母の表情に、さびしさがある。遠い京にいるのならあきらめもつく。しかし、おなじ江戸にいるのだ。

池田筑後守はふだんとかわりがなく、甥の霞幻十郎は盂蘭盆会に母のもとをおとずれない。

こちらのうごきを見張っているのなら、困惑するはずだ。

七夕登城の間隙《かんげき》をつくかと思ったが、そうではなかった。じらす策なら二十八日の月次御礼まで待つのもありうる。あるいは、よほどの奇策でくるかもしれない。だが、おそらくは、盂蘭盆会の四日間のどこかでしかけてくる。

そう読んでいた。

町奉行所の者も人の子であり、先祖を祀り、墓参りをする。正月と盂蘭盆会は、南北両町奉行所ともわずかな人数しかいない。

さらに十六日は秋の藪入《やぶい》りでもある。奉公人たちは、当日だけか、前後二日から三日の暇をもらう。武家女中は、宿下がりという。

盂蘭盆会から藪入りにかけて、町奉行所の小者たちにも交替で数日の休みをあたえねばならない。毎日町家を見まわる定町廻りも、盂蘭盆会はそれぞれ臨時廻りに一日だけ交替をたのんで墓参りをする。

しかし、それもこれも、強請一味が刺客をはなっていると考えてであった。

御堀ばたはまったく表沙汰にならなかったのに、三十間堀は読売になった。なにゆえ。御堀ばたをふせたのだから、三十間堀も南町奉行所から洩れるはずがない。たまたま見ていた者がいただけなのか。それとも、仲間うちに洩らした者、いや、裏切り者がいるのか。

疑心暗鬼が焦りをうみ、襤褸《ぼろ》をだす。猶予がないと一味が考えたのなら、七夕のあわただしさにしかける。が、なにもおこらなかった。つぎは、盂蘭盆会である。

そう思っていたのだが、刺客が山科屋がらみだとすれば、強請一味はまったくうごいていないことになる。いや、仲間がいるのかどうかさえわからない。

もうひとつ考えられる。

山科屋甚右衛門は、強請一味にかかわりがある。いや、なんらかの仲間であった。備前松平家を強請るのがはじめての悪事かいなかはともかく、甚右衛門は不承知であった。で、一味は、なをの勾引《かどわかし》をたくらんだ。が、はたせなかった。賊五名を捕縛できれば一味の意図がつかめる。しかし、すでに始末されているであろう。甚右衛門が殺されたのを知れば、五名は行方をくらます。だから、まず五名を消す。それから甚右衛門に最後の説得をこころみ、不調にそなえて刺客を用意しておく。

幻十郎は、甚右衛門の顔を想いうかべた。

悪事をはたらくようには見えなかった。が、わずか三度《みたび》会ったにすぎない。裏の顔があったのなら、身内にも疑われずにすごしていたことになる。

神仏《しんぶつ》はときとして無慈悲な試練をあたえる。もしそうであるなら、なをが憐《あわ》れだ。

早めに中食《ちゅうじき》をすませ、着替えて待つ。

雲間から陽が射し、五郎太がきた。

芝口橋よこの桟橋に屋根船が舫われていた。幻十郎は、舳からのった。片膝をついた五郎太が障子をあける。

権太夫と忠輔が下座にならんでいた。

膝をおると、背後で五郎太が障子をしめた。

権太夫がかるく低頭する。

「ご覧のごとく茶も用意しておりませぬ。五郎太を石段で見張らせております。昨日《さくじつ》の朝、蝮の駒吉に会いました」

駒吉とのやりとりを語った権太夫が、賊五名が殺されていたと告げた。

先月十五日の一件については、北御番所へも連絡がいっている。あつかっている件の一味ではないかと問合せがなかったのは、五名がおなじ夜だがべつべつに殺され、刀で斬られたのではなかったからだ。

芝から高輪《たかなわ》にかけては、武家地と寺社地とがたいはんを占め、通りぞいに門前町などの町家があるだけだ。増上寺の裏手で新堀《しんぼり》川に架かる赤羽《あかばね》橋から南へまっすぐのびる通りはほぼ十町（約一・一キロメートル）で東海道にまじわる。その一町（約一〇九メートル）余てまえに通新町《とおりしんまち》がある。

七日の朝、そこの横丁から路地をはいった長屋で男女《なんによ》が寝床で殺されているのが見つかった。

通新町から東海道にでて、品川方面へ七町（約七六三メートル）ほどのところに大《おお》木戸《きど》がある。

旅の見送りは、高輪の大木戸まででであった。そのため、周辺には、水茶屋、茶飯屋、蕎麦屋などの休み処《どころ》があつまっていた。

女は、大きな茶飯屋のひとつではたらいているみわ、二十二歳。年増であり看板娘とはいえないが、男好きのする色っぽさがたまらないと、かいわいの独り者たちが足繁くかよっていた。

住まいの借り主はみわで、相手の男は情夫《いろ》である。名は半次《はんじ》、二十九歳。

ふたりとも、手拭で猿轡《さるぐつわ》をされ、心の臓を刺されていた。疵口《きずぐち》から得物《えもの》は匕首《あいくち》だと思われる。半次は張り裂けんばかりに眼をみひらき、みわは胸がはだけ、湯文字(腰巻)はめくられ、胯間には男の精がこびりついていた。

つぎつぎとてごめにされたというのが、検分した北御番所吟味方同心の見たてであった。半次はうしろ手にしばられていた。それでも、うごけぬようにおさえつけておかねばならないので、すくなくとも四人、六畳間に三畳間のひろさからして多くても六名。半次の表情から、おさえつけ、嬲《なぶ》りものにするのを見せつけたと思える。

半次は、強請たかりで暮らしているごろつきである。いつもつるんでいる弟分が四人いるが、おなじ日の朝、三田古川町《みたふるかわちょう》の新堀川土手で殺されているのが見つかった。四人とも躰じゅう痣《あざ》だらけで、ふたりが心の臓を刺され、ふたりは頸《くび》の血脈を切られていた。

北御番所では、博奕がらみのいざこざであろうと考えていた。

増上寺門前七軒町の万次も、当初は殺されかたからしてならず者どうしの諍《いさか》いであろうと思った。ひょっとしてと思ったのは、山科屋甚右衛門が浪人の三人組に襲われて斬り殺されたと知ってからだ。

先月の上旬、手先のひとりが、半次たちがなにかたくらんでいるようだと報せてきた。万次は見張らせた。十五日、今宵なにかやるらしいという。万次は首をひねった。知るかぎり、半次はもっぱら強請たかりであって強盗のたぐいには手をそめていない。それでも、とにかく尾けることにしたのだった。

翌日、乙部伝四郎にいきさつを報告すると、たしかにみょうだな、いきなり強盗というのは合点《がてん》がいかぬ、さぐるよう言われた。なにかつかんだら半次をお縄にして白状させればよい。

幸《さいわい》橋の西に町家の一郭がある。北が御堀で、のこり三方のほとんどが大名家の上屋敷である。山科屋を尾けたのは、そこの伏見町《ふしみちょう》からであった。調べると、山科屋の長女はつが鼈甲櫛笄《べっこうくしこうがい》問屋若松《わかまつ》屋の内儀で、三人めの子が生まれた祝いに行っての帰りであった。

となると、大金をもっていたとは思えない。その小町娘が狙いだったかもしれぬ、しかしかどわかしてどうしようっていうのだ、たのまれたのか、さらにさぐるよう乙部伝四郎に命じられた。

数日後、紅花屋が押込み強盗にはいられた。その翌日、山科屋の娘なをが、池田の屋敷に奉公にあがった。

紅花屋と山科屋とは仲違《なかたが》いしていた。山科屋は、なにゆえ娘をあわてて奉公にだしたのか。役宅が人手不足で以前からたのまれていたのならまだしも、稲荷小路の屋敷は留守宅ではないか。南町奉行池田筑後守の甥だという霞幻十郎とは何者か。

徹底してさぐるよう申しつけられた。

「……で、万次は烏森稲荷へしばしば行き、富造の娘のゆうにちょっかいをだしているようです。乙部は、万次から富造が境内で床見世をはじめたと聞いて、われらが手先を留守宅の用心に配し、お奉行の歓心をかわんとしたくらいに考えたものと思われます。しかし、半次がなををかどわかそうとした。紅花屋への押込み強盗。なをの奉公。御堀ばたの件はわかりませんが、三十間堀は読売になっております。そして、山科屋が浪人の刺客に斬られた」

「富造が床見世をはじめたのは四月。なにか裏があると考えたわけか」

権太夫が首肯した。

「そのように思います。それと、品川宿方面ではまとまって消えた浪人はおりません。できるだけ早く、内藤新宿のほうへもまいります」

「わたしのほうからも、話しておきたいことがある。五日、岡山本家江戸目付の舟戸に、七夕にうごきがあるやもしれぬとしるし、大竹にもおなじ文面をしたためた」

権太夫が首肯する。

「相原さまと小野田にも見せました」

忠輔がうなずく。

「それがしも、まちがいあるまいと思いました」

幻十郎は、ほほえんだ。

「かたじけない。じつは、あの日、五郎太を使いにだしたあと、中老の土倉《つちくら》へも書状をしたため、叔父に会いにいった」

七日、城中でご本家にお会いできますでしょうか、と訊くと、叔父は、なんとかなると思う、いや、なんとかする、とこたえた。

幻十郎は、懐から土倉玄蕃《げんば》あての書状をとりだして説明した。

強請一味が連絡してきたさいの手立てをしるしてあるので、くれぐれも、人払いのうえ、土倉玄蕃にひそかに手渡すようつたえてほしい。

――内通しておる者がいるやもしれぬわけか。いきさつを考えれば、当然の配慮だな。

叔父が了解した。

幻十郎は、書状の内容を述べた。

一味に疑心暗鬼の波紋をひろげんがために三十間堀の一件を読売にした。奇策がないかぎり、早ければ七夕、遅くとも盂蘭盆会あたりにはしかけてくるように思う。

一味が町方の手の者を介して江戸目付と連絡をとりあっているのを知っているものとする。であるなら、叔父にはふだんどおりにふるまってもらえれば、お城でご本家に書状をわたすとは思わないはずである。

「……で、山科屋の件だが、一味には策士がいる」

山科屋甚右衛門が一味とかかわりがあるか仲間かもしれないとの推測までを述べ、つづけた。

「しかし、こちらを混乱させんがための策かもしれぬ。ないない、なをの奉公を、理由《わけ》をふくめて知っているとしたらどうだ」

権太夫が眼をみひらき、すこし遅れて、忠輔が口をひらいた。

「霞さまが、山科屋にたのまれ娘を奉公というかたちでかくまっておられる。浪人どもに山科屋を斬らせれば、これまでの刺客も備前松平家がらみではなくおなごがらみということになる」

権太夫が言った。

「読売の件で気づいたことがございます。強請の口実をなくすればよい。たしかにそのとおりでございます。ですが、備前松平家が承知しますでしょうか」

「町奉行所がかかわっているとわかっていて、なおかつ強請る。いったん応じれば、捕縛《ほばく》できぬかぎり際限がなくなる。こちらの裏をかく策があるからではないか。それも書状にしておいた。承知せざるをえまい。山科屋の件についてはもうひとつある。刺客は舟をつかった。刺客は強請がらみではなくおなごがらみだと思わせたいのではあるまいか」

「つまり舟をつかう」

「そう思う」

「それがしどもも、舟であろうと考えておりました。千両箱が二箱《ふた》。かついでは逃げられませぬ。大川をさかのぼって千住宿方面はあるまいとぞんじます。騎馬で追えます。大川から海、小名木川《おなきがわ》は中川《なか》とのかどに船番所がございますので、木場《きば》から海、もしくは、竪川《たて》か源森川《げんもり》あたりから中川へ。ほかにございますでしょうか」

「いや、わたしも、海だと思う」

「要所をおさえる手配をいたします」

かるく低頭するふたりにうなずき、幻十郎は左脇の刀を手にして座敷をでた。

陽が相模の空へかたむき、叔父たちがきた。

ひさしぶりの屋敷に、綾が顔をかがやかせた。さっそくにも庭にひっぱりだされた。叔父が縁側にやってきて、瞼《まぶた》をあげることで問いかけた。幻十郎は、わずかに瞼をふせることでこたえた。叔父が、かすかにうなずき、もどっていった。

「兄上」

幻十郎はふり返った。

「父上が、来月のお月見のあとあたりにすればよいのではないか、とおっしゃっておられました」

幻十郎は眉根をよせた。

「なんのことだ」

「桔梗屋のみなさんと、母上と、綾と、お加代と、兄上とで箱根へまいるのです」

「そういう話になっているのか」

「兄上はごぞんじなかったのですか」

「涼しくなったら箱根へでもという話はあった」

「それがきまったのです。お加代が桔梗屋へまいったおりにお誘いをうけたそうにございます。それで、箱根からもどったら増上寺ですからね」

「えっ」

「つれていくってお約束なさいました。忘れたのですか」

「憶えている。むろん、憶えているとも。しかし、疲れるのではないか。なんなら、
紅葉《こうよう》のころか、雪、花見……」

綾が、唇をゆがめ、眼をうるませる。

「涼しくなったらっておっしゃってました」

「待て。つれていく。行きたいときにつれていくから泣いてはならぬ」

綾がほほえむ。

「ちゃんと涙がでてくるか、練習です」

「そのような練習はせずともよい」

加代が呼びにきた。

叔父は、迎え火を焚き、役宅へもどっていった。

四

翌十四日。

朝餉をすませ、書見台で漢籍を読んでいると、廊下をあわただしい足はこびがちかづいてきた。

光と風とをいれるために障子は左右にあけてある。

加代が膝をおる。

「御番所の大竹というおかたが、至急お眼にかかりたいとまいっております」

「庭にまわるようつたえてくれ」

「かしこまりました」

幻十郎は、書見台をかたづけ、廊下にでて膝をおった。

座敷のかどから、権太夫、ついで伝蔵があらわれた。権太夫は羽織袴、伝蔵は着流しに羽織で小店《こだな》の主ふうであった。

権太夫がきびしい顔をしている。五郎太を使いによこさずに、じかにきた。予期せぬ事態のようだ。

立ちどまってかるく低頭した権太夫に、幻十郎は言った。

「ふたりとも、そこへかけてくれ」

てのひらで縁側をしめす。

「おそれいります」

権太夫が、浅く腰かけ、躰ひとつぶんほどあけて伝蔵も腰をおろした。

「今朝、まえとおなじところにおいてあったそうにございます」

権太夫が懐からだした書状を、幻十郎はうけとった。

表には〃お目付どのへ〃とあり、裏にはなにもない。封をひらく。尖った切り口で二分された花札の片方と、短冊状に四つ折にした半紙があった。封と花札の片方とを脇におき、書状をひろげる。

――大坂船場《せんば》御堂筋《みどうすじ》の本両替彦根《ひこね》屋に、二十日《はつか》の朝、割符《わりふ》をもった者が二千両をうけとりにまいる。小細工を弄さなければ、すべてを忘れる。

幻十郎は、書状をおり、割符とともに包みなおした。

「なるほどな。明日《あす》、おそくとも明後日《あさって》の朝に、二千両の為替《かわせ》を早飛脚に託せば、十九日までには大坂につく。舟をつかうと思わせておいて手形か、考えたな」

「たしかに、よもやにございます」

口調に口惜しさがにじんでいる。

要所で舟を見張るてくばりをしている。それが無駄になったのだ。幻十郎は詫びた。

「感心してすまぬ。すこし考えさせてくれ」

庭に眼をやる。

「二十日……なにゆえだ。三日飛脚なら、明日の朝発《た》てば……」

指をおる。

「十七日の夜には大坂につく」

「雨、風、川留め。なにがあるかわかりませぬゆえ、ゆとりをもたせたのでは」

「そうかもしれぬが……」

庭から右脇においた書状に眼をおとす。

「小細工を弄さなければ、か」

権太夫に顔をむける。

「ご執政《しっせい》がたのお許しが要るやもしれぬが、大坂町奉行所へ急飛脚をたてれば、二千両をうけとりにきた者をお縄《い》にするてはずがととのえられる。そうだな」

「それゆえ、小細工を弄するな、と。……そそのかしている。そういうことでございますか」

「あるいはな。つぎは倍の四千両。なんとかなるかもしれぬ。しかし、八千両となればどうであろうか。いや、一万両ならどうだ。備前松平家三十一万五千石の面目《めんもく》料はいかほどかな。二千両ていどに値踏みされてはむしろ恥であろう。倍になり、なおかつ小細工をすればさらに倍になる。岡山本家は、叔父に手をひいてくれとたのむのではあるまいか」

権太夫が、ゆっくりと首をふった。

職人の一年の稼ぎが概略で二十両（約三百万円）。二千両で百人ぶん、ひとりでなら百年ぶんの稼ぎである。二千両でさえとほうもない額である。

幻十郎はつづけた。

「こちらも役者をそろえて芝居をうとうではないか」

権太夫が、笑みをこぼした。

「めだつように、でございますな」

「むろんだ。客がいなければ張合いがあるまい。上屋敷では、敵も見張りづらかろう。密談ゆえ、大きめの屋根船がよい。岡山本家から土倉玄蕃と舟戸勘解由、そのほうと小野田。鳴門屋も呼んだほうがよかろう。わたしは下城した叔父と面談してからだ。どこがよい……」

ふいの連絡などこまごまとしたことを決め、権太夫は伝蔵をともなって帰った。

加代が中食をはこんでもよいかと訊きにくるまで、幻十郎は、見落としがないかを考えた。

この日も、空は青く高く晴れわたり、残暑の陽が光の矢で江戸を痛めつけていた。

昼九ッ半（一時）をすぎたころ、したくをした幻十郎は、鳥森稲荷によって五郎太をともない南町奉行所へむかった。

五郎太は表門をはいった右よこの小者控所で待つ。顔を知られていないので、権太夫がそのむねを告げている。表門をはいって別れた五郎太が小者控所の土間まえで名のると、なかから、聞いているのではいるよう返事があった。

ふり返った五郎太が、ようやく笑顔をうかべた。

幻十郎は、うなずき、役宅へむかった。

叔父が下城してくるまで綾の相手をしていた。すぐに用部屋に呼ばれた。

幻十郎は、いきさつとみずからの考えも述べ、月番の大坂町奉行への書状をたのんだ。叔父が、ご公儀の継飛脚《つぎ》をつかうのであればあらかじめの裁可をえなければならぬが、そのていどであれば明日《あす》のご報告でよかろう、と承知した。

二十日の朝、御堂筋の本両替彦根屋と周辺にも人を配しておき、割符をもって二千両をうけとりにきた者をお縄にして吟味、結果の報せをもとめる依頼状である。うけとりにくるのは雇われた者であるように思うと述べると、なら、仔細《しさい》な理由をしるすにはおよぶまいと言った。

公儀の継飛脚は、御用提灯をもった先駆けとちいさな挟箱《はさみばこ》状の小葛籠《こつづら》をかついだふたり組で、つぎの宿駅でつぎのふたり組と交替しながら昼夜ぶっとおしではこんでいく。

江戸と大坂とが最短で三日であった。江戸と大坂の商人も、三日から四日で町飛脚を走らせた。その料金が四両二分（四分で一両。約七十万円弱）。大坂堂島《どうじま》の米相場を江戸へ報せる便などで多用された。

幻十郎は、叔父に礼を述べ、書状を懐にしまった。

役宅をでて同心詰所へむかう。ちかづくと、土間から権太夫と忠輔がでてきた。五郎太も小者控所からあらわれた。

備前松平家のふたりは一石橋《いちこく》の桟橋で伝蔵と利平とでむかえ、荒布《あらめ》橋小船町たもとの桟橋で待っているはずだという。日本橋川下流の鳴門屋からもちかいが、なんといっても小船町は伝蔵の地元であり、見張りがしやすい。

荒布橋たもとの川岸に細長い縁台がおかれ、伝蔵と利平とが煙草盆をよこにしていた。

辞儀をした忠輔がさきに石段をおりていく。幻十郎がおり、権太夫がつづく。

忠輔が、舳からのり、片膝をついて障子をあけた。

八丁堀の与力同心は、死骸をあつかうので世間からは不浄役人と呼ばれている。が、直臣《じきしん》である。備前松平家のふたりは権太夫や忠輔にくらべればはるかに高禄だが、陪臣《ばいしん》にすぎない。禄高に大きな差があっても、身分では公儀役人である権太夫と忠輔が上である。

上座である舳から見て、右の船縁に土倉玄蕃と舟戸勘解由が、下座で艫《とも》を背にして鳴門屋がいた。

幻十郎は、上座についた。

左の船縁に権太夫と忠輔がならんで膝をおる。

幻十郎は、玄蕃に顔をむけた。

「待たせてすまなかった」

「いいえ。お骨折りをいただき、ありがたくぞんじます」

「両名は廻り方の大竹と小野田。こたびの件で尽力してもらっている」

「お礼を申します」

玄蕃と勘解由が、膝に手をおき、低頭した。ふたりがなおるのを待ち、幻十郎は言った。

「まずは、大竹から、これまでにわかったことと、一味の狙いを、われらが推測をふくめて話す」

権太夫が、こちらに顔をむけて一揖してから、玄蕃、勘解由、鳴門屋と眼をやり、ふたたび正面の玄蕃に顔をむけ、語った。

勘解由にも玄蕃にも文をだした。しかし、注意や指示のみで、なにも教えなかった。よき報せは口にしたくなる。主君にたいして黙っていることはできまい。態度にもでる。知っている者がふえれば、そのぶん洩れやすくなる。

懐妊していたみよが自害ではなく殺されたのであろうことは、三人をじゅうぶんに驚かせた。

丹波屋が公家の姫を呼びよせたいきさつも述べた。廻り髪結が火附盗賊改配下の御用聞きの手先だと告げると、あるいはと疑っていたのであろう、鳴門屋が肩をおとした。そして、町内の塩問屋を熊野屋に紹介したが、こちらからもちかけたのではなくたのまれたのだと言った。

権太夫が、二千両の為替が四千両、八千両、一万両とつりあげるための餌だと述べると、三人とも愕然となった。が、玄蕃が眉根をよせ、得心がいったというふうにちらっと眼をむけた。

幻十郎は、玄蕃にかすかにほほえみかけ、懐から書状をとりだした。

「月番の大坂町奉行への書状を叔父にお願いした。で、大坂御堂筋の本両替彦根屋に事情をしたためて大坂町奉行所へ届けでる依頼状を書き、明日《あす》、早飛脚で送らねばならぬ」

玄蕃が口をひらきかけるのに、幻十郎は首をふった。

「家名がでる。叔父も、書状で配慮をもとめている」

「ご高配、感謝いたします」

玄蕃と勘解由が、こちらに上体をむけ、低頭した。

「おそれながら」

鳴門屋が言った。

「……その役目、手前に申しつけていただきたくぞんじます。熊野屋さんにおたのみ申します。おなじ本両替、取引があろうかとぞんじます」

幻十郎は、鳴門屋にも首をふった。

「それはどうかな。丹波屋も本両替であろう、そのほうがかってではますます恨まれてしまう。それに、丹波屋の心底《しんてい》もたしかめたい。こたびの強請にかかわりがあるかどうか、丹波屋がどうするかでつかめるかもしれぬ」

「お気づかいいただき、ありがとうございます。手前の考えがたりませんでした」

幻十郎は、鳴門屋から玄蕃に顔をむけた。

「小野田が、丹波屋にたずねるので他出せぬようつたえてある。そのほうら両名が小野田とともに丹波屋へ行ってもらいたい。小野田が話をつける。大竹と鳴門屋はこの船で待ち、丹波屋が断るようなら、小野田と鳴門屋とで熊野屋へ行く」

幻十郎は、鳴門屋に言った。

「小野田がそのほうを送る。しばらくは夜分におよぶ他出をひかえてくれ。どうしてもでむかざるをえないのであれば用心棒を雇え。それができぬのなら使いをよこせば、のっぴきならぬ事情がないかぎりわたしが同道する」

鳴門屋があわてて首をふる。

「めっそうもございません。若さまにそのようなことをお願いするなど、とんでもないことでございます」

「そうではない。手をつくさず、あとで悔やみたくない。遅くとも来月の上旬までにはめどがつくと思う。それまでの辛抱だ。よいな」

「わかりましてございます。仰せにしたがいます」

玄蕃が上体をむけた。

「では、それがしは、上屋敷へもどりましたら、殿へお目通りを願い、お許しがえられましたならば、明日《あす》にもと思いますが、よろしいでしょうか」

幻十郎はうなずいた。

「ならぬと仰せなら、報せをくれ。叔父に一肌脱いでもらう」

「ありがとうございます。これ以上ご厄介をおかけせぬよう微力をつくします」

権太夫に言った。

「では、たのむ」

「かしこまりました」

幻十郎は、刀をもって障子をあけ、座敷からでた。

伝蔵と利平が、腰をあげ、石段をおりてくる。どこにいたのか、船頭が姿をみせた。

幻十郎は、桟橋におりた。

三名が、艫からのった。

待っていた五郎太が、にっこりとほほえんだ。


翌日から、むすび文や書状がとどいたり、忠輔が報せにやってきた。

丹波屋は、畳に額をつけんばかりにしてぜひともやらせてくれとたのんだという。

あの顔に嘘はないと思います、と忠輔が言った。

十六日の朝、伝蔵を介して土倉玄蕃からの書状がとどいた。礼の言葉と、主君の了解をえたむねがしるされていた。

十七日の朝、山科屋の清太郎がきた。

客間で会った。

表情に悲しみと疲労の翳りがあった。が、眼には主としての覚悟がうかがえた。

「若さま、お礼を申しあげておりませんでした。お寺までおいでいただき、ありがとうございます。父は、おなをは若さまにお預けしておけば安心だと申しておりました。どういうことかと訊きますと、奉公にあげろとしつこく言われているがお断りした、と。どこのお屋敷か訊いても、知らぬほうがよい、と教えてもらえませんでした。なにかごぞんじでございましょうか」

「いや。なにやら事情がありげなのでひきうけた。押込み強盗に遭《あ》った紅花屋の主は、姉のおはつを嫁にと望んだそうだな。断られた悔しさからであろうな、交際まで絶ったと聞いた。おなをの奉公を断られて分別《ふんべつ》を失ったのかもしれぬ」

「そのことでございますが、おなををまたお預かりいただけませんでしょうか。親戚の者をふくめ、誰も口にはしませんが、おなをがいづらそうにしており、可哀想にございます。父と約束があったと無理難題をもちこまれないともかぎりません。そうしていただけましたら安心です。七日ごとの法要はけっこうでございます、四十九日だけおなををつれてきていただければ。お願いにございます」

「おなをは承知しているのか」

「はい」

「よかろう。あとで迎えにいく」

「ありがとうございます」

清太郎が、ふかぶかと低頭して辞去した。

迎えにいったなをが、部屋までついてきて着替えをてつだった。

幻十郎は言った。

「話しておきたきことがある。そこにすわってくれぬか」

「はい」

なをが膝をおる。

「ふたつだけ言っておきたい。ひとつは、なをのせいではない。みずからを責めてはならぬ。よいな」

なをがうつむく。

膝でにぎっている両手に、涙が落ちた。

「もうひとつ。約束はできぬがあきらめたりはせぬ、かならず見つけだし、罪をつぐなわせる。それだけだ。もうよいぞ」

なをが、低頭し、腰をあげて部屋をでていった。

十九日の朝、玄蕃から書状がとどいた。鳥取松平家にいきさつのすべてを話し、理解がえられたこと、月があらたまったら両家で若殿と姫との婚儀を公儀に願いでることになったとあった。そして、主君がじかにお礼を述べたいとのことなので、いちどぜひともその機会をお願いいたしますとむすんであった。

幻十郎は、岡山と鳥取とがうまくいったむねをむすび文にして、五郎太を伝蔵のところへ使いにやった。

夕刻、権太夫が烏森稲荷にきて、明日《あす》よりかからせます、との言付けを五郎太がつたえにきた。

伝蔵の顔がきく吾妻《あずま》橋両岸の御用聞きたちに、小梅村鳴門屋の寮であった女の自害に殺しの疑いがしょうじたと、あらためておおっぴらに調べさせる。不審な者を見たのがいるかもしれない。が、いればさいわいであって、もっぱら南町奉行所がみよの死を殺しだと信じているのを強請一味に知らしめるにある。

二十日の朝、幻十郎は、なにかあれば駆けつけてくるよう五郎太に言って上野に行った。

伯父の栄左衛門にたずねると、加代がきていたので誘ったのだという。月見のあとでとの連絡もきていた。みずからつたえたほうがいいと思い、母にはなにも言っていないとのことであった。

幻十郎は、伯父に感謝し、母に会いにいった。

見送りに表までできた伯父が、ながいと退屈なさるでしょうから、五、六日くらいということにして手代を使いにたて、宿をとらせ、お報せいたします、と言った。

なをは、ときおり、ふっと暗い眼になった。悲しみを癒《いや》すのは歳月しかない。

箱根への旅のあいだ、なをどうすればよいか、幻十郎は悩んでいた。

四十九日の法要もすませていない。ほんらいであればひかえるべきであろう。だが、旅へつれていったほうが気がまぎれるかもしれない。屋敷にのこしておくには不安がある。叔父にたのんで、役宅であずかってもらうべきか。しかし、役宅には知っている者がひとりもいない。かえって心を痛めてしまうのではなかろうか。

傷ついた年ごろの娘のあやうさに、幻十郎はとまどっていた。

二十六日、桔梗屋から手代が使いにきた。

来月の十八日に江戸を発《た》つ。箱根まで二十四里（約九六キロメートル）。女子供づれなので、神奈川《かながわ》宿、大磯《おおいそ》宿と一泊して、二泊三日で行く。湯本《ゆもと》の旅籠に六日逗留して、江戸にもどる。

二十七日の昼、加代が役宅に報せにいった。

もどった加代が、部屋にきた。

「若さま、よろしいでしょうか」

幻十郎は、うなずいて書見台から加代へ膝をむけた。

「お殿さまに、おなをもつれていくお許しをいただきました」

「加代がたのんだのか」

「はい。奥さまと綾さまと母上さまのお世話はわたしがいたします。なをには若さまのお世話をしてもらいます」

「そうか。すまぬ」

「なにがでございます。わたしひとりではお世話しきれませんのでおなをもつれていくのでございます」

心の迷いを見抜いたのであろう。

幻十郎は、庭に眼をやった。

「これは独り言だ。加代には感謝している」

「失礼いたします」

加代が、つんとした表情で腰をあげ、去っていった。

寛政二年の初秋七月は小の月で二十九日が晦日《みそか》である。

仲秋八月朔日《ついたち》の夕刻、五郎太がきた。忠輔が見世までお越し願いたいと言っているという。

着替えずに大小だけ腰にした。

見世の二畳間に腰かけていた忠輔が立ちあがった。幻十郎は、刀を脇において腰かけ、忠輔をうながした。

ゆうが茶をもってきた。

礼を言って一口喫した忠輔が、茶碗をおいた。

「昨夜《さくや》、押込み強盗が二件ございました。その一件が黒狐一味のしわざのように思えます。宵にはいったばかりに近所で小火《ぼや》があり、深更、表のくぐり戸を叩き、御用の筋だと言うのをとなりの者が聞いております」

「ひと月半たらずか。早いな」

「そう思います。それと、駒吉がりんと手を切ったそうにございます。昨夕、大竹さんが八丁堀にもどってくると、岩崎杢之助があらわれ、手を切らしましたゆえ霞さまにおつたえ願いたいと言って、去っていったそうにございます。なにゆえ待ちうけてまで告げにきたのか、さすがの大竹さんが首をひねっておられました」

「蝮の駒吉はおのれの手先でありつづける、これ以上の手出し無用。それと、わたしがなにをしているのか、当方だっておおかた知っているのだぞ、とでも言いたいのかな」

「さぐりをいれているのでしょうか」

「そうかもしれぬ」

「わかりました。小梅村は、御用聞きがとっかえひっかえ訊きにくるので、かなり噂になっているようです」

「そうか。南の月番での不始末を、南の隠密廻りが手先をつかって噂にしている。なにゆえか。岩崎とやらは、大竹に会うことでさぐろうとしたのかもしれぬな」

「なるほど。大竹さんに話しておきます。それがしはこれで」

忠輔が、茶を飲みほした。

幻十郎は、茶代を払って屋敷へもどった。

六日、叔父に呼ばれた。

大坂町奉行から書状がとどいていた。

百姓と倅とが大八車をひいてきて、割符を見せた。たちまちお縄にすると、百姓が、女房と娘たちが囚《とら》われている、大八車にのせた菰《こも》を指さし、あれで荷を包んで帰らないと殺されてしまう、と泣いてうったえた。

お縄にした百姓と倅とを御番所へつれていかせ、のこりで百姓家へ急いだ。が、無残に殺された女房と娘ふたりの死骸があるだけだった。

――さらに吟味し、またお報せいたす。

書状をおくと、叔父が口をひらいた。

「大八車の百姓と倅を見張っておったのではないか」

「そう思います」

「ならば、さっさと逃げればよい。殺すことはない」

「みせしめだと思います」

叔父が眉をひそめる。

「つまり、われらがせいで女たちは死んだのだというのだな」

「はい」

「ふん。それから、大竹が案じておった。浪人どもを刺客に雇い、八丁堀の者まで襲わせる。大金をつぎこんだはずだ。ところが、いまのところ一文も手にしておらぬ。くれぐれも用心するようにとのことだ」

「こころえております」

「うむ。あれと綾が大騒ぎしておる。覚悟しておくことだ」

「なにがでございましょう」

「わしは、京へ往復しておるからな。まっ、すぐにそなたにもわかる」

たしかにわかった。

十八日の朝、桔梗屋の者もそろったと旅じたくをしたなをが報せにきた。

幻十郎は、門からでて、思わず足をとめた。

引越でもするかのごとき膨大な荷であった。まいりましょう、と伯父の栄左衛門にうながされて幻十郎は先頭になった。

「およこをよろしいでしょうか」

「かまわぬ」

伯父がよこにきた。

歩くのに疲れたときのために、武家駕籠と町駕籠の二挺を用意したとのことであった。町駕籠だけならそのつどひろえばよいが、武家駕籠はそうもいかない。

女の旅はとにかく荷が多い。へたに削れとでも言おうものなら、あれがない、これがない、ちっとも楽しくない、と愚痴られるにきまっている。

せっかくの旅ですから好きなようにやらせましょう。

京への旅はぼうっとしていた。幻十郎は、ようやく叔父の気苦労がわかった気がした。

祥伝社文庫

霞幻十郎《かすみげんじゅうろう》無常剣《むじょうけん》 一《いち》 烟月悽愴《えんげつせいそう》

平成25年 6月20日 初版第1刷発行

著　者　荒崎一海《あらさきかずみ》
発行者　竹内和芳
発行所　祥伝社《しょうでんしゃ》
東京都千代田区神田神保町 3-3
〒101-8701
電話 03（3265）2081（販売部）
電話 03（3265）2080（編集部）
電話 03（3265）3622（業務部）
http://www.shodensha.co.jp/

印刷所　堀内印刷
製本所　積信堂
カバーフォーマットデザイン　中原達治

Printed in Japan ©2013, Kazumi Arasaki ISBN978-4-396-33854-1 C0193